「幸せの列車」に乗せられた少年

Il treno dei bambini

Viola Ardone

ヴィオラ・アルドーネ
関口英子 訳

河出書房新社

目次

第一部　一九四六年　5
第二部　75
第三部　147
第四部　一九九四年　177
訳者あとがき　243

「幸せの列車」に乗せられた少年

ジャイメに捧ぐ

第一部

一九四六年

1

母さんが前で僕がそのすぐ後ろ。スペイン地区の路地の奥へと母さんは足早に歩いていく。母さんの一歩が、僕の二歩。僕は道行く人たちの靴を見る。きれいな靴は片方につき1点。孔《あな》があいていればマイナス1点。靴を履いてない人は0点。真新しい靴なら星ひとつ獲得。僕は自分の靴なんて一度も買ってもらったことがない。他人《ひと》の靴を履いてるから、いつだって足が痛くなる。あんたの歩き方はゆがんでる、と母さんは言うけど、僕のせいじゃない。他人の靴を履いてるせいだ。靴は、僕の前に履いてた子の足の形になっている。その子と一緒に別の道を歩き、別の遊びをするうちに、その子の癖がついてしまったんだ。僕のところへ来たときには、靴は僕の歩き方なんて知らないし、僕がどこへ行きたいかも知らない。少しずつ慣らさなくちゃいけないから、そのあいだに僕の足は成長し、靴は小さくなり、また一からやりなおし。

母さんが前で僕がそのすぐ後ろ。どこへ向かってるのかわからない。あんたのためなんだよ、と母さんは言った。ただし、そういうときにはたいていなにか嫌なことが隠されている。虱《しらみ》のときもそうだった。あんたのためだと言われて行ってみたら、スイカみたいな丸坊主にされた。あのときはたまたま友達のトンマジーノも、やっぱりあんたのためだと言われてスイカ頭にされてたから救われたけど。二人して路地裏の仲間たちに思いっきりからかわれた。フォンタネッレ墓地から脱け出してきた死人の頭蓋骨みたいだって。僕とトンマジーノとは最初から友達だったわけじゃない。

あるとき市場広場《メルカート》の屋台で野菜を売ってるカパヤンカ〈白髪頭《しらがあたま》〉の店先から、あいつがリンゴを一個くすねるのを見て、友達にはなれないと思った。だってアントニエッタ母さんに、うちは確かに貧乏だけど泥棒は絶対に駄目だからね、さもないと物乞いになってしまうよ、と念を押されてたから。なのにトンマジーノはこっちを見て、僕のためにリンゴをもうひとつ盗んでくれた。そのリンゴは僕が盗んだんじゃなくて、もらったものだから、食べることにした。猛烈にお腹《なか》が減ってたんだ。そのときから、僕たちは友達になった。「リンゴ友達」ってわけだ。

母さんは通りの真ん中を、足もとも見ずに歩いていく。僕は足をひきずりながら、不安をやり過ごすために靴の点数を計算する。指で10点まで数えると、また一から数えなおし。10点が十回たまったら、いいことがあるというのが僕の考えた遊びだ。なのに今のところ、いいことなんてひとつも起こらない。もしかして点数の計算を間違えたのかもしれない。僕は数字が大好きだけど、文字はあんまり好きじゃない。アルファベット一文字ずつだったら理解できるのに、いくつか集まって言葉になると、とたんに頭がごちゃごちゃになる。あんたにはあたしのような大人になってほしくないから、学校に通わせることにしたの、と母さんは言った。それで仕方なく学校に行ってみたが、ちっとも居心地がよくなかった。なによりクラスメートが大声で騒ぐものだから、家に帰る頃には頭が痛くなった。教室は狭いし、蒸れた足の臭いがする。それに授業中は喋《しゃべ》らずにじっと机に向かい、線を書いてなくちゃならない。先生は顎が突き出てて、口からすうすうと息を洩らしながら話した。それをからかうと、頭に平手打ちが飛んできた。僕は五日間で十回もぶたれた。靴の点数とおなじように指で数えてたんだ。10点を獲得しても結局なにももらえなかったけど。それで、次の日からは学校へ行くのをやめにした。

母さんは不満そうだったが、じゃあせめて仕事を覚えなさいと言って、僕に古着を集めさせた。

最初のうちは楽しかった。一日じゅう古着を家から家へとまわって集めたり、ゴミの山から拾ったりして、市場のカーパ・エ・フィエッロ〈鉄の頭〉のところへ持っていくんだ。ところが何日かするうちに、家に帰る頃にはとにかくくたくたで、顎の突き出た先生の平手打ちさえ懐かしくなった。

母さんが大きな窓のある灰色と赤の建物の前で立ち止まり、「ここよ」と言った。この学校は、前の学校よりよさそうだ。建物のなかは静まり返っているし、蒸れた足の臭いもしない。三階にあがると、廊下に置かれた木のベンチで待たされた。少しして、「次の方」と声がした。誰も動かないものだから、「次の方」というのは僕たちのことだと気づき、部屋のなかに入った。

母さんの名前はアントニエッタ・スペランツァ。僕たちを迎えた女の人は用紙に母さんの名前を書き込み、「あなたたちに残されたのは、希望《スペランツァ》だけね」と言った。それを聞いて僕は思った。よかった、これで母さんは回れ右して家に引き返すに決まってる。なのに、そうはならなかった。「先生は、平手打ちをしますか？」僕は、用心のため両手で頭を覆いながら訊いてみた。すると女の人はけたけたと声をあげて笑い、親指と人差し指で僕の頬を優しくつまんだ。「お掛けくださいな」そう言われて、僕と母さんはその人の前に座った。

女の人は学校の先生にはちっとも似てなかった。顎は突き出てないし、きれいに並んだ真っ白な歯を見せて優しく微笑んでいる。ショートカットの髪にズボンを穿《は》いてて、男みたいだ。僕と母さんは黙ったままだった。女の人が、マッダレーナ・クリスクオロと名乗り、母さんに、あなたはたぶん聞いたことがあるだろう、ナチスの弾圧から市民を解放するために戦ったのだと言った。母さんは相槌を打ってるけど、マッダレーナ・クリスクオロなんていう名前は今まで一度も聞いたことがないのは見てればわかる。マッダレーナが言うには、ダイナマイトを仕掛けて爆破させるというドイツ軍の計画を阻止して、サニタ地区の橋を護ったらしい。それで銅のメダルと感謝状をもらったそうだ。僕は内心で、どうせなら新しい靴をあげればよかったのにと思っていた。その人の靴は、片方はきれいなのに片方は孔があいてたからだ（0点）。訪ねてきてくれてよかったと彼女は言った。恥だと言って来ない人も大勢いるから、同志と一緒に各家庭を一軒ずつ訪問して、親にとっても子供にとってもいいことなのだと、お母さん方を説得してまわってるそうだ。目の前でドアをばたんと閉められたことは数知れず、ひどい言葉を浴びせられることもあるらしい。僕にはその様子が手にとるようにわかった。というのも、僕も家々をまわって古着はありませんかと訊くと、しょっちゅうひどい言葉を浴びせられる。女の人の話はまだまだ続いた。良識のある人はみんな自分たちのことを信頼してくれるとか、アントニエッタ母さんは勇気がある女性だとか、息子さんにとって素晴らしいプレゼントになるとか……。僕はプレゼントなんて一度ももらった例《ためし》がない。お古の裁縫箱をひとつもらったことがあるだけだ。その箱には僕の宝物が全部しまってある。

お喋りが得意じゃないアントニエッタ母さんは、マッダレーナが話し終わるのを待っている。子供にはチャンスを与えるべきだとその人は言った。僕はチャンスなんかより、リコッタチーズを塗ってお砂糖をかけたパンをもらったほうがよっぽど嬉しいのに。前に一度だけ、トンマジーノ（あいつの靴は両方とも古いから、マイナス1点）と一緒に忍び込んだアメリカ人のパーティーで食べたことがある。

母さんが黙り込んでるものだから、マッダレーナの話はとどまるところを知らない。子供たちを北部へ連れていくために特別列車を準備しているのだと言った。すると、母さんが口を開いた。

「本当に大丈夫なんですか？　この子はこのとおり、神によってもたらされた禍《わざわい》だから」

マッダレーナは、僕だけじゃなくて大勢の子供たちが列車に乗るのだと言った。「なんだ、学校へ行かされるわけじゃないんだね！」ようやく理解できた僕は、笑顔になった。でもアントニエッ夕母さんは笑っていない。「ほかに選択肢があればここには来ません。でもあたしにはこうするしかないんです。あとはお任せします」

帰り道でも、やっぱり母さんが僕の前を歩いた。ただし来たときよりはゆっくりだ。ピッツァの屋台の前を通りかかった。ここを通るたびに、僕は母さんの服にすがりついて泣きじゃくり、仕舞いには平手打ちを喰らうことになる。でも今日は珍しく母さんが自分から足を止めて、屋台の向こうにいるお兄さんに、「豚《チ》バラ《コ》肉《リ》とリコッタチーズ入りのをちょうだい。ひとつでいいわ」と言った。

なにもねだってないのに母さんが午前中からフライドピッツァを買ってくれるなんて、裏になにか嫌なことが隠されてるにちがいない。

屋台のお兄さんは、太陽みたいな黄金《こがね》色をした、僕の顔より大きなピッツァを紙に包んでくれた。僕は落とさないように両手で受け取った。熱々でいい匂いがする。ふーっと息を吹きかけると、オイルの香りが鼻と口に飛び込む。母さんがしゃがんで僕のことをじっと見つめた。「いい？　話はあんたも聞いてたでしょ。あんたももう大きくなった。もうすぐ八歳なんだから、うちの事情はわかってるね」

母さんが僕の顔についた油を手の甲で拭ってくれる。「あたしにもひと口味見させて」と言いながら指で僕のピッツァをつまみ、ちぎって食べた。それから立ちあがり、また家に向かって歩きだす。僕もなにも尋ねずに黙って歩く。母さんが前で僕がそのすぐ後ろ。

2

マッダレーナのことはそれきり話題にのぼらなかった。母さんはきっと忘れたか、考えを変えたんだろうと僕は思っていた。ところが何日かすると、ジェンナーロ司祭の使いでうちに修道女がやってきた。母さんは窓ガラス越しに様子をうかがっている。「カーパ・エ・ペッツァ〈ぼろ頭巾《ずきん》〉がいったいなんの用かしらねえ」

修道女がしつこく戸を叩くので、母さんは仕方なく縫い物を脇に置いて戸を開けに行った。でもほんの少ししか開けなかったものだから、修道女は黄色い顔を隙間に挿《はさ》むのがやっとだった。〈ぼろ頭巾〉に、なかへ入れてはくれまいかと頼まれて、母さんは仕方なくうなずいたものの、少しもその気はないらしい。修道女がしきりに話しかけている。あなたは善きキリスト教徒だ、神はすべての人たちとあらゆる物事をご覧になっている、子供たちは母親のものでも父親のものでもなく神の子なのに、コミュニストの連中ときたら、子供たちを列車に乗せてロシアに送り込むつもりだ、そんなところへ子供を行かせたら、手足を切断され、二度と家には帰してもらえない……。母さんはいっさい返事をしなかった。黙ってるのがなにより得意なんだ。とうとう〈ぼろ頭巾〉は痺《しび》れを切らして帰っていった。そこで僕は母さんに訊いてみた。「母さんは本当に僕をロシアに送り込むつもりなの？」すると母さんは、ふたたび縫い物にとりかかりながら、独り言をつぶやいた。「なにがロシアなもんですか。あたしはファシストもコミュニストも知らないね。司祭も司教も知らないよ」母さんは、ほかの人がいるところでは無口だけど、一人のときにはけっこう喋る。「あたしが知ってるのは、飢えと苦労だけ。あの〈ぼろ頭巾〉だって、女手ひとつで子供を育てることになったら、悠長なことは言ってられないでしょうよ。子供のいない人が言うのは簡単だけど、まだ幼かったルイジが病気で死んだとき、あの人がなにをしてくれたっていうの？」

ルイジというのは僕の兄さんで、小さいときに気管支喘息になるなんてことがなければ、今頃は僕より三歳年上だったはずだ。兄さんが死んだせいで、僕は生まれたときから一人っ子なんだ。母さんは滅多にその名前を口にしないけど、サイドテーブルの上に写真を飾っていて、その前に灯《あか》りをともしている。兄さんの話をしてくれたのは、僕の家の向かいの長屋《バッソ》に住んでる、ザンドラリオーナ〈地味な女〉という気のいいおばさんだ。あのときの母さんはひどく悲しんで、二度と立ちなおれないかとみんなが心配したほどだったけど、僕が生まれて母さんは元気を取り戻したそうだ。でも、僕には兄さんのように母さんを喜ばせるなんて無理みたい。だから母さんは僕をロシアに送ることにしたんだ。

僕は家を出てザンドラリオーナの住む長屋《バッソ》に行った。ザンドラリオーナはいつだってなんでも知ってるし、知らなければどこかから情報を仕入れてくる。おばさんの話によると、僕はロシアに連れていかれるわけではないらしい。マッダレーナ・クリスクオロのことも、ほかの人たちのこともよく知ってるよ、あの人たちは純粋にみんなを助け、希望を与えたいだけなの、とも言っていた。でも、希望なんてもらったって、僕にはどうすることもできない。それに、希望《スペランツァ》なら、とっくに名字のなかにある。僕も、アントニエッタ母さんとおなじスペランツァだもの。名前はアメリーゴ。名前をつけてくれたのは父さんだ。僕は父さんに一度も会ったことがない。僕が父さんのことを尋ねるたびに、母さんは黙って天を仰ぐ。ちょうど、外に干していた洗濯物を取り込む間もなく雨が降りだしたときのように。父さんはすごい人なのよ、と母さんは言う。幸運をつかむためにアメリカに渡ったんだから。帰ってくる?と訊いてみたら、そのうちにね、という答えが返ってきた。父さんが僕に残していったのは名前だけだ。まあ、なにもないよりはましだけど。

列車のことが噂になってからというもの、路地裏からは平穏が消え失せた。誰もが好き勝手なことを言っている。子供たちは売られてアメリカに送り込まれて働かされるのだと言う人がいるかと思えば、ロシアに連れていかれて窯《かま》にぶちこまれると言う人もいる。列車に乗せられるのは悪い子だけで、いい子はママと一緒にいられるらしいと言う人もいれば、そんなことには少しも関心がなく、いつもと変わらず暮らしている無学な人もいる。僕だって無学だけど、路地裏では「ノーベル」と呼ばれてる。学校に行かなくても、たくさんのことを知ってるかららしい。僕はいつも路上でいろいろ学んでくる。あちこち歩きまわっては大人たちの話に聞き耳を立て、他人のことに首を突っ込む。なんたって、「生まれながらの物知りなし」だ。

アントニエッタ母さんは、僕が近所でうちのことを話すのを嫌がる。だから、僕と母さんのベッドの下には、カーパ・エ・フィエッツロのコーヒーが何袋もしまわれてることを僕は誰にも言わない。ましてや、午後になるとカーパ・エ・フィエッツロがうちに来ては、母さんと二人きりで部屋に籠《こ》もってるなんて口が裂けても言うもんか。あいつは奥さんに、なんと言い訳をしてるんだろう。ビリヤードに行くとでも言ってるのかな。僕を見ると、母さんと二人で仕事をするんだと言って、追い払う。僕は仕方ないから外へ行き、いらない布を集めてまわる。着古した服や襤褸《ぼろ》、アメリカ兵の古着、蚤《のみ》だらけの汚れた服……。最初のうち、あいつが来るときには、絶対に出掛けたくなかった。カーパ・エ・フィエッツロが僕のうちで主人面《づら》をするなんて、我慢できなかったからだ。でも、あの人には偉い友達がたくさんいて、あたしたちが食べていけるのもあの人のお蔭なんだから、敬意を忘れちゃ駄目だよと母さんに言われた。商売上手だから、教わることだってたくさんあるはずだし、あの人の言うとおりにしていれば心配ないって。僕は返事をしなかった。ただ、その日からというもの、あいつが家に来るときは必ず出掛けることにした。外で集めた古着は家に持って帰る。それを母さんが洗ったり、こすったり、繕《つくろ》ったりして、きれいにしてから、カーパ・エ・フィエッロに渡すんだ。あいつはメルカート広場に露店を出してて、僕たちほどは貧乏じゃない人たちにそれを売る。古着を集めるあいだ、僕はいつも道行く人たちの靴を見て、指で点数を数える。10点が十回たまったらいいことが起きるんだ。金持ちになった父さんがアメリカから帰国して、こんどは僕がカーパ・エ・フィエッロを家から追い出すとか。

一度だけ、このゲームが本当にいいことをもたらしたことがあった。サン・カルロ劇場の前にいた男の人の靴が、まっさらの新品で輝いてたものだから、いっぺんに100点を稼いだことがあったんだ。すると、帰ったらカーパ・エ・フィエッロが僕のうちの前にいた。母さんが、新しいハンドバッグを手に提げてレッティフィーロ街を歩いているあいつの奥さんを見かけたらしい。カーパ・エ・フィエッロは母さんに言った。「お前には辛抱というものが足らん。辛抱さえしてりゃあ、いつかお前にも順番が回ってくるさ」

母さんは毅然《きぜん》として答えた。「だったら、今日のところはお前さんが辛抱するのね」

そして、その日はとうとうあいつを一歩も家に入れなかった。カーパ・エ・フィエッロは長屋《バッソ》の前で煙草《たばこ》を取り出して火をつけると、両手をポケットに突っ込んで歩きだした。僕は、あいつの苦虫を噛《か》みつぶしたような顔を見たいがために、後ろからついてった。そして、こう言ってやったんだ。「カーパ・エ・フィエッロ、今日はお休み？　仕事をしなくていいの？」

あいつは僕の目の前でしゃがみ、煙草をひと息深く吸い込むと、息とともに小さな煙の輪っかをいくつも口から吐き出した。そして僕に言った。「おい坊主、よく憶えとけ。女もワインとおなじで、支配するかされるかのどちらかだ。支配されれば正気を失い、僕《しもべ》になる。だがな、俺はいつだって気ままな男だったし、これからもずっと気ままだ。ついてこい、居酒屋へ行くぞ。今日はお前に赤ワインを飲ませてやる。カーパ・エ・フィエッロが、お前を男にしてやろう」

「お前にどんな用があるってんだい」

「いつもどおり、古着を集めてまわるんだ。残念だけど僕は用があるから行けないや」

そう言って僕は、空中に浮かんだ煙の輪っかが消えていくなか、あいつ一人を置き去りにした。はした金にしかならないけど、それで僕らは食いつないでるのさ。さよなら」

僕は、集まった古着を母さんにもらった籠に入れて運ぶ。いっぱいになった籠は重いから、よく市場の女の人たちがしているように、頭の上に載せて運ぶことにした。ところが、今日運び、また明日運びするうちに、髪の毛がこすれて抜け、頭のてっぺんが禿げてしまった。それで母さんは僕のことをスイカみたいな丸刈りにしたんだ。虱なんていうのはただの口実に決まってる。

古着を集めてまわりながら、いろんな人に列車のことを尋ねてみても、なにがなんだかさっぱりわからない。白と言う人がいれば黒と言う人もいる。トンマジーノは、僕は列車になんて乗らないね、と言った。自分の家は困ってなんかないし、お母さんのアルミダさんも、他人《ひと》様のお情けにすがるほど落ちぶれちゃいないと言ってるらしい。路地裏の姉御のパキオキア〈お人好《ひとよ》し〉は、国王陛下がおいでのときにはこんなことは起こらなかった、自分の子供を売る母親なんてどこにもいなかったよ、とぼやいている。もはや、じ・そ・ん・し・んというものを失《な》くしちまったんだ、とも言っていた。そう言うたびに、茶色い歯茎をむき出し、数本だけ残ってる黄ばんだ歯を嚙みしめ、抜けた歯の穴から唾《つば》を吐く。パキオキアは生まれたときからあんなふうだったにちがいない。そのせいであの年になっても旦那さんがいないんだ。でも、それはパキオキアの弱みだから、本人の前ではそんな話はできない。子供がいないというのも禁句だ。以前、パキオキアは飼っていた五色鶸《ごしきひわ》に逃げられたことがある。だから五色鶸の話もできない。

ザンドラリオーナも独身だ。理由は誰にもわからない。何人かに求婚されたのに決めきれずにいるうちに、とうとう生涯独身になっちまったのさとか、実はかなりの金持ちで、財産を誰とも分けたくないらしいとか、婚約者に死なれたんだとか、結婚の約束までした人がいたが、実はその人には妻子がいたことがわかったとか、みんな好き勝手なことを言っている。僕はどれも口さがない噂だと思うけど。

そんなパキオキアとザンドラリオーナが一致団結したことが一度だけあった。ドイツ兵が食べ物を手に入れるために路地裏までやってきたときだ。二人は、鳩の糞を豚の脂の煮凝《にこご》りだと偽って、カザティエッロにこっそり入れて焼いた。カザティエッロというのは、このあたりの名物のパンだ。「旨い《グート》、旨い《グート》!」と言いながら平らげるドイツ兵を見ながら、パキオキアとザンドラリオーナは肘でつっつき合い、にんまり笑っていた。それ以来、ドイツ兵は二度と姿を見せることはなく、仕返しにも来なかった。

アントニエッタ母さんは、今までは一度も僕を売らなかった。それなのに、修道女が訪ねてきてから二、三日して、僕が古着の入った籠を持って家に帰ると、あのマッダレーナ・クリスクオロがいた。来たぞ、とうとう僕のことを買いに来たんだ、と僕は思った。母さんがマッダレーナと話してるあいだ、僕はわざと部屋のなかをうろついた。そして、なにか質問されるたびに、うまく受け答えができないふりをした。言っていることが理解できないのだと思われれば、僕を買うのはあきらめるだろうと考えたからだ。

マッダレーナは、自分も貧しい家庭で育ったし、今でも貧困から脱け出せずにいる、飢えで苦しむのは罪ではなく不平等なのだと言った。女の人が力を合わせて物事をよくしていかなければならないのだと。一方のパキオキアは、女がみんなマッダレーナみたいに髪を短くしてズボンを穿いたら、天地がひっくり返っちまうよ、といつも言う。それを聞くたびに僕は、口髭を生やしてるくせによく言うよ、と心のなかで思っている。マッダレーナは口髭なんて生やしてないし、きれいな赤い唇に白い歯をしている。

マッダレーナは声を低くして、あなたの境遇は重々承知しているし、不幸に見舞われてどれだけ苦しんできたかも知っているつもりだ、だからこそ、女どうし連帯して、助け合わなければいけないと言った。アントニエッタ母さんは、壁の、なにもない一点をぼんやり見つめていた。そういうときの母さんは、ルイジ兄さんのことを考えてるんだ。

マッダレーナが来る前にも、女の人が何人か訪ねてきたが、短い髪でもなければズボンも穿いてなかった。いい服を着てブロンドの髪を結った、本物の奥さんたちだ。その人たちが路地裏にやってくると、ザンドラリオーナは顔をしかめ、慈善協会の貴婦人たちのお出ましだよと嫌味を言っていた。食べ物の入った袋を持ってきてくれたので、最初のうちみんなは喜んだ。ところがしだいに、袋のなかに入っているのはパスタでも肉でもチーズでもなくて、米だということがわかってきた。中身はいつだって米。米ばかり。その人たちが来るたびに、アントニエッタ母さんは天を仰いでつぶやいた。今日もまた米攻めだよ。米ばかり食べさせてあたしたちを殺すつもりかしら。

慈善協会の貴婦人たちは、誰も袋を受け取りたがらないのを見ると、米はお国の産品で、目下「お米キャンペーン」を展開しているのだと説明した。そのうちに、ノックの音がしても誰も戸を開けなくなった。パキオキアは、この界隈の人たちは感謝の気持ちってものを知らないらしい、施しを受ける資格もないよ、もはや、じ・そ・ん・し・んというものを失くしちまったんだね、とぼやいていた。一方のザンドラリオーナは、あの人たちはみんなをたぶらかそうとしてるんだから、あの人たちも米も相手にするんじゃないよと言い、誰かが役に立たないものをくれようとすると、ほら来た、慈善協会の貴婦人たちのお出ましだ、とからかうようになった。

マッダレーナは、列車での旅は楽しいし、イタリアの北部や中部の家庭は僕らのことを本当の子供のように歓迎して、三度三度の食事をさせてくれるし、面倒も見てくれるのよ、服も、両方ともきれいな靴（2点）ももらえるんだからと約束した。それを聞いて僕は、話が理解できないふりをやめて言った。「母さん、この人に僕を売ってもいいよ！」

マッダレーナは赤い口を大きく開けて笑ったのに、アントニエッタ母さんは手の甲で僕に平手打ちを喰らわせた。僕は頬を押さえた。ぶたれたからひりひりするのか、恥ずかしくてひりひりするのかよくわからなかった。マッダレーナは真顔に戻り、母さんの腕をつかんだ。すると母さんは、煮えたぎる鍋に触ったかのように腕をぱっと引っ込めた。母さんは他人《ひと》に触られるのが大の苦手で、撫でられるのも嫌なんだ。マッダレーナは真剣な声で、なにも売られていくわけじゃないと説明しはじめた。共産党が前代未聞の計画を立てていて、歴史に残るような、何十年後にも人々の記憶に刻まれているような、そんな事業になるのだと。鳩の糞入りのカザティエッロみたいに？と僕が尋ねたものだから、母さんが目をむいた。また平手打ちが飛んでくるにちがいないと身構えたものの、そうじゃなく、母さんはこう言ったんだ。「それで、あんたはどうしたい？」僕は、右も左も真新しい靴（星ひとつ獲得）がもらえるなら、歩いてでもコミュニストの家に行く、列車に乗れなくてもいいと答えた。マッダレーナは微笑み、母さんは頭を上下に振った。そうなのね、わかった、という意味だ。

3

アントニエッタ母さんは、メディーナ通りのコミュニストのビルの前で立ち止まった。このあいだ来たのとおなじ場所だ。列車に乗る子供の名簿に、名前を記入する必要があるとマッダレーナに言われたんだ。二階には、若い男の人が三人と女の人が二人いた。僕らを見ると、女の人たちが別の部屋に案内してくれた。机があって、その後ろに赤い旗が掲げられている。僕たちは椅子に座らされて、いろいろと質問された。一人が質問をして、もう一人が返事を紙に書きとめる。最後に、質問役の人が小さな箱から飴を出して僕にくれた。書きとめていた人は、母さんの前の机にその紙を置いた。母さんはきょとんとした顔をしている。女の人は、母さんの手にペンを握らせて、サインをするようにと促した。それでも母さんは動かない。僕はもらった飴の包み紙をむいた。レモンの香りが鼻をくすぐる。飴なんて滅多に食べられるものじゃない。

隣の部屋から三人の男の人たちの怒鳴り合う声がしてきたが、女の人たちは顔を見合わせるだけで黙っている。たぶん怒鳴り声には慣れっこで、どうすることもできないんだろう。そのあいだも、アントニエッタ母さんは紙をにらみつけ、手に持ったペンを宙に浮かせたまま固まっている。僕は、どうして隣の部屋の人たちはあんな大声で怒鳴り合っているのか訊いてみた。さっき答えを書きとめてたほうの人は黙っていたけど、質問してたほうの人が、喧嘩《けんか》をしているわけじゃなくて、誰もが幸せになるためにはどうすればいいか話し合っているの、それを政治っていうのよ、と教えてくれた。それで僕は、また質問した。でも、ここにいる人たちはみんなおなじ考えなんでしょ？　女の人は、一瞬、口に入れたヘーゼルナッツが苦かったときのような表情を浮かべてから、いろいろなグループや派閥があるのだと言った。すると、さっき答えを書きとめてたほうの人が、あなたちょっと喋りすぎよとでもいうように、肘でつっついた。それから母さんのほうに向きなおり、名前が書けないのなら十字を書くだけで構わない、どちらにしても私たち二人が証人になるから、と言った。母さんは顔を赤くして、紙から目をあげずに、少しいびつな十字を描いた。派閥《コッレンティ》があるという話を聞いて、僕は少し不安になった。ザンドラリオーナがいつも、隙間風《コッレンティ》にあたると喉《のど》に痰がからむと言ってたからだ。病気になったら列車に乗せてもらえないらしい。でも、そんなの不公平だと僕は思う。病気の子こそ治療を受けに行くべきなのに……。健康な子供たちと連帯するだけなら簡単だ。パキオキアもそう言うに決まってる。パキオキアは口髭を生やしていて歯茎が茶色いのはともかく、根はいい人で、ときどき一リラ硬貨をお小遣いにくれることもあるんだ。

女の人たちは、大きな帳面になにやら書き込むと、僕たちを出口まで送ってくれた。隣の部屋を通るとき、三人の男の人たちは相変わらず政治のことで口論していた。痩《や》せた金髪の若者が、ふた言目には「南部問題」と「国家統合」という言葉を繰り返す。僕は、話がわかっているのか知りたくて母さんの顔をうかがったけど、母さんはまっすぐ通りすぎた。すると金髪の若者が、ちょうど通りかかった僕のほうを見て、ほら、君も言ってやってくれとでもいうような顔をした。僕にはぜんぜん関係ないよ、あんたのためだとアントニエッタ母さんに言われて連れてこられただけなんだ、じゃなきゃここに来ることもなかった、って僕は言いたかった。でも、母さんに腕をつかまれ、小声でこう言われてしまった。「あんたって子は、なんにでも首を突っ込みたがるんだから。いいから黙って外に出なさい！」
　金髪の若者は、出ていく僕たちを、目でドアまで追っていた。

4

　なんの前触れもなく雨の季節がやってきた。アントニエッタ母さんは、もう僕に古着を集めに行けとは言わなくなった。毎日雨ばかりで、寒くなったせいもある。あれきりフライドピッツァを買ってくれることはなかったが、一度、ジェノヴェーゼ〔玉葱などの野菜と牛肉をじっくり炒めてワインで煮込んだパスタソース。ナポリの郷土料理〕を作ってくれた。僕の大好物だ。修道女が訪ねてくることもなくなり、路地裏の人たちは列車の話をするのにも飽きていた。

　古着集めの仕事がなくなって母さんと僕はますます生活が苦しくなったので、僕はトンマジーノと一緒に会社をつくることにした。はじめのうちトンマジーノはちっとも乗り気じゃなかった。気味が悪いのと、お母さんにバレたら罰として自分まで列車に乗せられるという恐怖とが半々らしかった。それで僕は言ってやった。カーパ・エ・フィエッロがゴミ捨て場で拾った物を売って金儲けできるんだから、僕らだってアホじゃないんだ、できるはずだろう。それで結局、僕と一緒にドブネズミの商売をすることになった。仕事の分担はこうだ。僕がドブネズミを捕まえて、トンマジーノが色を塗る。それから、二人で市場に屋台を出す。市場ではオウムや五色鶸も売られていて、僕らはハムスターの専門ということになった。どうしてそんなアイディアを思いついたかというと、アメリカ人将校が、ハムスターを飼育して金持ちのご婦人方（といっても、最近はたいして金持ちでもなくなったけど）に売っているのを見かけたからだ。ハムスターで毛皮の襟巻きを作れば、値段が安く抑えられるうえに引き立つ。僕が捕まえたドブネズミを、尻尾を短く切って、靴用の染料で白と茶色に塗ってみたら、アメリカ人将校が売ってたハムスターにそっくりになった。最初のうち、商売はうまくいっていた。お得意さんもけっこうできて、もしもあの最悪の日に雨さえ降らなければ、今頃、僕とトンマジーノは金持ちになっていたにちがいない。その日の朝、トンマジーノは僕に言った。「アメリ、金が儲かったら、コミュニストのところになんて行かなくてすむな！」「なに言ってるんだ。あれはヴァカンスみたいなもんだよ」と僕は答えた。「よく言うよ。飢え死にしかけた子供のヴァカンスってわけかい？　僕なんて、今度の夏休み、母さんにいいところへ連れてってもらうんだ。どこだと思う？　イスキア島だぞ」トンマジーノがそう言った瞬間、雲が空を覆い、それまで経験したこともないような土砂降りになった。「トンマジーノ、次にそんな大嘘をつくときは、傘を用意してからにしろよ」

僕らは建物の軒下に逃げ込んだが、色を塗ったドブネズミの露店はそのまま雨ざらしになった。片づけようと思うよりも早く、靴の染料が水に溶け出して、ハムスターはドブネズミに戻ってしまった。籠のまわりにいたご婦人方が悲鳴をあげた。「まあ、なんて気味が悪い！　コレラをうつされるわ！」

逃げ出す間もなく、ご婦人方の旦那さんが僕らを殴ろうと詰め寄ってきた。ありがたいことに、そこへカーパ・エ・フィエッロが現われて、僕ら二人の襟首をつかんで怒鳴りつけた。「その薄汚いものをすぐに片づけろ。あとでこってり絞ってやるからな」

僕はこっぴどく殴られるだろうと思ってたのに、ドブネズミの件についてはそれきりなにも言われなかった。しばらくしたある日、母さんと仕事をしに来たカーパ・エ・フィエッロは、家のなかに入る前に僕を片隅に呼んだ。そして、肺いっぱいに煙草を吸い込むと、煙を吐き出す前に、「目のつけどころは悪くなかったが、庇《ひさし》のある場所に屋台を構えるべきだったな」と言って、はっはっはと笑ったものだから、煙の輪っかが空中にひろがった。「本気で商売をしたいなら、一緒に市場に来い。俺が鍛えてやる……」僕のおでこに掌《てのひら》をあてると、なかへ入っていった。僕は、ぶたれたのか撫でられたのかよくわからなかった。

僕は、商売のやり方を教えてもらうためなら、カーパ・エ・フィエッロのところに行ってもいいかなと半分ぐらい思ってた。ところが、それから数日後、あいつは警察官にしょっぴかれてしまったんだ。たぶん闇でコーヒーを売っていたせいだと思う。路地裏の人たちはたちまち色を塗ったハムスターのことなんて忘れ、牢屋にぶちこまれたカーパ・エ・フィエッロの噂で持ち切りになった。あいつはいまだに「俺は気ままな男だ」と言ってまわってるんだろうか。

それを知った母さんは、ベッドの下にあった物を全部どこかへやってしまい、それから数日のあいだ、戸口で物音がするたびに両手で顔を覆って、その場から消えていなくなりたがってるみたいだった。ところが、誰も僕のうちを捜索しに来ることもなく日々が過ぎていき、しだいにみんなこの話題にも飽きた。人はひとしきり噂話をすると、すぐに忘れてしまうんだ。でも母さんは違う。母さんはあまり喋らないけど、なにひとつ忘れない。

現に、僕が列車のことなんて考えなくなっていたある朝、まだ陽も昇ってなくて、窓の外は真っ暗なのに、母さんは僕を起こし、余所《よそ》ゆきのワンピースを着て、鏡の前で髪を梳《と》かしはじめた。僕にはなるべく着古していない服を出してくると、こう言った。「出掛けるよ。急がないと遅刻する」そのひと言で、僕はすべてを悟った。

僕たちは二人で道を歩いた。母さんが前で、僕がそのすぐ後ろ。そうこうするうちに雨が降りだした。僕が水たまりをジャンプして遊んでいると、母さんに頭の後ろを平手でぶたれた。でも、そのときにはもう足が濡れていた。道のりはまだ長いというのに。仕方ないから、靴の遊びでもして点を稼ごうと思ったけど、あまり気分が乗らなかった。それより、僕も両手で顔を覆い、消えていなくなりたい気分だった。僕たちと一緒に、何組もの母子《おやこ》が歩いている。ときおりお父さんの姿も見かけるけれど、傍《はた》から見ても、しぶしぶ来ていることがよくわかる。息子のための注意事項を紙に箇条書きにしているお父さんもいた。起きる時間や寝る時間、好きな食べ物と嫌いな食べ物、週に何回ウンコをするか、さらには夜中におねしょをするからシーツの下には防水シートを敷くようにだとか、そんなことが書かれている。息子が恥ずかしがっているのもお構いなしに、みんなの前でそのリストを読みあげてから、四つに折り畳み、シャツの内側に縫いつけてあるポケットにしまった。でも、すぐに考えなおしたのか、また紙を取り出し、息子を迎えてくれる家族への御礼の言葉を書き添える。神のご加護で自分たち家族はそれほど困窮してはいないものの、どうしても行きたいと言い張る息子の願いを聞き入れてやることにしたのだという言い訳も忘れずに。

そんなお父さんたちとは対照的に、お母さんたちは恥じる様子もなく、二人、三人、あるいは四人の子供の手を引いて歩いていく。僕はルイジ兄さんには会ったことがなく、生まれたときから一人っ子だ。父さんの出発にも間に合わなかった。生まれてくるのが遅すぎて、誰にも会えなかったんだ。でも、それでよかった。お蔭で父さんは、僕を列車に乗せるなんていう情けない思いをしなくてすむんだから。

僕らは細長い建物の前に着いた。アントニエッタ母さんが、ここは貧しい人々のホテル《アルベルゴ・デイ・ポーヴェリ》〔困窮者を受け容れるための施設として建てられた十八世紀のナポリの建物〕だと教えてくれた。僕は抗議した。「どういうこと？　北部へ行って、いい暮らしをするんじゃなかったの？　なんで貧しい人々のホテル《アルベルゴ・ディ・ポーヴェリ》になんて連れてきたんだよ。これじゃあ、今よりもっと悪くなるだけだ。路地裏の家にいたほうがましじゃないか」すると母さんは、北部に送り出す前に、健康かどうか、なにか他人にうつすような病気を持っていないか診察をするためにここへ来たのだと言った。

「それと、厚手の服や、オーバーコートや靴を配ってくれるの。このあたりと違って、北部には本格的な冬があるからね」

「真新しい靴？」僕は思わず意気込んだ。

「真新しい靴か、誰かのお古だけどきれいな靴よ」と母さん。

「星ひとつ獲得だ！」僕は歓声をあげ、束の間、出発のことも忘れて、あたりをぴょんぴょんと跳ねまわった。

　細長い建物の前には大勢の人だかりができていた。幼い子から、小さい子や中くらいの子、そこそこ大きな子まで、様々な年齢の子供を連れたお母さんたちが集まっていた。僕は中くらいの子の部類だ。入口に若い女の人が立っている。マッダレーナではないし、お米を配っていた慈善協会の貴婦人たちとも違うみたいだ。その人に、一列に並ぶように言われた。健康診断がすんだら、識別のための番号を服に縫いつける。さもないと、帰るときに誰が誰だかわからなくなって、それぞれの家に別の子を送り届け、本当の両親に会えなくなるからだそうだ。僕には母さんしかいないのに、別の子と間違えられるなんて絶対にごめんだと思い、母さんのバッグにしがみついた。そして、よく考えてみたら新しい靴なんて欲しくないから、もし僕のためだというのなら、家に帰ろうよと言ってみた。でも、母さんは僕の言うことが聞こえないのか、あるいは聞きたくないのか、返事がない。僕はお腹の底から悲しみが込みあげた。もしかすると、出発しなくてすむように、うまく受け答えができないふりを続けてたほうがよかったのかもしれない。

泣いているところを母さんに見られたくなくて顔を背《そむ》けたら、思いがけないものが目に飛び込んできて、思わず笑ってしまった。僕の二列後ろの集団に、トンマジーノがいたんだ。僕は声を張りあげた。「トンマジ！ イスキア島に行く蒸気船でも待ってるのか？」トンマジーノは青ざめた顔で僕を見た。恐ろしくて生きた心地もしないんだろう。結局、トンマジーノのお母さんも施しを受けることにしたらしい。パキオキアが、アルミダさんは昔、ずいぶん羽振りがよかったと言っていた。レッティフィーロ街のお屋敷に住み、お手伝いさんもいたそうだ。町の上流階級のご婦人たちのために洋服を仕立てていて、顔も広かった。旦那さんのジョアッキーノ・サポリートさんは、なんと自家用車を買おうとしていたらしい。ザンドラリオーナに言わせると、アルミダさんは――失礼ながら――ファシストに媚《こ》びへつらって道を切り拓《ひら》いてきたそうだ。その後ファシズムが崩壊すると、また振り出しに戻って古着を売り歩くようになった。有力者だった旦那さんは、捕まって尋問された。誰もが罰せられると思っていた。有罪の判決を受けて刑務所行きだと思ってたんだ。なのに、なんのお咎《とが》めもなかった。ザンドラリオーナは、「恩赦」があったと言っていた。要するに、僕が、今は亡きフィロメーナお祖母《ばあ》ちゃん――どうか安らかにお眠りください――の形見の、マカロニを入れておく器を割ったのを、アントニエッタ母さんに見つかり、「あたしの目の前から消えておしまい。さもないと棍棒で打ちのめすよ」と叱られたときのようなものらしい。あのとき僕は、ザンドラリオーナの家に逃げ込んで丸二日母さんと顔を合わせないようにしてたら、いつの間にか許してもらえた。アルミダさんのファシストの旦那さんも、しばらくすると釈放されて家に戻ってきた。そして、その件についてはもなにも言わなくなった。今では、僕たちの路地裏の一本向こうの長屋《バッソ》で、奥さんと古着を売りさばいて生計を立てている。

アルミダさんがレッティフィーロ街で仕立て屋をしてた頃、トンマジーノは真新しい靴を履いていた（星ひとつ）。その後、アルミダさんがまた路地裏で古着を売り歩くようになると、トンマジーノはずっとその靴を履き続けていたせいで、いつの間にか両方とも古くなって孔があいてしまった（マイナス2点）。

母さんは、僕らの列の後ろに並んでいるトンマジーノを見ると、僕に約束を思い出させるために手をぎゅっと握った。僕も握り返したけど、こっそりと友達のほうを見て、目配せした。実は僕が古着を集めに行くとき、トンマジーノもたまに一緒に来てたんだ。でもアルミダさんは、息子が僕と付き合うのを嫌がっていた。息子は、自分たちより恵まれた境遇の子と付き合うべきで、自分たちより困窮している子と遊ぶのはよくないと考えていたらしい。それを知った母さんは、トンマジーノは、いったん成りあがったくせに、また貧乏暮らしに舞い戻ってきた田舎者の息子で、おまけにザンドラリオーナが言うように、ファシストの家の子だから、これからはもう一緒に遊ばないと、無理やり僕に誓わせた。つまり、僕は母さんに、トンマジーノはアルミダさんに、それぞれ約束をさせられたというわけだ。それでも僕たちは隠れて、毎日のように午後を一緒に過ごしてた。

建物の前には子供連れが続々と集まってくる。徒歩で来る人ばかりでなく、僕たちの隣に居合わせたお母さんは路面電車の会社が用意した特別バスに乗ってきたと言ってたし、警察の大型ジープに乗ってくる親子もいた。兵士の姿もなく、大勢集まった子供たちが手を振り、色とりどりの横断幕が掲げられているのを見ると、ピエディグロッタの音楽祭〔毎年九月に開催されるナポリの民謡祭り〕の山車《だし》みたいだ。僕も大型ジープに乗りたいと母さんに頼んでみたら、迷子になると困るから母さんから離れては駄目と言われた。どうしても迷子になりたいなら、番号を縫いつけてもらってからにしてちょうだいと。あたりには人がひしめいていた。女の人が、一列に並んでくださいと言ってるけど、行列は魚屋さんにつかまれた鰻のようにくねくねと動きまわる。

さっきまで、早く列車に乗りたいと駄々をこねてた金髪の女の子が、思いなおしたらしく、今度は出発なんてしたくないと言って泣いている。僕よりも少し年上の茶色い帽子をかぶった男の子は、列車に乗ることになったお兄ちゃんを見送りに来たらしく、お兄ちゃんは楽しい思いをしに行くのに僕だけここに残るのはずるいと言って、これまた泣きだした。怒鳴り声や平手打ちの音が飛び交うが効果はなく、いつまでも泣き続けるものだから、お母さんたちはどの聖人にお願いすればいいやら途方に暮れている。そこへ名簿を持った女の人がやってきて、金髪の女の子の名前を消し、代わりに茶色い帽子をかぶった男の子の名前を書き込んだので、すべて円《まる》くおさまった。ただ一人不服そうだったのは金髪の女の子のお母さんで、家に帰ったらただじゃおかないよと小言を言いながら、女の子を連れて帰っていった。

そこへ聞き憶えのある声が響いてきた。デモ行進をしている女の人たちの先頭に、パキオキアがいて、両腕を宙で振りまわしながら、あらんかぎりの声で叫んでいる。国王、ウンベルト二世の肖像画を安全ピンで胸につけていた。前にパキオキアの長屋《バッソ》で初めてその写真を見たとき、僕はこんなふうに尋ねた。「この口髭を生やした若い男の人は誰？　おばさんの恋人？」するとパキオキアは、先の戦争で命を落とした婚約者――どうか安らかにお眠りください――を侮辱したと言って、僕を蹴飛ばさんばかりの勢いで怒った。あたしは、たとえ頭のなかででも彼を裏切ったことは一度もないんだよと言って。それから胸の前で十字を三回切り、指の先にキスをすると、そのキスを天に向かって投げた。写真の口髭を生やした若い男の人は、イタリア王国最後の王様で、国王の座に就いたとたんに引きずり下ろされたそうだ。それもこれも、共和制にしようなんて思いついた連中が、自分たちにとって有利になるように投票用紙をごまかしたせいだよ、とパキオキアは憤慨していた。あたしはく・ん・しゅ・せ・いを支持してるんだ。コミュニストが天地をひっくり返したお蔭で、なにがなんだかわからない有り様になっちまったよ……。パキオキアによると、僕の父さんも赤のならず者で、それで町から逃げ出したらしい。アメリカに行ったなんて嘘っぱちだねと言っていた。それを聞いて僕は、確かにそうかもしれないと思った。だってアントニエッタ母さんは黒髪なのに、僕は赤毛だ。ということは、父さんも赤に決まっている。そのときから僕は、みんなから「赤毛のひねくれ者」とからかわれても、怒りが込みあげなくなった。

　胸に肖像画をつけたパキオキアは、子供を連れていない女の人たちのデモ隊を先導し、子供連れの女の人たちに向かってわめきたてている。「自分の子供を売るのはやめなさい！　あなたたちは言葉巧みに洗脳されています。子供たちが実際に連れていかれるのはシベリアで、そこで労働させられるのです。もしかすると、その前に凍え死ぬかもしれません」

　それを聞いて、小さな子たちは行きたくないと泣きわめき、年が上の子たちはよけい意地になって早く出発したがった。サン・ジェンナーロ〔ナポリの守護聖人〕のお祭りみたいな騒ぎだ。ただし奇跡は起こらない。パキオキアが胸を叩くたびに、安全ピンで留めた口髭の男の人は平手打ちを喰らう。ザンドラリオーナがいれば、きっと負けじと言い返したにちがいない。でもザンドラリオーナはどこにもいなかった。パキオキアは続けた。「子供たちを列車に乗せてはいけません。乗せたら最後、二度と帰ってはきませんよ！　ファシストたちが列車を爆破するために、線路沿いに爆弾を仕掛けているのを知らないのですか？　大切な子供たちの手を離してはいけません。爆撃のときとおなじように、皆さんがそばにいて神のご加護を祈りさえすれば、子供たちは護れるのです」

　僕は、爆撃のときに警報の音と人々の叫び声が聞こえたのを憶えている。警報が鳴るたびに母さんが僕を抱きあげて走り、防空壕に逃げ込んだ。そして、爆撃が終わるまでずっと抱きしめていてくれた。だから爆撃のあいだ僕は幸せだった。

子供を連れていない女の人たちのデモ隊が、親子連れの群衆のあいだを突っ切ったので、かろうじて形を保って並んでいた列がまたしてももみくちゃになった。すると、細長い建物から別の女の人たちが出てきて、懸命にみんなを落ち着かせようとした。「帰らないでください。せっかくの機会をお子さんたちから奪わないでください。もうすぐ冬がやってきます。寒さ、トラコーマ、じめじめした家……」そう訴えながら、子供たち一人ひとりに歩み寄り、銀紙に包まれた板を一枚ずつ配っていく。「私たちも人の子の親です。皆さんの大切なお子さんたちは、暖かな家で冬を過ごし、食事をさせてもらい、面倒をみてもらえるのです。ボローニャやモデナ、リミニでは、多くの家庭がお子さんたちを迎え入れようと準備しています。帰る頃には、間違いなく健康をとりもどし、ぽっちゃりとかわいらしく成長しているでしょう。毎日、三度三度の食事ができるのですから」一人の女の人が近づいてきて、僕にも銀紙の包みをくれた。開けてみると焦げ茶色の板のようなものが出てきた。「食べてごらん、坊や。チョコレートよ」と言われて、僕は、「うん、聞いたことがある」と知ったかぶりをした。

「アントニエッタさん、あんたまで息子を売るのかい？」ちょうどそのとき、口髭の男の人の肖像画に手をおいてパキオキアが言った。何度も叩かれた肖像画はすっかりぼろぼろになっている。「あんたがそんなことをするなんて思ってもみなかったよ。そこまでするほど困ってはいないはずだろう？　カーパ・エ・フィエッロが捕まったからかい？　言ってくれたら、コーヒー一杯ぐらいあたしがご馳走してあげたのに」

アントニエッタ母さんは、コーヒーのことを告げ口したのは僕なのか探ろうと、恐ろしい目つきでこっちをにらんだ。「パキオキアさん、あたしはこれまで、誰からも施しを受けずに生きてきた。

なにか手助けしてもらうことがあれば、借りは必ず返してきたし、返せないようなことは端《はな》から頼まなかった。夫は幸運を求めて故郷《くに》を出たきり、いつ帰るかもわからない。あなたはうちの事情を全部知ってるでしょう。今さらなにも説明する必要はないはずよ」

「なにが幸運なものか。アントニエッタさん、バカを言うのはおよし。あんたまで、じ・そ・ん・し・んを失くしちまったのかい？」

パキオキアおばさんが「じ・そ・ん・し・ん」という言葉を口にしたとき、僕は茶色い歯茎と抜けた歯の隙間から飛び散る唾を見るのが嫌で目をつぶった。だけど、いつまで経ってもアントニエッタ母さんが黙ってるものだから、また目を開けた。なんだか嫌な予感がする。一方的に批判されて黙り込むなんて、母さんらしくない。そこで僕はチョコレートの最後のひとかけらを銀紙から取り出すと、とりあえず紙を丸めてポケットにしまった。一昨日レッティフィーロ街で見つけた玩具《おもちゃ》の兵隊の鉄砲の玉にして、あとで遊ぶためだ。それから、母さんの代わりに答えてやった。「パキオキアおばさん、僕には、どこにいるかわからないけど、ちゃんと父さんがいるよ。だけど、おばさんには子供がいるかい？」

パキオキアは胸に手を当てて、もはやぼろぼろになったかわいそうな口髭の男を撫でた。

「いないんだろう？　おばさんには、ウンベルト王の肖像画しか頼るものがないんだ」

パキオキアの茶色い歯茎が怒りでわなわなと震えている。

「残念だなあ！　子供がいるなら、このチョコレートの最後のひとかけらを分けてあげようと思ったんだけど……」

そう言うと僕は、チョコレートのかけらを口に放り込んだ。

5

「女性の皆さん！　どうか私の話を聞いてください。私はマッダレーナ・クリスクオロと申します。サンタ・ルチア地区の出身で、ナポリの四日間〔一九四三年九月二十七日から同三十日にかけて起こった占領ドイツ軍に対する民衆蜂起〕のときには戦闘に加わりました」

それまで騒がしかった母親たちが静まり返る。マッダレーナは野菜売りの荷車の上に立ち、鉄の漏斗《じょうご》みたいなものに向かって話している。それを使うと声が大きく響いた。

「ドイツ軍を追い払うとき、私たち女性は手を取り合って戦いました。母親も娘も妻も、老いも若きもみんな市街に出て戦ったのです。あなた方もいたし、私もいた。これは新たな戦いです。おまけに相手は、飢えと貧困というひどく手強《てごわ》い敵です。皆さんが戦うことによって、勝利を収めるのはお子さんたちなのです！」

母親たちはそれぞれ自分の子供を見つめた。

「お子さんたちは必ず、今よりふっくらとして帰ってきます。そのあいだ皆さんは、これまでの生活における多くの苦労から解放されるのです。お子さんたちをふたたび抱きしめるとき、あなた方も今よりふくよかに美しくなっているはずです。大切なお子さんたちは、この私の名誉に懸けて無事に連れて帰ることをお約束します。マッダレーナ・クリスクオロという名に懸けて誓います」

母親たちも子供たちも、黙って聞いている。

マッダレーナは野菜売りの荷車から降り、母親たちと、その服にしがみついている子供たちのあいだを歩きながら、鉄の漏斗に向かって歌いだした。その声はとてもきれいで、音楽学校の前に腰掛けて、ヴァイオリンを手にしたカロリーナが出てくるのを待っているときに聞こえてくる歌声にも負けないくらいだ。

「あたしたちは女だけど、怖くなんかない。愛《いと》しい子供たちのためなら、愛しい子供たちのためなら。あたしたちは女だけど、怖くなんかない。愛しい子供たちのために、みんなで力を合わせよう」

コミュニストの女の人たちも、マッダレーナに合わせて歌いはじめる。最初、母親たちは黙って聞いているだけだったが、一人が勇気を出して声を出すと、一人また一人と声をそろえて歌いはじめた。パキオキアと抗議デモをしていた女の人たちがイタリア王国の国歌で応戦する。「国王陛下万歳！　国王陛下万歳！　国王陛下万歳！　国王陛下万歳！　トランペットが高らかに鳴り響く。国王陛下万歳！　国王陛下万歳！　国王陛下万歳！　トランペットとともに歌声がこだまする……」とはいえ、人数が少ないうえに音程も外れていて、母親たちには敵《かな》わない。母親たちの歌声はますます大きくなり、仕舞いには母親と子供たちの歌声しか聞こえなくなった。アントニエッタ母さんが歌うのを、僕は生まれて初めて聞いた。パキオキアが歌うのをやめて口をつぐむと、歯茎も隠れた。そしてデモ隊を引きつれて帰っていった。僕の前を通りかかったとき、「空腹は恐怖を押し殺す……」と言っているのが聞こえたが、そのまま群衆に呑み込まれて続きは聞きとれなかった。

マッダレーナが、相変わらず鉄の漏斗を片手に、お母さんとお別れの挨拶をすませた子は細長い建物のなかに入ってください、身体《からだ》を洗って、健康診断を受けますと言っている。いい子にしてれば、またチョコレートがもらえるらしい。僕はアントニエッタ母さんの手をぎゅっと握った。母さんの顔を見あげると、瞳には奇妙な色が浮かんでいた。路地裏まで食べ物を漁りに来たドイツ兵の軍服とおなじ色だ。僕は、前にコンサートのリハーサルがあったとき、カロリーナと一緒に劇場へ忍び込んで見たオーケストラの指揮者みたいに両腕をひろげると、母さんのお腹に顔を思いっきりうずめた。ふだん僕たちは抱き合ったりしないから、母さんは驚いてたけど、僕の髪に手を入れて、前後にそっと動かした。その手は軽やかで、お湯に溶かした石鹸《せっけん》の匂いがした。ただし、それもほんの束の間だった。

女の人が近づいてきて僕の名前を尋ねた。僕は、アメリーゴ・スペランツァで、母さんのアントニエッタとおなじ名字だと答える。その人は、僕の名前と名字、それに番号が書かれたカードを安全ピンでシャツに留め、まったくおなじカードを母さんに渡した。母さんはそれを胸のポケットに入れた。いつも母さんの大切な物がしまわれているポケットだ。わずかばかりのお金と、悪魔を退治してくれる聖アントニオスの聖画、死んだフィロメーナお祖母ちゃん——どうか安らかにお眠りくださいーーが刺繡《ししゆう》をしたハンカチ。そこに僕の番号が新しく加わった。僕が出発したら、それを肌身離さず持ち歩くのだろう。

子供と母親にそれぞれ番号を配り終えると、マッダレーナが鉄の漏斗を口に当てて、みんなにしっかり聞こえるように顔を四方に向けながら話しはじめた。

「お母さん方、まだ帰らずに、もう少しお待ちください。お子さんたちの後ろに並んで記念写真を撮りますからね」

なにも知らされていなかった母親たちが驚いて勝手に動きまわったため、苦労して並ばせたはずの列が、またしても崩れてしまった。髪の毛を手で梳かす人、頰をつねって健康そうに見せかけようとする人、レッティフィーロ街のショーウインドウに飾られた肖像画の婦人みたいに口紅を塗っているように見せたくて、唇を嚙《か》む人もいる。アントニエッタ母さんは掌《てのひら》を舐《な》めて僕の頭を撫でつけた。丸坊主にしたあと、僕の髪は目もくらむほどの勢いで伸びていたからだ。マッダレーナが手にプラカードを持って近づいてくる。「アメリ、なんて書いてあるの？」と母さんに訊かれたので、僕はそこに並んでいる文字の列を見た。知っている文字もあるし、知らない文字もある。文字をつなげて読もうとすると頭が混乱した。僕が好きなのは数字なんだ。「なんのためにあんたを学校に行かせたと思ってるの。椅子を温めるためじゃないのよ」

さいわいマッダレーナが鉄の漏斗を口に当てて読んでくれた。「私たちは南部の子供です。私たちに手を差し伸べようと北部の人たちが待っています。これこそが連帯なのです」と書かれているらしい。「連帯」というのはどういう意味なのか、僕はマッダレーナに質問したかった。ところが、少しくたびれたグレーのズボンの上にジャケットを羽織った男の人がやってきて、写真を撮るからポーズをとるようにと言った。アントニエッタ母さんが僕の肩に手をおいたので、下から顔をのぞくと、笑みを浮かべようとしてるみたいだった。なのに直前に考えなおしたらしく、カメラマンがシャッターを切ったときには、いつもの母さんの顔に戻っていた。

僕たちはようやく細長い建物のなかに入った。どの子も、お母さんから離れると、ひとまわり小さく見える。外にいたときには威張り散らしてた子たちまで、縮みあがって心細そうだ。僕たちは薄暗い廊下で三列に並んで待たされた。僕はトンマジーノを励ましたくて、隣に並んだ。ハムスターが雨に濡れてドブネズミに戻ったときよりも激しく両脚を震わせているのに気づいたからだ。僕たちと一緒に、マリウッチャという名前の女の子も並んでいた。痩せっぽちで髪は短く刈り上げている。ピッツォファルコーネの丘に住む靴修理職人の娘だ。僕は、前にアントニエッタ母さんに連れられて工房へ行ったことがあったので、その子のことを知っていた。あのとき母さんは、うちの子はやたらと靴にこだわるから、工房において仕事を仕込んでくれないかと親方に頼み込んだのだった。親方は僕たちの顔を見ようともせずに、カウンターの後ろを指差した。見ると、靴と釘と接着剤を手にした、年齢もまちまちの子供が四人もいた。亡くなった奥さん――どうぞ安らかにお眠りください――が、あの世に行くときに夫に託した子供たちだった。マリウッチャはたった一人の女の子で、もう少し大きくなれば家のことや兄弟の世話をさせられるが、今のところは四人とも靴修理の見習いとして働かせるしかなくてね、と親方は言った。つまり答えはノーということだ。

あとでザンドラリオーナに聞いた話では、マッダレーナが子供列車の話をしに行くと、靴修理職人のお父さんは、だったらマリウッチャだけ行かせると答えたそうだ。男の子たちには仕事の手伝いをさせられるが、マリウッチャはマカロニを火にかけて温めることすらまともにできず、まだなんの役にも立たないからだ。

並んでいるあいだ、マリウッチャは青ざめた顔に、なにかにとりつかれたような目をして泣いていた。「嫌だ！　行きたくない！　両手を切断されて窯《かま》に放り込まれる！」

一方で、なにがなんでも出発してやると意気込む子たちもいた。「僕はトラコーマなんだ。僕はトラコーマなんだ」病気の名前というより、ロトくじで三つの数字がそろったみたいにわめいている子もいる。それを聞いたほかの子たちまで、一緒になってわめきだす。「トラコーマだよ。僕たちもトラコーマだ」トラコーマにかかった子だけが列車に乗れると信じ込んでいるらしい。

僕とトンマジーノとマリウッチャは身を寄せ合って座った。マリウッチャはときどき鼻をくんくんさせてあたりのにおいを嗅いでいる。焦げたにおいも焼けた肉のにおいもしないし、煙も見えない。今のところは、窯に放り込まれる心配はなさそうだ。女の人たちが子供たちのあいだを行き交っては、背の高い男の人と話している。その人は手に持った名簿に、ときおり鉛筆でなにやら書き込んでいる。マッダレーナはその人のことを「マウリツィオ同志《コンパーニョ》」と呼び、彼もマッダレーナのことを「同志」と呼んでいた。学校の級友《コンパーニョ》みたいだ。マウリツィオ同志は行ったり来たりしながらみんなからの報告に耳を傾け、指示を出している。僕らのそばに来ると、立ち止まってこちらを見た。「君たち、名前はなんていうの？」

僕らは恐ろしくて声が出せなかった。「おーい、君たちに訊いてるんだよ。喋れないのか？　舌を切られたとか？」

「いいえ、まだあります」恐怖のあまり息も絶え絶えのトンマジーノが答えた。

「どういうこと？　舌まで切られるの？」マリウッチャはますます不安そうだ。「じゃあ、パキオキアの言ってたとおりなんだ」

マウリツィオ同志は豪快に笑って、僕ら三人の頭をくしゃっと撫でた。「さあ、べろを出して見せておくれ」

僕ら三人はお互いに顔を見合わせながら、舌を出した。「ずいぶんと長いべろだなあ。そうだね、僕だったらもう少し短く切るところだが……」

マリウッチャは慌てて舌を引っ込め、指をバツ印にして口の前に当てた。

「規則で禁じられてるんだ」マウリツィオ同志は手に持っている名簿のページをめくった。「ほら、見てごらん。ここに書いてあるだろう。君たち字は読めるかい？　読めない？　そいつは残念だな。字さえ読めれば自分たちで確かめられるのに。〈子供の救済のための委員会〉会則第百三条。子供の舌を切ることは禁ずる……」そう言ってまた笑った。それからページをめくり、本当は真っ白なことを示した。「マウリツィオ同志は冗談が好きなんだね」いくらか元気が出たらしく、トンマジーノが言った。

「そのとおり。それとね、もうひとつ好きなことがある。君たち五分だけじっとしててくれるかい？」そう言うと、白いページに鉛筆で絵を描きはじめた。僕らの顔をちらちらと見ながらデッサンし、しばらくすると手を止めて、また観察しては、描いていく。描きあがるとそのページを破り、こっちに向けて見せてくれた。僕らは三人とも驚いて口をぽかんと開けた。僕らにそっくりの顔が描かれていたんだ。その紙を渡されたトンマジーノは、大切そうにポケットにしまった。

廊下の突き当たりから、エプロンと手袋をした女の人が二人やってきて、服を脱ぐように言った。僕らは三人とも泣きたい気分だった。トンマジーノは、古くて孔のあいた履き心地のいい靴を盗まれてしまうのではないかと心配で、マリウッチャはみんなの前で服を脱ぐのが恥ずかしくて、僕は片方の靴下は大丈夫だけど、もう片方には継ぎが当たっているかもしれないと不安になって。それで僕は女の人のそばに行って、寒いから服を脱げないと言った。二人もおなじことを言った。

そこへマッダレーナが助け船を出してくれた。「じゃあ、今から楽しいゲームをしましょう。いい？」そう言って、僕らの顔を見る。「きっとみんなは一度もしたことのないゲームよ。ただしお洋服は脱いでちょうだいね。そうしたら、きれいであったかい、新しい服をあげるから」「靴ももらえるの？」と僕は尋ねた。「全員が新しい靴をもらえるわよ」マッダレーナはぱらりと落ちた前髪を耳にかけながら約束した。僕たちはしぶしぶ服を脱ぎはじめた。するとマッダレーナは、水をまき散らす管が天井についた部屋に僕たちを入れた。温かいお湯が雨みたいに降ってくる。その管の下に立つと、いくつもの滴が僕の身体に降り注いだ。溺れるのが怖くて両目をぎゅっとつぶってたら、スポンジを持ったマッダレーナがやってきて、いい匂いのする真っ白な泡で僕を包んでくれた。髪、腕、腿、足という順で、優しく撫でるように身体じゅうに石鹸を滑らせる。母さんは僕のことをこんなふうに撫でてくれたことはない。目を開けると、隣にいたトンマジーノにお湯をかけられた。マリウッチャはといえば、床にできた茶色い水たまりで足をばちゃばちゃさせている。

マッダレーナは、二人のことも石鹸の泡だらけにして汚れを洗い流すと、僕たち一人ひとりを白くてざらざらのシーツにくるみ、ひと足先にこざっぱりしたほかの子たちが座っている木のベンチに座らせた。しばらくすると丸パンが縁までいっぱいに入った籠《かご》を提げた女の人がやってきて、一人ひとつずつ配りはじめる。パンは僕らのことを診察してくれるお医者さんからのプレゼントだそうだ。僕は、お医者さんになんて会いたくなかったけど、とりあえずもらったパンを食べた。目を閉じると、石鹸のいい匂いが鼻のなかに飛び込んできた。

6

ピアッツァ・ガリバルディ駅の線路は瓦礫《がれき》に埋まったままで、多くの列車が爆撃で破壊されていた。僕は前に、旗を振りながら行進する兵隊を見たことがある。片腕を失った者がいれば、片足がない者や、片目がつぶれた者もいるといった具合に、どの兵隊もたいていどこかに傷を負っていた。壊れた列車も、あのときの帰還兵みたいだ。傷を負ってはいるものの、死んではいない。

その代わり、壊れずにすんだ列車はとてつもなく長く、先頭の車両が見えても最後の車両はなかなか見えてこない。出発の前に母さんたちがお別れに来るとマッダレーナは言ってたけど、僕たちを見てもきっとわからないだろう。オーバーコートの胸に番号がついていて本当によかった。これがなかったら、母さんたちは僕らを北部の子供だと思い込み、列車が出発するときにも、「聖母様がお護りくださるよ」とさえ言ってもらえなかったにちがいない。

男子はみんな髪を短く刈り込まれ、半ズボンに厚手の靴下、白い綿の下着の上にワイシャツとオーバーを着せられた。僕は最初から丸刈りだったから髪型はおなじだ。女子は髪を二本の三つ編みにされて緑と赤のリボンで結ばれ、ワンピースかスカート、その上に、やっぱりオーバーを着せられた。それに靴。全員に靴が一足ずつ配られた。僕の番がまわってきたとき、ぴったりのサイズがなかった。渡された真新しくてぴかぴかした、紐のついた茶色の靴は、ひとつ小さなサイズだった。「どうかしら？　履き心地はいい？」行ったり来たりして少し歩いてみたけど、やっぱりきつかった。それでも僕は、その靴を取りあげられるのが怖くて、「大丈夫！　ちょうどいいです」と答えた。そして、そのまま脱がずに履いていた。

僕らはホームの前に並ばされて、いくつもの注意事項を言い渡された。服を汚さないこと、大声を出さないこと、窓を開けないこと、追いかけっこやかくれんぼうをしないこと、列車の備品を盗まないこと、靴やズボンの交換をしないこと、髪の三つ編みをほどかないこと。その後、またお腹がすいてきて、パンとふたきれのチーズが配られた。でも、チョコレートはもうもらえなかった。僕たちの乗る列車はまだ到着しておらず、誰もがどんな列車なのか早く見たくて、うずうずしていた。僕はなんだか自慢したくなって、父さんも列車に乗ってアメリカに行ったんだと言った。僕が生まれるのを待っててくれたら、一緒にアメリカへ行けたのに、と。するとマリウッチャが、アメリカには列車ではなく、船で行くものだと反論した。僕は、アメリカのことなんてお前になにがわかるか、お前の父さんはアメリカに行ったことないくせに、と言ってやった。するとマリウッチャに、なにバカなこと言ってるの、アメリカが海の向こうにあることぐらい誰だって知ってるよ、と言い返された。マリウッチャは僕より年が上で、お母さんがマリウッチャと兄弟を靴修理職人のお父さんに託して死んでしまう前は、学校の成績だってよかったらしい。ザンドラリオーナがいれば、アメリカが海の向こうにあるというのは本当なのかどうか訊けたのに、どこにも姿は見当たらなかった。アントニエッタ母さんもいない。どっちにしても、母さんは勉強があんまり得意じゃないので、わからないことがたくさんあった。その代わりに姿を見かけたのは、メディーナ通りの建物で同志たちと口論していた、金髪のコミュニストの若い男の人だった。子供たちの人数を数えているマッダレーナを手伝っている。彼女のそばにいることが嬉しいみたいだった。もしかすると、ひどく頭を悩ませていた「南部問題」とやらを、マッダレーナに解決してもらったのかもしれない。

遠くに見えてきた列車は、レッティフィーロ街の玩具屋《おもちゃ》さんで見たのとまったくおなじだった。それが、近づくにつれてどんどん大きくなり、仕舞いには巨大になった。トンマジーノは怖がって僕の後ろに隠れてしまった。僕も本当は怖いのに……。女の人たちが、オーバーコートについてくる番号を一人ずつ確認しながら名簿に書かれた名前を読みあげていく。僕の番になり、「アメリーゴ・スペランツァ」と名前を呼ばれた。鉄の段々を三つのぼると、そこは列車のなかだった。湿度が高く、閉め切った臭いがする。パキオキアの長屋《バッソ》とおなじ臭いだ。外からだとてつもなく大きく見えたのに、なかは狭くて居心地が悪かった。まるで鉄の取っ手で開けたり閉めたりする物置小屋を、隣り合わせにいくつも並べたみたいだ。ひとたび列車に乗ってしまうと、すべてがあれよあれよという間の出来事で、たとえ望んだとしても途中で引き返すことなんてできなかったんだと思い知った。今頃、母さんは長屋《バッソ》に帰っているんだと思うと、お腹の底から悲しみが込みあげた。僕に続いてマリウッチャとトンマジーノも乗り込んでくる。その表情からは、二人も「いったいどうしてこんな列車に乗ってしまったんだろう」と思っているのが見てとれた。女の人たちが名前を次々と呼ぶものだから、列車はどんどんいっぱいになっていく。立ちあがる子、座る子、あちこち走りまわる子、お腹がすいたとか喉がかわいたとか騒いでいる子……。しばらくすると、舌をちょん切ると言ったくせに、似顔絵を描いてくれたマウリツィオ同志が僕らのコンパートメントに入ってきた。「ほら、みんな騒いでないで静かに。旅は長いんだぞ。ちゃんと座りなさい」それでもみんな好き勝手なことをしているものだから、マウリツィオ同志の顔から笑いが消えた。僕は、とうとう彼の堪忍袋の緒も切れて、列車も靴もオーバーもすべて取りあげられるんじゃないかと心配になった。僕たちにはそんな資格はないんだ。パキオキアの言うとおり、僕たちにはなんの価値もない。木製の座席に腰掛け、染みのある車両の仕切り板に顔を押しつけていたら、閉め切った臭いと木の座席、汚れた窓ガラスと母さん恋しさで目がむずがゆくなってきた。

そのときマリウッチャとトンマジーノに呼ばれた。「アメリーゴ、アメリーゴ！　来て！　こっち！　外を見て！」

僕は立ちあがって窓際に移動し、お母さんの手を握ろうと、必死に窓から腕を伸ばしているほかの子たちのあいだに割り込んだ。トンマジーノが少し場所を譲ってくれたお蔭で、僕にも母さんの顔が見えた。大勢のお母さんたちのあいだで、いつもより小さい気がする。列車はまだ動きだしてないのに、ひどく遠くに感じられた。母さんのそばにはザンドラリオーナもいた。今日の午前中は親戚の追悼ミサに行く予定だったけれど、わざわざ僕を見送りに来てくれたのだ。

母さんが窓の向こうからリンゴをひとつ渡してくれた。小さくて、赤くて、丸いリンゴ。アヌルカという品種のリンゴだ。僕はそれをズボンのポケットにしまい、すごくきれいなリンゴだから、食べないでおこうと思った。前にトンマジーノと一緒に忍び込んだサングロ王子の礼拝堂〔サンセヴェーロ礼拝堂のこと〕で見た心臓みたいに、真っ赤なハート形だ。礼拝堂には、骨だけじゃなくて血とか心臓とかもついた骸骨があると教えてくれたのはザンドラリオーナだ。トンマジーノは死人に捕まったら怖いと言って、一緒に来たがらなかった。だけど、パキオキアはいつだって、恐ろしいのは死んだ人間じゃなくて生きている人間のほうだって言っていた。そこで僕らは蠟燭《ろうそく》をともして真っ暗な礼拝堂のなかに入ってみた。そのとたん、石ではなくて本物の肉でできているみたいな像がいくつもあるのが見えた。シーツをかぶって眠っている大理石のイエス・キリストは、石のシーツがあまりにも薄くて、今にも目を覚ましそうだった。頭のなかで心臓がどくどくと鼓動するのを感じながら石像のあいだを歩いていくと、とうとう二体の骸骨が目の前に現われた。今しがた肉体の外に脱け出したばかりのように立っている。死人の頭はつるつるに禿げていて、笑った口には歯がなく、ごちゃごちゃにもつれた赤と黒の血管が骨にからまっていた。その真ん中に、アヌルカ種のリンゴのように丸くて赤い心臓があった。手から蠟燭が滑り落ち、僕ら二人はいきなり暗闇に放り出された。助けを呼びながらひたすら歩きまわったが、返事をしてくれる人は誰もいなかった。どのようにしてかはわからないけど、やっとのことでトンマジーノが出口を見つけた。あいつの言ってたとおりだったんだ。生きている人間も確かに怖いが、死人だって手加減しない。僕らが外に出たとき、道はうす暗くなっていた。でも礼拝堂の暗闇に比べると、夜の暗さなんてどうってことなかった。いまだに僕はときどき、サングロ王子の骸骨の夢を見る。

僕は列車の窓越しに母さんの様子をうかがった。母さんはなにも言わず、ショールのなかで縮こまっている。黙っているのは母さんの得意技だ。そのとき、列車が大きな呻《うめ》き声をあげた。学校の先生がアルファベット練習帳の下に置かれたゴキブリの死骸を見つけたときにあげた悲鳴よりも、はるかに大きな声だ。すると列車の外にいたお母さんたちが、腕を高くあげて前後に動かしはじめた。さよならの挨拶をしているのかと思ったら、そうじゃないらしい。

列車に乗り込んでいた子供たちが一斉にオーバーコートを脱ぎ、窓から放り投げてそれぞれのお母さんに渡しはじめたんだ。マリウッチャとトンマジーノもだ。僕は度肝を抜かれた。「みんな、いったいなにしてるの？　北イタリアに着いたら、寒くて風邪ひいちゃうよ」

するとトンマジーノが教えてくれた。「最初からこうする約束だったんだ。列車に乗る子は、家に残るきょうだいのためにオーバーコートを置いていくってな。北イタリアの冬は確かに寒いのかもしれないけど、ナポリだって冬は暖かいわけじゃないだろ？」

「でも、僕たちはどうするの？」

「コミュニストがまた別のをくれるよ。みんなお金持ちだもの、それくらい平気」靴修理職人のお父さんにオーバーコートを投げながら、マリウッチャが答えた。お父さんはさっそく弟に着せている。

僕はどうしたらいいのかわからなかった。兄さんのルイジが生きてたら、オーバーが必要だろうけど、今は要らない。そのとき、母さんなら、きっとほぐして自分用の厚手の上着に仕立てなおせるだろうと思いついた。そこで僕もオーバーを脱ぎ、母さんめがけて投げた。ただし、リンゴはとっておいた。オーバーを空中でキャッチしたアントニエッタ母さんが、僕のほうを見た。笑っているような気がした。

隣のコンパートメントから女の人たちの悲鳴が聞こえてきた。これからどうなるのか気になって、僕は窓から顔を出したまま外を見ていた。駅長さんは途方に暮れているらしく、ホームをうろうろしている。発車を中止してオーバーを回収するべきか、詐欺をしたとして子供たち全員を列車から引きずり降ろすべきか……。マウリツィオ同志が駅長と相談し、列車に暖房車を連結させて車内の温度を上げることになった。

こうして、女の人たちの怒鳴り声と、オーバーを小脇に抱えて我先に逃げていくお母さんたち、そして列車に乗った子供たちの笑い声のなか、駅長が出発進行のシグナルをあげ、ようやく機関車が走りだした。最初はゆっくり、やがて少しずつスピードをあげて。ホームの先端で見送るアントニエッタ母さんの姿がどんどん遠ざかっていく。爆撃の最中に僕を抱きしめていたときのように、腕を交差させてオーバーを抱きしめていた。

7

「オーバーがないから、もう誰が誰だか見分けがつかないよ」マリウッチャは不安げだ。

「顔が違うからわかるだろ」と、トンマジーノ。

「でも、コミュニストの人たちは、あたしがどこのうちの子で、あんたがどこのうちの子かなんてわかってないでしょ。あの人たちにしてみれば、あたしたちはみんなおんなじ、飢え死にしかけた子供たちってだけ」

「あいつらが、わざとやらせたんじゃないのか？」髪の毛が金色で歯が三本抜けている男の子が言った。「あいつらが、母さんたちにオーバーを持って帰るように言ったんだ。そうすれば、ロシアに着いたらもう誰にも見つけられないだろ？」

「寒くて風邪ひいちゃうよ」その子のそばにいた、背が低くて黒い髪の男の子が言った。

マリウッチャは涙に濡れた目で僕を見て、みんなの話が本当かどうか確かめようとしている。

「ロシアでは朝ごはんに子供を食べるって知ってるか？」歯の抜けた金髪の子にそう言われて、マリウッチャは震えだした。

「だったら、お前はすぐに送り返されるな」と、僕は言ってやった。「骨と皮ばかりだからな。それに、ロシアへ連れていかれるなんて誰が言ったんだ？　行く先はイタリアの北部のはずだよ」

マリウッチャは少しほっとしたようだけど、金髪の子は引き下がらない。「母さんたちを説得するために北イタリアって言っただけさ。本当はシベリアに連れていかれて、氷の家に閉じ込められるんだ。ベッドも氷だし、テーブルもソファーも氷でできてるんだぞ」

マリウッチャの真新しい服の上に涙がこぼれた。

「そうなんだ」と、僕は言った。「だったら、みんなで腹いっぱいかき氷を食べようぜ。マリウッチャは何味にする？　レモン、それともコーヒー？」

そのとき、コンパートメントにマウリツィオ同志が入ってきた。痩《や》せて背が高く、眼鏡をかけたおじさんと一緒だ。子供たちは口々に、眼鏡野郎だの、四つ目だの、のっぽだの、筆だのと言って、その男の人をからかいはじめた。

「みんな、静かに！」マウリツィオ同志が声を張りあげた。「君たちが列車に乗れたのは、この方のお蔭なんだぞ」

「この人の？　誰なの？」背が低くて黒い髪の子が言った。

「私の名前はガエターノ・マッキアローリ。本の仕事をしています」と、トゥルツォ・エ・ペンニエッロ〈筆の柄《え》〉が、訛《なま》りのないイタリア語で言った。きれいな声をしている。僕たちは本当に舌を切られたみたいに黙りこくった。「君たちのために、同志と一緒にこの素晴らしい活動を計画しました」

「どうして？　なんの得になるの？　おじさん、俺たちの父さんでも母さんでもないのに」黒い髪の子は気後れなんて少しも感じないらしい。

「困っている人がいるときには、誰もが助けを必要としている子の父親代わりとなり、母親代わりとなるものです。ですから、本当の子供のように世話をしてくれる人たちのところへ皆さんを送り届けようと計画しました」

「じゃあ、また丸坊主にされるんだね」僕は小声で尋ねた。

でも、その〈筆の柄〉には聞こえなかったらしく、両手を振って僕たちに挨拶した。「では、皆さん、よい旅を。言うことをよく聞いて、楽しく過ごしてください」

おじさんが行ってしまってからも、みんな息を潜めていた。

マウリツィオ同志が僕たちのあいだに座り、手に持っていた名簿を開いた。「みんなが、番号のついていたオーバーコートをお母さんたちにプレゼントしたものだから……」一人ひとりの目をじっと見ながら言った。「もう一度最初から名前を確認しなくてはいけない。この名簿には、車両ごとに全員の名前が書かれている」そして名前と名字、父親と母親の氏名を尋ねはじめた。僕たちは順に答え、番号の書かれたカードをシャツの袖につけなおしてもらう。歯の抜けた金髪の子の番になり、マウリツィオが二度、三度と繰り返し名前を尋ねたが、返事がない。金髪の子は、耳も聞こえず、口も利《き》けないふりをしていた。マウリツィオは手当たり次第に名前を呼んでみて、その子が振り向くか試してみた。パスクアーレ、ジュゼッペ、アントニオ……。やっぱりなんの反応もない。とうとうマウリツィオは痺れを切らして、次のコンパートメントへ行ってしまった。

「なんで耳が聞こえないし口も利けないふりをしたんだ？　マウリツィオ、困ってたじゃないか」と、トンマジーノがなじった。すると金髪の子は、いかにも意地の悪そうな笑いを浮かべた。「バカじゃあるまいし、自分の名前なんて絶対に言うかよ！」そう言いながら、右手で拳を突き出し、その肘を左手で握るジェスチャー〔ファックを意味する〕をした。

「でもそれじゃあ、あんたがどこの子かわからなくなっちゃうよ」マリウッチャが心配した。「お母さんのところに戻れなくなったらどうするの？」

「俺の母ちゃんが言ってた。俺たちみたいに密売に関わってる者は、自分の名前も親戚の名前も家がどこかも誰にも言っちゃいけないってね。爆弾が落ちてもだ。とくに警察には用心しないとな」

　金髪の子は得意そうな顔つきをしている。それからしばらく、誰も口を利かなかった。その子も黙っている。内心ではきっと、強がったせいで、帰るときにどこのうちの子かわからなくなったらどうしようと心配してるにちがいない。しばらくすると、それまで一度も見たことのない女の人が入ってきた。マウリツィオの代わりに名簿を抱えて僕らのあいだに座り、続きを確認しはじめる。僕の番がまわってきて、名前を尋ねられた。「アメリーゴ・スペランツァ」「年はいくつ？」「もうすぐ八歳」「お父さんとお母さんのお名前は？」「アントニエッタ・スペランツァ」「お父さんはなんというの？　お仕事は？」「知りません」僕はどぎまぎした。「お父さんの仕事がわからないの？」その人は畳《たた》みかけるように尋ねた。「父さんが本当にいるのかどうかわかりません。いるって言う人もいれば、いないって言う人もいるし……。アントニエッタ母さんは出稼ぎに行ったと言うけど、パキオキアおばさんは逃げ出したって言うんだ……」「じゃあ、行方不明と書いておく？」「空白にしてください。そうすれば、もし父さんが帰ってきたら書き込めるから」僕はそう頼んだ。女の人はそれには答えず、ペンを持ちあげると次の行に移った。「では次……」

8

旅はいつまでも続いた。出発直後のわめき声や泣き声、笑い声はもう聞こえない。列車がレールを踏んで走る単調な音と、生きた骸骨のいる礼拝堂のなかみたいに古くてじめじめした臭いがするだけだ。僕は窓の外を眺めながら、母さんのベッドのなかの僕の場所と、マットレスの下に隠してあったカーパ・エ・フィエッロのコーヒーのことを考えた。陽射しの照りつける日も雨の降る日も、一日じゅう古着を集めて歩いた道のこと。口髭の国王の肖像画をサイドテーブルに飾った長屋で今《バッソ》頃きっと眠っているだろうパキオキアのこと。僕が住んでいた、この列車よりも狭くて短い路地裏のこと。アメリカへ渡った父さんのこと。そして気管支喘息で死んでしまい、僕一人を列車に乗せたルイジ兄さんのこと……。

頭がときおりがくんと肩の上に落ち、瞼《まぶた》がふさがり、いくつもの考えが混じり合った。まわりの子たちはほとんど眠っている。それでも僕はまだ窓の外を見つめていた。月が列車と追いかけっこをするように畑の上を滑っていく。僕は座席の上にしゃがんで膝を抱えた。生温かくてべとついた涙が頬を伝い、口のなかに入ってくる。その塩辛さがチョコレートの味の記憶を台無しにした。僕の向かいの席で気持ちよさそうに眠るトンマジーノ。ふだんは自分の影でさえ怖がるあいつが寝られるなんて！　なのに僕は、列車がここで停車して、僕たち全員を家へ帰してくれますようにと祈っている。ドブネズミを捕まえるためなら平気で下水道の奥まで潜り込めたのに……。「アメリーゴ、おいで。家に帰るよ！」という母さんの声だけが聞きたかった。

ようやくうとうとしかけたとき、鍋の底を爪で引っ掻いたような音がして鳥肌が立った。列車がいきなり急停車したせいで、みんなが進行方向に転がり落ち、床に折り重なった。僕は床に顔を押しつけて腹ばいになっていた。それまですやすや眠っていたマリウッチャが、新しい服が破れたかもと言ってめそめそしはじめる。

「こんな乱暴な運転士に免許を出したのは誰だ？」と、金髪の子が文句を言った。

「どうしたの？　もう着いたの？」トンマジーノは寝ぼけ眼《まなこ》で尋ねた。

「そんなわけないだろう」と、背が低くて黒い髪の子が答えた。「列車のなかでひと晩眠って、次の日もまだ走り続けるんだって母さんが言ってたよ」

灯《あか》りが消えて僕たちは暗闇のなかに取り残された。遠くから甲高い声がした。誰かがぶたれたのかもしれない。続いて長い静寂があり、また別の声がその静寂を破った。「見てろ。もうすぐ俺たちは列車から叩き出されて、暗闇のなかに放置されるんだぞ」きっとあの金髪の子か、あるいは別の子が、この状況をいいことに、僕たちを死にそうなほどの恐怖に突き落として楽しんでるんだろう。

「きっと列車が故障したんだよ」僕は、マリウッチャだけでなく、自分自身も励ますためにそう言ってみた。でも、心のなかでは、パキオキアが言ってたとおり、ファシストがレールの上に爆弾を仕掛けて、僕らを吹き飛ばそうとしてるにちがいないと思ってた。マリウッチャは安心するどころか、また泣きはじめた。すると別の声がした。「どうせ寒さか飢えで死ぬのさ」

僕は両手で耳を塞《ふさ》いで目をぎゅっと閉じると、爆発の瞬間を待った。ところがなにも起こらない。ひょっとするとマッダレーナが爆薬を取り除いてくれたのかもしれない。さすが、爆薬を除去してサニタ橋を救った功績で銅のメダルをもらっただけのことはある。暗闇のなかで僕は、サングロ王子の礼拝堂にいる骸骨の冷たく尖《とが》った指に首すじを撫でられたような気がした。それで、おそるおそる目を開けて、耳から手を離した。コンパートメントのドアが勢いよく開く。誰もなにも言わない。みんな息を止めてじっと身を固くしていた。

「非常停止用のコックを引いたのは誰?」ちょうどそのとき電気がついた。ひどく真剣な顔をしたマッダレーナの額《ひたい》には、苛立ちのために深い皺《しわ》が刻まれていた。「列車でふざけてはいけません」と言いながら、金髪の子をじっと見つめる。その子は自分が疑われていることに気づき、むっとした。きっと、さっき名前を言わなかったことを少し後悔してるのかもしれない。そのせいで、なにかにつけて彼が悪者扱いされてしまうんだ。まあ、いい気味だけど。

「僕たちじゃありません!」トンマジーノがそう言い、金髪の子を窮地から救ってやった。

「みんな眠ってました」洋服が破れていないことがわかり、泣くのをやめたマリウッチャも言った。

「誰がしたにせよ、全員手を膝の上において、あちこち触らないこと。さもないと、明日は警察署で一日を過ごすことになるわよ」

「列車を止めるコックって、どれ? あの赤いやつ?」ずる賢そうな顔で、金髪の子が尋ねた。

「それをあなたに教えるほど間抜けじゃないわ」とマッダレーナが答えると、金髪の子はそれ以上逆らわなかった。「とにかく、私はこれからここでみんなを見張っていることにします。でないと、また予定外に列車が止まることになりかねないから」

マッダレーナは僕たちのコンパートメントの隅に座った。少しすると、その顔に微笑みが戻った。マッダレーナはずっと怒ったままではいられないんだ。きっと、だからメダルがもらえたんだろう。

9

みんなはすぐにまた眠りに就いたのに、僕だけ眠れなかった。静かなのは苦手だ。僕の路地裏では物音がしなくなることはなく、夜中でも昼間みたいににぎやかだ。戦争の最中《さなか》だってそうだった。列車の窓から見えるのは瓦礫《がれき》ばかり。ひっくり返った戦車、破壊された戦闘機の操縦室、崩れかけた建物。そこらじゅうに壊れたものの破片が散らばっている。お腹の底から悲しみが込みあげてくる。昔、アントニエッタ母さんが子守唄を歌ってくれたときみたいに。「ねんねんよ、おころりよ、この子を誰にあげよかな……」という歌詞を聞くたびに、僕は眠気が覚めてしまうのだった。だって、その子ははじめ、黒い人にもらわれて一年間育てられるんだけど、黒い人も子供が要らなくなって、別の人に押しつけるんだ。その人もまた別の人に子供をあげてしまい、結局、その子がどうなったのかよくわからなかった。

列車はところどころの駅に停車し、新しい子たちが乗り込んでくる。すると、わめき声や泣き声、笑い声がしばらくのあいだ聞こえるものの、やがてまた静かになり、列車がレールを踏む単調な音と、お腹の底の悲しみだけが残った。ナポリでは悲しくなると、僕はいつもザンドラリオーナの家に行っていた。列車に乗る前には、アントニエッタ母さんにもらったお古の裁縫箱に宝物をしまって、ザンドラリオーナの家の床のタイルの下に隠した。ザンドラリオーナは、タイルの下に貯金を隠し持っていると、パキオキアが言っていた。でも、そんなのはやっかみにすぎないんじゃないかと僕は思う。

トンマジーノも眠ったみたいだ。ただし今度は眠りが浅いらしく、五分おきに身体をもぞもぞと動かしては、薄目を開けて足をばたつかせる。そしてわけのわからない寝言をつぶやいたかと思うと、また眠ってしまうんだ。なんの夢を見てるんだろう。カパヤンカの果物を積んだ荷車？　コミュニストの窯《かま》？　ドブネズミ事件のあと家に帰ってお母さんに殴られたときのこと？　どんな夢かはわからないけれど、とにかく眠っていられるトンマジーノが羨ましかった。たとえ悪い夢だとしても、眠れずに悪夢に悩まされるよりましだ。寝つけないときには無理に眠ろうとしないほうがいいってザンドラリオーナが言っていた。僕は座席から立ちあがり、コンパートメントを出た。通路を行ったり来たりして、ほかのコンパートメントをのぞいてみる。折り重なるようにして眠る子供たちの顔。みんなまるで自分の家でのように安心して眠っている。僕はアントニエッタ母さんのことを考えた。夜はいつもベッドのなかで、冷たい足先を母さんの脚に押しつけたっけ。すると、母さんが怒鳴るんだ。「あたしのことをなんだと思ってるの？　あんたの火鉢じゃないのよ。そのタラの塩漬けみたいな足をすぐにどかしてちょうだい！」口ではそう言いながら、僕の足をつかみ、指を一本ずつ温めてくれた。僕の足の指が母さんの手の指に包まれるのを感じながら、いつの間にか眠りに落ちるのだった。

自分の席に戻ろうと思って僕は通路を引き返したが、コンパートメントには入らなかった。通路に補助椅子があったので、そこに腰掛けて窓に額を押しつける。外は暗くてなにも見えなかった。今どこにいるのか、家からどれくらい遠くに来たのか、到着までにあとどれくらいかかるのか、わからない。どこに着くのかさえわからなかった。窓ガラスは冷たく湿っていて、顔が濡れる。だけど、そのほうがいい。これならたとえ涙がこぼれても、誰にも気づかれずにすむ。それでも、マッダレーナはちゃんと見ていたらしく、そばに来て僕を撫でてくれた。きっとマッダレーナも眠れなかったんだろう。

「どうして泣いてるの？　お母さんが恋しい？」

僕は涙だけを隠して、マッダレーナの手は払いのけなかった。「違うよ、母さんが恋しくて泣いたりするもんか。靴のせいだ。靴がきついから……」

「夜のあいだは脱いだら？　そうすれば楽でしょ？　旅はまだまだ長いのよ」

「ありがとう、マッダレーナさん。だけど、脱いだら誰かに持っていかれて、また裸足《はだし》で歩くか、他人《ひと》の靴を履かなきゃならないでしょ？　他人の靴を履いて歩くのは、もうこりごりなんだ」

10

暗闇からまぶしい光が射してきた。列車がトンネルを出ると、大きな月があたりを白く照らしていた。道も、木々も、山々も、家々も、真っ白だ。上のほうからは大きいのやら小さいのやら、たくさんのパンくずが降ってくる。「雪だ！」僕は、自分に言い聞かせるために声に出して言った。「雪だ、雪だぞ！」だんだん大きな声で繰り返す。それでも、僕のコンパートメントでは誰も目を覚まさない。みんなぐっすり眠っている。氷の家に閉じ込められるんだと言っていた金髪の子も眠っていた。なにがロシアなもんか！　僕はもう一度窓に額を押しつけて、ゆっくりと降りてくるパンくずを目で追った。そうしていたら、だんだん瞼が下りてきた。

「リコッタ……リコッタだよ！」

マリウッチャの甲高い声で起こされた。「アメリーゴ！　アメリ……。起きてよ。地面がリコッタチーズだらけなの。道の上も、木の上も、山の上まで！　リコッタが降ってる！」

夜が明けたらしく、窓からは陽も射している。

「マリウッチャ、これはプローヴォラチーズでもリコッタでもないよ。雪だよ」

「雪？」

「水が凍ったもの……」

「ドン・ミミの屋台で売ってるかき氷みたいな？」

「まあ、そんなもんだ。上にチェリーはのってないけど」

僕は眠くて瞼を持ちあげていられない。列車のなかが寒くなってきた。子供たちはみんな、口をぽかんと開け、息をするのも忘れて窓の外の白いものを見つめている。

「あなたたち、一度も雪を見たことがないの？」とマッダレーナが尋ねた。

マリウッチャが、ないと言って首を振った。雪をリコッタだと思い込んだことが恥ずかしくてたまらない様子だ。しばらくのあいだ、僕たちは誰も口を利かなかった。まるで雪の静寂が僕たちをも呑み込んだかのように。

「マッダレーナさん」それを破ったのは、金髪の子だった。「駅に着いたらなにか食べさせてくれるのか？　俺、腹がぺこぺこだ。こんなんだったら家にいたほうがましだったよ」

マッダレーナは微笑んだ。マッダレーナはいつも、なにか言う前にまず微笑む。「北イタリアの同志たちが、盛大な歓迎パーティーの準備をして待っているわ。横断幕やブラスバンド、それにたくさんのご馳走《ちそう》もあるのよ」

「僕らが行くのをみんな喜んでるの？」と、僕は訊いた。

「仕方なく預かってくれるんじゃないの？」と、マリウッチャ。

マッダレーナは、そんなことない、みんなとっても楽しみにしてるわと言った。

「俺たちがそいつらの食いもんを平らげに行くのがそんなに嬉しいのかよ」金髪の子が、さっぱり理解できないという顔で尋ねた。「なんでだ？」

「れ・ん・た・い・のためよ」とマッダレーナ。

「それって、じ・そ・ん・し・んみたいなもの？」僕はパキオキアの表情を真似《まね》ながら、でも唾は飛ばさずに言った。

マッダレーナは、自尊心というのは自分を大切にすることだけど、連帯というのは他人を大切にすることだと説明してくれた。「今日、私のところにサラミが二本あったら、一本をあなたに分けてあげるの。そうすれば、明日あなたのところにカチョッタチーズが二つあったら、ひとつ分けてもらえるでしょ？」

それはいいことにちがいない。でも、北イタリアの人たちが今日サラミを二本持っていて一本を僕に分けてくれたとして、僕は明日になってもカチョッタチーズを分けてなんてあげられない。昨日まで靴だって持ってなかったんだ。

「サラミなら、ずっと前に一度食べたことがある」とトンマジーノが口を挿《はさ》み、思い出しただけで生唾が湧いたらしく、舌なめずりをした。「フォリア通りのハム屋さんでもらったんだ」

「本当にもらったの？」マリウッチャが肘でトンマジーノを小突き、指で万引きのジェスチャーをした。

トンマジーノがにたりと笑ったので、僕は話を変えた。いかにもあいつのしそうなことだ。ほかの子たちが騒ぎはじめたので、さいわい今の話はマッダレーナには聞こえていなかったようだ。僕も急いで窓際に割り込んだ。すると、雪に覆われた砂浜の向こうに、なにかがひろがっているのが見えた。最初、思い描いてたのとぜんぜん違うので、僕にはそれがなんなのかわからなかった。猫の毛皮みたいに灰色で、すべすべで、動かない。

「もしかして、海を見るのも初めてなの？」マッダレーナが驚いている。「海ならナポリにだってあるから、知ってるはずでしょ？」

「アントニエッタ母さんは、海なんてなんの役にも立たない、コレラを運んでくるか、気管支を弱くするだけだっていつも言ってる」

「それって本当なんですか、マッダレーナさん？」なんでも疑ってかかるマリウッチャが尋ねた。

「海はね、海水浴をしたり、泳いだり、ダイビングしたり、いろいろなことができる楽しい場所よ」と、マッダレーナが答えた。

「北イタリアの人たちは、あたしたちにもダイビングをさせてくれますか？」マリウッチャがまた訊いた。

「もちろんよ！」とマッダレーナ。「でも、今は寒すぎて無理ね。暖かい季節になったら」

「僕、泳げないんだ」トンマジーノが白状する。

「なに言ってるんだ。イスキア島へヴァカンスに行くとか言ってたくせに。忘れたのか？」僕がからかうと、トンマジーノは腕組みをして、くるりと背を向けた。

「俺たちを海に連れてって、溺れさせるつもりじゃないのか？」金髪の子が言った。でも本当のところは、本人もそんなことは信じてなくて、ただマリウッチャの泣きべそがおもしろくて言ってるだけだと僕は思いはじめた。

「そんなの陰口に決まってるでしょ。信じちゃ駄目」マッダレーナも否定した。

「マッダレーナさんには子供がいる？」そいつはおかしな質問をした。

そのとき、マッダレーナが一瞬悲しそうな顔をしたのを僕は見逃さなかった。

「子供なんていないるわけないだろ」僕はかばった。「結婚だってまだなんだから」

「もし子供がいたら、その子をこの列車に乗せた？」金髪の子はしつこく食い下がる。

「お前、なんにもわかってないな！」僕は代わりに答えてやった。「列車に乗るのは困ってる家の子だけだ。恵まれた家の子は乗る必要がない。じゃなきゃ連帯の意味がないだろ？」

マッダレーナはうなずいただけで、黙っていた。

「ねえねえ、ナポリの駅で子供の人数を数えるのを手伝ってた金髪の男の人、マッダレーナさんの恋人でしょ？」今度はマリウッチャがいたずらっぽい目をして質問した。「本当のことを教えてよ」

「恋人のわけない！」困っているマッダレーナを助けたい一心で、僕はまたしても口を挿んだ。

「あの人もコミュニストだよ。出発の前に本部の二階にいるのを見た……」

「だから、なに？　コミュニストだって恋人かもしれないじゃない」マリウッチャも引き下がらない。

「そんなはずない」僕も負けずに言い返した。「あの人は南部問題を解決することで頭がいっぱいで、愛なんて頭にないさ」

「愛というのはね、いろいろな顔を持っているものなの。あなたたちが考えているような顔だけじゃなくてね」マッダレーナが割って入る。「たとえば、あなたたちみたいに騒がしい子供たちと、こうして一緒に列車に乗っているのも、愛とは言えないかしら？　ボローニャやリミニやモデナといった、遠い町まであなたたちを送り出したお母さんたちの、子供を想う気持ちも、やっぱり愛と言えるんじゃないかな」

「どうして？　家から子供を追い出す親が、子供を愛してるの？」

「アメリーゴ、子供のことを手放そうとしない親よりも、旅をさせる親のほうが深く愛しているということもあるものよ」

僕にはその言葉の意味がよくわからなかったけど、それ以上なにも言わなかった。マッダレーナは、ほかの子たちの様子を見てくると言って、行ってしまった。僕とトンマジーノとマリウッチャは、じゃんけん遊びをしながら時間をつぶすことにした。そのうちに、ようやく列車が減速を始め、やがて止まった。みんな静かに、おとなしく降りる順番を待ってくださいね、と女の人たちが言っている。通りに出ても絶対に離れないこと。でないとはぐれてしまうし、みんなが自分勝手に動いたら、連帯なんてできなくなります。

駅に降り立つと、白の横断幕が掲げられ、ブラスバンドが音楽を奏でていた。横断幕には、「南部の子供たち、ようこそ」と書かれているのだと教えてもらった。こんなに大勢の人が僕らの到着を待ってたなんて……。マドンナ・デッラルコ〔ナポリ近郊にある聖地。多くの信者が巡礼に訪れる〕のお祭りみたいににぎやかだけど、白い服を着て地面に這《は》いつくばり、「マドンナ・デッラルコ！」と叫ぶ子供はいない。

ブラスバンドが奏でているのは、列車に乗っていた女の人たちみんなが知っている曲らしく、二、三小節ごとに、「ベッラ・チャオ・チャオ・チャオ」と声をそろえて歌っている。歌が終わると、細長い雲がいくつも連なる灰色の空に向かって拳を突きあげた。マリウッチャとトンマジーノは、これから殴り合いをするために拳を掲げているのだと思ったようだ。そこで僕は、コミュニスト式の挨拶をしているのだと教えてあげた。ザンドラリオーナが教えてくれたコミュニスト式の挨拶は、パキオキアが教えてくれたファシスト式の敬礼とは違う。だから、ザンドラリオーナとパキオキアが路地裏で出会って、それぞれの挨拶をすると、まるでじゃんけんをして遊んでるみたいだった。

僕はマリウッチャと手をつないで並び、トンマジーノは少し年が上の女の子と手をつないですぐ後ろにいた。三色旗を振っている人たちのあいだを通る。微笑んでいる人、拍手する人、手を振る人……。ひょっとすると僕らがなにかで勝利したのかと思っているのかもしれない。僕らは援助してもらう側なのに、なにか親切を施すために北イタリアにやってきたと勘違いしてるらしかった。帽子をかぶって口髭を生やした男の人たちが、真ん中に黄色い三日月形の描かれた赤旗を掲げて歌っている。僕の知らない歌だけど、ときどき「イーンタ・ナ・ショー・ナール」と言っているのが聞きとれた。

続いて今度は、女の人たちが別の歌を歌いはじめた。さっき歌っていた帽子と口髭の男の人たちの奥さんたちらしい。今度の歌は僕も知っていた。出発の前に、マッダレーナがパキオキアを打ち負かした歌だ。女なのになのか、女だからなのかよくわからないけど、とにかく怖いものなどなにもない女の人たちの歌だ。歌声はしだいに大きくなり、目をうるませて歌っている人も少なくなかった。全部の歌詞の意味がわかるわけじゃないけど、お母さんと子供の歌だということは間違いない。その証拠に、歌いながら、列車に乗っていた女の人たちも北イタリアのコミュニストの女の人たちも、我が子を見るような眼差《まなざ》しで僕たちを見て、微笑んでいた。

僕たちが案内されたのは、イタリアの三色旗と赤旗がたくさん飾られた広い部屋だった。中央の細長いテーブルの上に様々な神の恵みが並んでいる。チーズ、ハム、サラミ、パン、パスタ……。僕らがご馳走の山に飛びつこうとした瞬間、女の人が注意した。「皆さん、食べ物は全員の分ありますから慌てないように。その場から動かないでください。これから一人ひとりにお皿とフォーク、紙ナプキン、そして水を飲むためのコップを配ります。ここにいるあいだは、空腹でつらい思いをすることはありません」

トンマジーノが僕のことを肘でつついた。「コミュニストが僕たち子供を食べるなんて言ったの誰だよ。この勢いじゃあ、こっちがコミュニストを食っちまいそうだ」

みんな皿に顔をうずめるようにして食べることに集中し、蠅《はえ》の羽音さえ聞こえないほど静まり返った。僕とマリウッチャとトンマジーノの三人は、近くの席に座った。すると、ピンク色に白の斑点がたくさん入ったハムをひと切れと、チーズを三種類——ふにょふにょのやつと、石のように硬いやつ、そして足の臭いのするやつ——が配られた。僕たちは猛烈に腹が減ってるのに、どうしていいかわからず顔を見合わせるばかりで、誰も手をつけようとしない。さいわいマッダレーナがそばに来た。

「どうしたの？　お腹がすいてたんじゃなかったの？」

「マッダレーナさん、北部の人たちは、古くなった食べ物をあたしたちに配ったんですか？　ハムは白い染みだらけだし、チーズにはカビが生えてます」マリウッチャが抗議した。

「俺たちに毒を食べさせるつもりに決まってる」金髪の男子も黙ってはいない。

「言わせてもらうけど、コレラに罹《かか》りたいなら、ナポリの港でムール貝を食べてればよかったんだ」トンマジーノも言った。

マッダレーナは白い斑点のあるハムを一枚つまんで美味《おい》しそうに食べてみせた。北部の特産品も食べられるようにならないとねと言いながら。これは豚の脂身が入ったモルタデッラハム、それとパルメザンチーズ、これはゴルゴンゾーラ……。

僕は勇気を出して、斑点のあるハムを少し食べてみた。マリウッチャとトンマジーノは、それがものすごく美味しいことを表情から見てとり、自分たちも味見をしたところ、もう止まらない。ふにょふにょのチーズも、青カビの生えたチーズも、硬くて喉がぴりぴりするほど塩辛いチーズも、瞬《また》く間に平らげてしまった。

「モッツァレッラはないの？」トンマジーノが尋ねた。

「モッツァレッラが食べたいなら、モンドラゴーネ〔ナポリの北西の町。モッツァレッラチーズの産地〕に戻るのね」マッダレーナがからかった。

そこへ女の人が、白い泡の入った小さなカップをたくさん載せたカートを押してやってきた。

「リコッタ、リコッタチーズだ！」マリウッチャが歓声をあげる。

「雪だ、雪だぞ！」と、トンマジーノ。

僕は小さなスプーンを持って、白い泡をひとすくい口に入れてみた。ものすごく冷たくて、ミルクと砂糖の味がする。

「お砂糖入りのリコッタチーズだ！」マリウッチャはまだリコッタだと言い張っている。

「ミルクのかかったかき氷《グラニータ》だよ！」トンマジーノが言った。

マリウッチャは大切そうにゆっくりと食べたあと、カップのなかに少し残した。

「どうしたの？　好きじゃないの？」マッダレーナが尋ねた。

「あんまり……」マリウッチャはそう答えたものの、心にもないことを言ってるのは誰の目にも明らかだった。

「じゃあ、残した分は、トンマジーノかアメリーゴに食べてもらいましょうね」

「駄目！」マリウッチャは目にいっぱい涙をためて、声を張りあげた。「本当のことを言うとね、家に帰ったときに弟たちに食べさせたいから、少しとっておくことにしたの。お洋服のポケットにしまっておこうと思うんだけど……」

「これは溶けてしまうから、とっておけないわ」マッダレーナが言い聞かせた。

「溶けちゃうものを連帯したかったら、どうするの？」

するとマッダレーナはバッグのなかから飴玉を五、六個取り出した。「代わりにこれをあげる。連帯をするのなら、こっちのほうがいいわ。これなら、弟さんたちのためにとっておけるから」

マリウッチャは、まるで宝石でも扱うかのように大切そうに飴玉を受け取ると、ポケットにしまい、かき氷《グラニータ》の最後のひとすくいを口に入れた。

11

コミュニストの女の人たちは、僕たちを長いベンチに並んで座らせた。それから黒い名簿を持ってまわり、ワイシャツについている番号を読みあげながら、名前と名字を確認していく。「マリア・アンニキアリコ？」一人がマリウッチャに尋ね、うなずくマリウッチャの胸に赤いバッジをつけた。続いて今度はトンマジーノに確認した。「トンマジーノ・サポリート？」「出席です！」トンマジーノはそう答えて、ぱっと立ちあがった。女の人はほどけていた靴紐を結んでやり、トンマジーノの胸にもバッジをつけると、そのまま行ってしまいそうになる。「僕はスペランツァです」慌てて呼びとめると、振り返って名簿に書かれた僕の名前を探し、なにやら隣に書き込んだ。「バッジは？」と、立ち去りかけていたその人に尋ねると、「もうなくなっちゃったの。もう少ししたら別の人が持ってくるから待っててね」という答えが返ってきた。

待てど暮らせど誰も来ないので、僕はだんだん不安になってきた。

そこへ北イタリアの家族たちが次々に入ってきた。アントニエッタ母さんはいつも、僕が困らせるようなことをすると、生まれてくる子供は選べないってこぼすけど、ここはぜんぜん違う。子供も連れて家族総出で来ている人たちもいれば、一人で来ている男の人や女の人もいる。子供がいない夫婦は、本当の子供でももらいに来たように感激していた。

北イタリアの人は、南部の人よりも背が高くて大柄で、ピンクがかった白い肌をしていた。もしかするとピンクに白い斑点のあるハムを食べすぎて、おなじ色になったのかもしれない。ここにしばらく住んでいたら、僕もあんなふうになるんだろうか。家に帰ったとき、背が高くて大柄になった僕を見て、褒《ほ》めるのが苦手なアントニエッタ母さんは言うに決まっている。「雑草はよく育つっていうからね」

黒い名簿を抱えた女の人は、ひと組の北部の夫婦を連れて戻ってくると、僕の三列前の席に座っている女の子の前で立ち止まった。金髪を長く伸ばした青い目のその子は、すぐに引き取られることになったらしく、夫婦に手を引かれて、一緒にホールから出ていった。僕のところに誰も来ないのは、きっと僕がスイカ頭だからだろう。続いて、名簿を抱えた女の人が赤毛の肥った奥さんのそばに行った。二人でホールをぐるりとまわった挙げ句、僕のすぐ前の列に座っていた二人の栗色のおさげ髪の女の子たちの前で立ち止まった。よく似ているところを見ると、きっと姉妹なんだろう。案の定、赤毛の奥さんは右と左に一人ずつ手をつなぐと、二人を連れて出ていった。

僕はマリウッチャとトンマジーノにぴったりと身体をくっつけ、「きょうだいのふりをしようよ。そうすれば三人まとめて引き取ってもらえる」と提案した。

「アメリーゴ、北イタリアの人たちだからって、目が見えないわけじゃないんだ。お前が赤毛で、僕は黒、マリウッチャが麦藁《むぎわら》みたいな黄色いショートカットだってことくらい、気づくだろ？　なのにきょうだいだなんて、無理な話だと思わないか？」

トンマジーノの言うとおりだった。僕はなにがなんだかわからなくなった。ほかの子たちは次々に新しい両親が見つかって出ていくのに、僕たち三人はいつまでもここに残っている。炭のように黒い髪の男子と、ひねくれた赤毛の男子、そして刈り上げの女子の三人組なんて、誰も引き取ってくれる人はいないんだ。

だんだん人が減っていくにつれ、ホールはますます広々として寒く感じられた。小さな物音でも雷のように響きわたる。ベンチの上で身動きしたら、機関銃のような音がした。僕はたまらなく恥ずかしくて、消えていなくなりたかった。僕もマリウッチャもトンマジーノも、言葉を発する気力がなくなり、ジェスチャーで会話を始めた。まずトンマジーノが、握った拳に親指と人差し指を立ててピストルの形にし、最初は右、次いで左に手首を回す。《僕たちの場所はなさそうだ》するとマリウッチャが、上に向けた右手の指を軽く閉じて杯のような形にし、上下に揺する。《あたしたち、なんでこんなところまで来たの？》僕は肩をすぼめ、両手をひろげてみせる。《僕だってわからないよ》するとトンマジーノが眉を吊りあげて、ひろげた掌を僕のほうに向ける。《お前、物知りのノーベルじゃなかったのかよ》確かにナポリの路地裏では「ノーベル」って呼ばれてたけど、北部じゃあ何者でもないよ、と僕は答えたかった。でもジェスチャーでは伝えられそうにない。仕方なく、カーパ・エ・フィエッロが煙草を吸うときによくしてたように、鼻から空気を吸って口からふーっと吐き出した。

遠くから僕たちの様子を見ていたマッダレーナも、ジェスチャーでの会話に加わった。ひろげた手で空気を押してみせる。《もう少し待っててね。あなたたちの順番も来るから》という意味だろう。早くも僕は、引き取り手が誰もいなくて家に戻されたら、アントニエッタ母さんにどんな顔をされるだろうと考えていた。「あんたは、北イタリアに行ってまで、手に負えないいたずらっ子だって見抜かれたの？」なんて言われるかもしれない。母さんは慰めの言葉をかけるのがあんまり得意じゃないんだ。

そのとき、女の人に案内されたひと組の夫婦がようやく僕たちのそばに来て、立ち止まった。奥さんは頭にハンカチーフを巻いていて、その下から母さんとおなじ真っ黒な髪がのぞいている。背が高くもなければ大柄でもなく、肌は褐色だ。僕たち三人のことをじっと見つめた。僕は背すじをぴんと伸ばし、髪を撫でつけた。奥さんは赤い花柄のワンピースの上からコートを羽織っている。「うちの母さんも、おばさんの服とおんなじのを持ってるけど、夏にしか着ないんだ」僕はその人に気に入られたくて、そう言ってみた。でも、僕の言っていることがよく聞きとれないらしく、パキオキアが以前に飼っていた雌鶏みたいに、頭をくるりと女の人のほうに向けた。「おばさんの服と……」僕はおなじことをもう一度繰り返そうとしたものの、さっきまでの自信は失せてしまった。女の人が奥さんの肩に腕をまわして小声でなにやらささやき、別の子たちのほうへ連れていった。

トンマジーノとマリウッチャににらまれて、僕は自分の茶色い靴紐を見つめたまま、視線をあげる勇気を失くした。列車に乗る前は、新しい靴さえあればどこまでも好きなところへ行けると信じてた。それなのに、実際に手に入れた新しい靴はきつく、僕はいつまで経ってもここから動けない。僕のことを引き取ってくれる人なんて誰もいやしないんだ。

マッダレーナは、ホールの反対側から僕たちのほうを見ると、二人の女の人に歩み寄り、こっちを指差してなにか言った。するとその二人は、ホールを歩きまわりながらあの人やこの人と話している。しばらくすると、ひと組の若い夫婦と、ごま塩の口髭を生やした男の人がこっちに近づいてきた。若い夫婦はマリウッチャに微笑みかけた。ブロンドの髪の奥さんが手を伸ばして、マリウッチャの短い髪を撫でながら、悲しげに口をゆがめた。まるでマリウッチャが刈り上げなのは自分のせいだとでも言わんばかりに。「私たちの家に来たい？」

マリウッチャが答えに困って黙っていたので、僕は肘で小突いてやった。ちゃんと返事をしなければ、髪がないだけじゃなくて言葉もわからないのだと思われる。そうなったら引き取ってもらえない。マリウッチャは慌てて、首をかくんかくんと縦に振った。

「お名前はなんていうの？」奥さんがマリウッチャの肩に手をかけて尋ねた。

「マリアです」マリウッチャは、イタリア人らしく聞こえるようにそう答え、両手を背中の後ろに隠した。

「マリア！　とってもいいお名前ね。マリア、どうぞ。これをあなたにあげる」そう言って、アルミ缶をマリウッチャの前に差し出した。中にはビスケットと飴、それに玩具《おもちゃ》の真珠のブレスレットが入っていた。

マリウッチャは背中の後ろに両手をまわしたまま、口をつぐんでいる。

奥さんは気分を害したようだ。「マリア、飴は好きじゃないの？　どうぞ。あなたにあげるわ」

マリウッチャは勇気をふりしぼって言った。「あたし、受け取れません。手を出したら、ちょん切られるって言われたの。手がなくなったら、家に帰ったときに靴修理の仕事をしている父さんを手伝えなくなっちゃう」

奥さんと旦那さんは顔を見合わせた。奥さんが、背中の後ろで組んでいたマリウッチャの手をとり、自分の手のなかに優しく包み込む。「怖がらなくて大丈夫よ、マリアちゃん。あなたのきれいな手を切ったりなんて、誰もしない」

マリウッチャは、「マリアちゃん」と言われたとたん、両手を伸ばして箱を受け取った。「ありがとう。でも、どうしてプレゼントをくれるんですか？ 今日はあたしの聖名祝日〔日ごとにゆかりの守護聖人が定められていて、自分の名前とおなじ聖人の日を祝う〕でもないのに……」

若い夫婦は目をしばたたかせ、眉根を寄せた。マリウッチャがなにを言ってるのかわからなかったらしい。さいわいそこにマッダレーナが来て、マリウッチャの家ではプレゼントをもらえるのは聖名祝日だけなのだと説明してくれた。

マリウッチャは、気恥ずかしそうな顔をした。奥さんの気が変わり、ここにおいていかれたら困ると思ったのか、ふたたび奥さんの手のなかに自分の手を入れた。奥さんは考えを変えるどころか、マリウッチャの言葉に胸を打たれたらしい。「プレゼントなら、私がいくらでもあげるわ！ マリアちゃん、あなたの聖名祝日がいつに当たるのかも忘れるくらいにね！」

僕には、聖名祝日が当たるというのはどういう意味なのかよくわからなかった。おそらくマリウッチャにもわからなかったにちがいない。その証拠に、優しい奥さんの手を握ったまま離そうとしなかった。もしかすると死んだお母さん――どうか安らかにお眠りください――のことを思い出しているのかもしれない。とにかく、じゃあねと僕らに手を振ると、奥さんに連れられて行ってしまった。とうとう広いホールには、僕とトンマジーノの二人だけになった。

すると、若い夫婦と一緒に来たごま塩の口髭を生やした男の人がトンマジーノに近づき、片手を差し出した。「私はリーベロだ、よろしくな」なんだかからかっているようにも聞こえる。「僕もいちおう暇《リーベロ》ですけど……」トンマジーノはそう答えると、手を伸ばして男の人の手を握り返した。男の人は、トンマジーノの冗談があまりわかってないみたいだったけど、構わず話を続けている。

「日焼けした坊やは、私と一緒に来るかな？」

「うちまでたくさん歩くの？」トンマジーノが質問した。

「とんでもない。建物を出てすぐのところに自動車を駐《と》めてある。三十分ぐらいで家に着くよ」

「自動車？　おじさんは車屋さん？」

「なにを言ってるんだ。君は冗談好きらしい。なかなかユーモアのセンスがあるようだ。さあ、ついておいで。うちでジーナが湯気の立つ料理をテーブルに並べて待ってる」

トンマジーノは、「料理」「テーブル」「湯気」の三つの単語を聞いたとたん、後先も考えず鰻のようにするりと飛び出していった。

「じゃあな、アメリ、幸運を祈る！」

「また会おうね、トンマジーノ。元気でいろよ……」

12

トンマジーノも行ってしまうと、木製のベンチに腰掛けているのはとうとう僕一人だけになった。靴はきつく、お腹の底には悲しみが居座っている。

涙がこぼれないように指で目頭《めがしら》をぎゅっと押さえた。笑ったり、泣いたり、駆けずりまわったりしているほかの子たちと一緒に列車に乗ってたときには、僕は自分がアメリカにいる父さんに負けないくらい強いと思えた。マリウッチャやトンマジーノが怖くて震えているときでも、僕は偉そうにふるまい、話したり、冗談を言ったりできた。まだ「ノーベル」でいられたんだ。それが今では、まるでメルジェッリーナ地区で豚脂とコショウの入ったタラッリ〔硬く焼いたクッキーのようなもの。ナポリの名物〕を食べていたら、いきなり歯が一本抜けて、口じゅうに激痛が走ったときのような気分だった。あのとき僕は、アントニエッタ母さんのところに走っていったのに、母さんはカーパ・エ・フィエッロと一緒に家のなかに籠《こ》もっていて、相手をしてもらえなかった。仕方なく、ザンドラリオーナのうちに行った。おばさんは僕を椅子に座らせて、粉末の炭酸水の素とレモンを入れた水を用意して、口の中を消毒するようにと言った。それから、歯というのはね、時が来ると、生えてきたときとおなじように順に抜けていき、また新しい歯が生えるものなんだよと教えてくれた。

そう。僕は今、自分が抜けた歯のような気がしていた。今まで僕がいた場所には、僕の代わりに空っぽの穴だけが残り、新しい歯なんてまだ見えてもこない。

僕は、赤い花柄のワンピースを着ていた女の人を目で探した。もしかすると考えなおして、僕を連れに戻ってくるかもしれない。きっと残った子全員を見てから選ぶつもりだったんだろう。果物を買いに行くとき、ザンドラリオーナがよく言ってた。「絶対に最初の店で足を止めてはいけないよ！」その言葉どおり、僕たちはいつも近所の果物屋さんを全部まわり、どこがいちばん新鮮な果物を売っているか確認したものだ。ザンドラリオーナはスイカの入った籠に歩み寄り、眺めまわし、匂いを嗅ぎ、最後に親指と人差し指で皮の上から押してみて、スイカが十分に熟しているか調べる。きっと子供もおなじで、指で触ってみれば、中身の良し悪しがわかるのかもしれない。

赤い花柄のワンピースを着た奥さんとその旦那さんは、誰かを探しているらしく、黒い名簿を抱えた女の人と一緒にホールをぐるりとひとまわりしていた。僕は椅子に座ってもう一度背すじを伸ばし、今度はひと言も口を利かず、息を殺してじっとしていた。奥さんのことをじっくり観察しなおす。母さんになんてちっとも似てない。その人もぜんぜん笑わないから、似ているような気がしただけだ。二人は出口に向かって歩いているようだ。欲しい果物が見つからないから、出なおすことにしたのかもしれない。ところがそうではなかった。黒い名簿を抱えた女の人が、ホールのいちばん奥の隅に二人を連れていき、歯の抜けた金髪の子の前で立ち止まった。あの子もまだ残ってたことに僕は今まで気づいてなくて、僕一人だと思い込んでたんだ。遠くからでも、女の人が屈み込んで金髪の子のシャツに留められた番号を見ているのがわかる。男の子は女の人の顔を見ようともせず、シャワーを浴びる前とおなじく、黒くなった爪をじっと見つめている。旦那さんがなにか話し掛けているのに、その子は返事もしないで、頭を前後に動かすだけだ。まるであの子のほうが、二人になにかをしてあげてるみたいだ。間もなく男の子が立ちあがった。夫婦に連れられて出口に向かう前に、勝ち誇った笑みを浮かべて僕のほうを見た。ざまあみろ、名前なんて言わなくたって俺は引き取ってもらえることになったぞ、お前はまだそこにいるのか、とでも言いたげに。

まったく、あの夫婦もとんだ子を引き受けたものだ。ザンドラリオーナだったら、あんなにまずいスイカは選ばなかったに決まってる。でも、あいつの言うとおり、僕一人が誰にも引き取ってもらえなかったのは事実だった。

マッダレーナがホールの反対側で、灰色のスカートに白いブラウスの上からコートを羽織った奥さんと話している。あぶれた子を連れて帰る係にちがいない。コミュニストの旗のバッジを胸につけて、真面目そうな顔をしている。髪はブロンドだけど、ザンドラリオーナの髪とは違い、おなじブロンドでももう少し柔らかな金色だ。マッダレーナはその人の肩に手をおき、なにやら小声で話している。その人はじっと動かずに話を聞いている。マッダレーナが僕のほうを指差しても、こっちを見ようともしない。それから、はい、わかりました、私がなんとかします、とでも言うように、

二、三度うなずいた。二人してこっちに向かって歩いてくる。僕はジャケットを整えると、立ちあがった。
「私はデルナよ」その人が言った。

「アメリーゴ・スペランツァです」僕はそう言うと、さっきトンマジーノがごま塩の口髭の男の人にしていたのを真似《まね》て、手を差し出した。奥さんは僕の手を握り返しはしたものの、ほとんど力が入っていなかった。

その人はあまり話をする気分ではないらしい。きっと僕のことを早くうちまで送り届けたいんだろう。マッダレーナが僕の額にキスをして、別れの挨拶をした。「いい子にするのよ、アメリ。大丈夫、素晴らしい人にあなたを託したのだから」

「行くわよ、坊や。すっかり遅くなってしまったわ。バスに乗り遅れたら大変」その人はそう言って僕の腕をつかむと、ひきずるようにして歩きだした。僕とその人は、まるで警備員に呼びとめられる前に逃げ出そうとしている二人組の泥棒のように急いで建物から脱け出す。そうしてぴったり寄り添って、速すぎもせず、遅すぎもせず、おなじ歩幅で歩きはじめた。すると、駅前の赤レンガの建物がある大きな広場に出た。

「ここはどこですか？」僕は頭が混乱した。

「ここはボローニャ。とても美しい町よ。だけど急いで家に帰らないとね」

「おばさんが僕を家まで連れていってくれるんですか？」と、僕は尋ねた。

「もちろんよ、坊や」

「だけど、電車に乗らなくていいの？」

「バスのほうが早いわ」

「じゃあそうしよう」僕は答えた。

バス停で、僕は身体ががくがくと震えはじめた。「寒いのね」とおばさん。僕は全身に震えを感じた。寒くて震えているのか怖くて震えているのか、自分でもわからない。その人はコートの前ボタンをあけてひろげると、僕を包み込んでくれた。「こんなに冷え込んで湿気があるというのに、上着もなしに来させるなんて、ひどいわ……」

僕は、オーバーコートを列車の窓から投げたことも、お母さんたちがそれを受け取って見送りのきょうだいに着せたことも黙っていた。市場の不良品みたいに家へすごすごと送り返された僕を見て、母さんがどんな顔をするだろうかと、それればかり考えながら、ズボンのポケットに両手を突っ込んだ。そのとき初めて、列車が出発するときに母さんがくれたリンゴがまだ入っていることに気づいた。取り出してみたものの、胃が縮こまっていて食べる気にはなれない。

「大人一枚と子供一枚」バスが到着すると、その人は車掌さんに言った。二人してバスに乗り込み、隣どうしの席に座る。新しい靴のせいで足が痛い。まだ二日しか履いていないのに、もう一年前から履いてるみたいだ。バスが走りはじめると、間もなくあたりが暗くなった。あんまり疲れてたものだから、瞼がひとりでに落ちてくる。眠りに就く前に僕はこっそりと靴を脱ぎ、座席の下に放り投げた。もう靴なんてなんの役にも立たない。出発する前も裸足《はだし》だったし、また裸足で帰るだけだ。

第二部

13

目を開けると真っ暗だった。足先を伸ばして母さんの脚に押しつける。いつも朝になると鎧戸《よろいど》の隙間から洩れてくる光の筋を探したが、見当たらない。がらんとしたベッドの真ん中で上半身を起こしてみた。暗闇には切れ目ひとつない。僕はベッドから下りた。床が氷のように冷たい。両手を前に出してドアを探る。するとなにか角張ったものにぶつかった。床にしゃがみ込み、膝に手を当てて、痛みを押し戻す。「母さん、母さん!」と大声で呼んでみたけれど、誰も返事をしない。僕の住む路地裏にはないはずの静寂があたりを支配している。「母さん」もう一度、今度は小声で呼んでみる。八方から暗闇に包み込まれ、自分が目覚めているのか夢を見ているのかもわからない。心臓がどくどくと激しく鼓動するばかりで、なにも思い出せなかった。僕のうちまで送ってもらうために、ブロンドの髪のおばさんとバスに乗り込んだところまでは憶えてる。きっと途中で眠り込んでしまったんだろう。目覚めたら、この見知らぬベッドのなかだった。

部屋の外の足音がだんだん近づいてきて、ドアが開いた。わずかな光が入ってくる。アントニエッタ母さんじゃなくて、あのおばさんだった。「なにか怖い夢でも見たの?」灰色のスカートも白のブラウスも着ていないので、あまりコミュニストっぽく見えない。「わかりません。憶えてません」「水でも飲む? キッチンに行って汲《く》んでくるわね」僕がなにも答えずにいると、その人は胸の前で腕を交差させて肩をさすりながら立ち去りかける。「おばさん」と僕は呼びとめた。「僕はロシアに連れてこられたんですか?」その人は両手をひろげ、がさついた声で言った。「まあ、ロシアだなんて。かわいそうな坊や。いったいなにを聞かされたの? そんな話をされたら、眠れなくなるのも無理はないわね」

薄暗がりで表情はよく見分けられないが、僕は怒らせてしまったのかもしれない。おばさんは引き返してきて、僕のほっぺたを手で包んだ。少し冷たい手だ。「あなたは今、モデナという町にいるのよ。ロシアなんかじゃないわ。ここにいる人たちはみんな、あなたのことを大切に思ってる。ここはあなたの家よ。私たちを信じてちょうだい……」

ここは僕のうちなんかじゃないし、母さんからは誰のことも絶対に信用しちゃいけないと言い聞かされてる。僕は心のなかでそう思ったものの、黙っていた。「水を汲んでくるわね」とその人は言った。

「おばさん……」暗闇のなかへと消えていきそうになったその人に向かって、僕はつぶやいた。

「坊や、どうしたの? 私のことはデルナと呼んでちょうだいって言ったでしょ……」

「行かないで。僕、怖いんです……」

「ドアを開けておくわね。明かりが入るから」女の人は行ってしまった。

僕はふたたび一人きりになった。部屋は暗いから、目を開いていても閉じていてもあまり変わらない。しばらくすると、おばさんが水を持って戻ってきた。氷水のように冷たかったので、ゆっくり少しずつしか啜《すす》れない。「安心して飲んで大丈夫よ、坊や。井戸に毒なんて入れてませんからね。もしかしてそんな噂も聞かされたとか?」おばさんはうんざりしたように言った。「いいえ、そんなことありません」僕は、怒らせたくなくて、慌てて否定した。「ごめんなさい、母さんのせいなんです。ゆっくり飲まないと心臓が止まるよっていつも言われてるから」

おばさんは、よけいなことを言ったと思ったのか、申し訳なさそうな顔をした。「ごめんなさいね、坊や」さっきより柔らかな声色で言った。「私のところに来るなんて、あなたもあまりついていないわね。私には子供がいないから、小さな子のことはよくわからないのよ。従姉《いとこ》のローザなら子供の扱いが上手なんだけど……。なんてったって三人の子のお母さんだから」

「おばさん、心配しないで。僕、平気です。うちの母さんなんて、二人も息子がいるくせに、子供はあんまり得意じゃありません」

「じゃあ、兄弟がいるのね？」

「違います、一人っ子です」

おばさんはなにも言わなかった。きっと毒入り水の話をしたことをまだ後悔してるんだろう。

「明日の朝、ローザの子供たちを紹介するわね。子供は子供どうしでいるのがいちばんだから。『おばさん』なんかとじゃなくてね」

僕は気恥ずかしくて顔が赤くなった。名前で呼ぶなんて、そんなに簡単なことじゃない。

「きっと仲良くなれるわよ。あなたと年も近いし。ところで、あなたはいくつ？　まだ年も聞いてなかったわね……。ごめんなさい、本当にとんだ歓迎ぶりね」

この人が、僕に謝っている。家においてもらって、ベッドで寝させてもらっているうえに、真夜中に起こしてしまい、謝らなくちゃならないのは僕のほうなのに。「来月で八歳」と僕は答えた。

「それに、僕は暗いところだって怖くない。前に、生きた骸骨たちと一緒に礼拝堂に閉じ込められたこともあるんだ」

「まあ、ずいぶん勇敢だこと。羨ましいわ。怖いものなんてなにもないのね」

「本当はひとつあるけど……」

「ロシアに連れていかれること?」

「そうじゃないよ。ロシアの話なんて一度だって信じてなかった」

「私はロシアに実際に行ったことがあるのよ。党の仲間たちとね」

「僕は今まで仲間と旅をしたことがなくて、今回が初めてです。だから怖いんだ」

「当然だわ。初めてのことばかりだものね……」

「おばさん、そうじゃなくて、実は僕、一人で寝たことがないんだ。うちにはベッドがひとつしかないから、そこに僕と母さんが寝て、カーパ・エ・フィエッロのコーヒーもしまってあって……。あいつが警察に連れてかれる前の話だけど。でも、誰にも言わないでね。じゃないと母さんにこっぴどく叱られる。秘密だよ」

おばさんが僕の近くに来て腰掛けた。母さんとは違う匂いがする。母さんの匂いよりも甘ったるい。「それじゃあ、私も秘密の話をひとつするわね。市長さんに、子供を一人預かってくれないかと頼まれたとき、私は断ったの。怖かったからよ」

「おばさんは、子供が怖いの?」

「どうやって慰めたらいいかわからないのが不安なのよ。政治のことだとか、仕事のことならよく知っているし、ラテン語だって少しはわかる。だけど子供のことはさっぱりわからないの」そう言いながら、おばさんは壁の一点をじっと見つめていた。母さんも独り言をつぶやくときには、よくそうやって壁の一点を見つめる。

「年をとって、少し気難しくなったのかもしれないわね」

「なのに、僕を引き取ってくれたの?」

「昨日は、なにか手伝うことがあるかもしれないと思って駅まで行ってみたの。順調にことが運んでいるのか気になっていたしね。そうしたら、あなたを受け容れることになっていた御夫婦から、急に都合が悪くなったと連絡があったって言われて……。なんでも奥さんが具合を悪くしたんですって。それで、あなたのことを迎えに来る人が誰もいなくなってしまったの」

「それで僕一人が取り残されたんだね」

「ベンチにぽつんと一人で座っているあなたの、きれいな赤毛とかわいらしいほっぺのそばかすを見たとき、私が家に連れて帰ろうって決めたの。果たしてそれがよかったのかわからないけれど。たぶんあなたは、もっとちゃんとした家庭のほうがよかったんじゃないかしら」

「わからないよ。今まで一緒にいたいと思ったのは母さんだけだから」

おばさんが僕の手を撫でてくれた。ひんやりと冷たくて、少しひびの切れた指。あまり笑わないこの人が、僕のことを預かりたいと思ってくれたんだ。

「誰も僕のことなんて引き取りたくないから、最後まで残ったんだと思ってた」

「まあ、坊や。そんなわけないでしょう。前もって全部手配してあったのよ。一家庭で一人ずつ子供を受け容れられるように、何週間もかけて調整したんだから」

「それじゃあ好きな子から順に選んでたわけじゃないんだね」

「まさか。果物市場じゃあるまいに」

あのときはちょうど僕も果物市場のことを考えていたので、なんだか決まりが悪かった。

「だけど、もう寝ましょうね。明日は仕事に行かないといけないの。もう少し、あなたのそばにいてあげるわね。これでいいかしら?」そう言うと、おばさんも僕の隣で横になった。僕はそれでいいのかよくわからなかったけど、頭をずらして枕にスペースを作った。おばさんの髪が僕の頰に触れる。綿みたいにふわふわだ。

「子守唄でも歌ってあげましょうか?」僕は、子守唄を聞くとお腹《なか》の底から悲しみが込みあげる。でも、また怒らせたくないから黙っていた。瞼《まぶた》を閉じ、片方の足の先をそっとその人の脚にくっつけて、「うん」と言った。心のなかで、黒い人が一年間赤ちゃんを預かる歌じゃありませんようにと祈りながら。あの歌だったら、僕はきっと泣きだして、明日にはまた列車に乗せられて家に送り返されることになる。おばさんはしばらく考えてから、僕らが駅に着いたときに女の人たちが歌っていた、二、三小節ごとに「ベッラ・チャオ・チャオ・チャオ」という歌を歌いはじめた。

歌い終わると、僕はしばらく黙っていた。それから勇気を出して訊いてみる。「おばさん、僕の足、冷たくて嫌?」

「ちっとも嫌じゃないわよ、坊や。ちっともね」

ようやく、眠りがゆっくりと戻ってきた。

14

アメリ、アメリーゴ、起きてちょうだい。兄さんのルイジがもうすぐ帰ってくるから、急いでベッドから出るのよ。そこは兄さんの場所だからね。僕は寝ぼけ眼《まなこ》で訊き返す。じゃあ、僕はどこで寝ればいいの? あんたかい? アントニエッタ母さんが答える。あんたは、北のおばさんのところにいるんでしょ……。

目を開けてみたら朝だった。ベッドの正面にある窓からは、茶色い畑と寒さでむき出しになった木々の枝が見える。枯れた葉っぱが何枚か残っているだけだ。ほかに家はなく、誰も通りかからないし、話し声ひとつしない。

おばさんは、廊下の突き当たりにあるキッチンにいた。僕はその様子を後ろから観察する。ラジオを聴きながら朝ごはんの支度をしている。ラジオなんて、ときどき古着をもらいに行っていた奥さんたちの家で見たことがあるだけだ。テーブルの上には牛乳の入ったカップとパン、赤いジャムの瓶、バター、大きなチーズの塊が並んでいる。口髭のおじさんの家に行ったトンマジーノも、こんなにたくさんの神の恵みにありつけてるかな……。それにナイフとフォークとティースプーン、きちんとそろったカップとソーサーまである。

おばさんはまた白いブラウスと灰色のスカートに着替えていた。僕が見てることにはまだ気づいてない。僕は呼びかけたかったけど、照れくさくて声が出せない。昨日の夜、そばにいてくれたのとおなじ人とは思えなかった。ラジオからは早口で喋《しゃべ》る男の人の言葉が途切れ途切れに聞こえてくる。子供たち、歓迎、列車、病気、共産党、南部、貧困……。どうやら僕たちのことを話しているらしい。おばさんはパンを切っていた手をとめ、じっと耳を傾けている。カーパ・エ・フィエッロがよくしていたように、肺に吸い込んだ空気をいっぺんに吐き出した。ただし煙の輪っかは出てこない。そしてまたパンを切りはじめる。

しばらくすると僕のほうを振り返り、驚いた顔をした。「あら、そこにいたの?」「今来たばっかり」「気づかなかったわ。お腹すいたでしょ? 朝ごはんを作ったけど、好みに合うかしら……」

「なんでも好きだよ」

僕たちは口を利かずに一緒に食べた。おばさんは、夜はけっこうお喋りだったけど、昼間は無口だ。どのみち僕は慣れっこだった。アントニエッタ母さんもあまりお喋りが得意じゃない。とくに朝起きたばかりはほとんど喋らなかった。

僕が食べ終わると、おばさんは、仕事へ行かないといけないから従姉のローザのところでお留守番をしててと言った。昨夜《ゆうべ》話していた、子供が三人いる家だ。仕事が終わったら迎えに来てくれるらしい。僕は、わかったと言ったものの、お腹の底からまた悲しみが込みあげた。アントニエッタ母さんが僕をマッダレーナに預け、マッダレーナは僕をデルナに預け、今度はデルナが僕を従姉のローザの家に連れていく。そのローザという人は、いったい僕を誰に押しつけるつもりなんだろう。まるで黒い人が出てくる子守唄みたいだ。

おばさんのあとについて、僕は昨夜眠った部屋に戻った。窓からはもう空も畑も木々も見えない。手で窓ガラスをこすってみたけど、やっぱりなにも見えなかった。ガラスが汚れているのではなく、空気が曇っているんだ。外にはスモッグの幕がかかっていて、あらゆるものを覆っていた。僕はベッドの縁に腰掛けた。「着替えるのを手伝ってあげましょうか？」おばさんが尋ねる。ここに着いたときに僕が着てた服は見当たらない。ただ、書きもの机の上には、ポケットにしまっておいたアントニエッタ母さんのリンゴが置かれていた。「ありがとう、でも一人でできる」僕はそう答えた。濃い色の木製の洋服箪笥《だんす》から、おばさんが服を出してきた。ウールのセーター、ズボン、シャツ。ローザの家のいちばん大きな子のだったんだけど、今日からは僕のだ。「新品の服みたいだね」と僕は言った。机の上にはノートとペンもある。学校へ行かなくちゃいけないと言われた。「また？前にも行ったことあるよ」僕は口を尖《とが》らせた。「また行くのよ。毎日通わないとね。あなたはまだ知らないことばかりでしょ？」「そうだね。『生まれながらの物知りなし』だ」僕はそう答え、初めて二人で一緒に笑った。

僕は鏡のなかの新しい服を着た自分の姿を見つめた。そこには、僕に似てはいるけど、僕じゃない子がいた。おばさんは僕にオーバーコートを着せて、帽子をかぶせた。それから、ちょっと待っててと言って別の部屋に入っていく。すぐに黄色い三日月とハンマーの模様のある赤いバッジを手に戻ってきた。おばさんがつけているのとおなじバッジだ。僕のそばにしゃがんで、そのバッジをオーバーにつけてくれた。メディーナ通りの建物で見たコミュニストの旗とおなじ模様だ。ということは、これで僕もコミュニストになったのだろうか。あのとき見かけた金髪の男の人は、「南部問題」を解決できたのかな、と僕は気になった。

「出掛ける支度はできた？」そう尋ねながら、デルナは指先で僕のそばかすをつついた。「できたよ、おばさん……じゃなかった、デルナ」するとデルナは、ビンゴであがるために待っていた数が出たときみたいな顔をした。

そうして僕たちは、手をつないで歩きだした。デルナの歩き方は、アントニエッタ母さんみたいに速くはない。デルナは、僕の前を一人でさっさと歩いたりはしなかった。もしかすると、灰色の空気のなかに一人でとり残されるのが怖くて、僕がいつもより速く歩いてるだけかもしれない。

15

「北部の人たちって、たくさん煙草を吸うんだね！　煙ってて通りも見えないや」

「煙じゃなくて、霧よ」デルナが言った。「怖い？」

「ううん。最初のうちは隠れてて見えなかったものが、とつぜん現われるからおもしろい」

「ここが従姉のローザの家よ。いいお天気のときにはあなたの部屋の窓からも見えるはずなんだけど、霧がかかると消えてしまうの」

「僕もときどき消えたくなることがある。でも、南部には霧はまだないや」

デルナが呼び鈴を鳴らした。その隣にプレートが貼ってあった。「なんて書いてあるの？」と、僕が訊くと、「ベンヴェヌーティ」と彼女が答えた。「ようこそ《ベンヴェヌーティ》って、僕たちのために書いてくれたのかな？」「そうじゃなくて、ローザの旦那さんの名字よ」デルナは笑った。

栗色の髪を肩まで伸ばし、明るい色の瞳をした男の子がドアを開けてくれた。前歯のあいだに小さな隙間があいている。デルナに抱きつき、ほっぺたにキスをしてから、僕にもおなじことをした。

「列車に乗ってきた子だね？　僕はまだ一度も列車に乗ったことがないんだ。どうだった？」

「窮屈だったよ」

「そのジャンパーはお前のじゃない。去年の冬、兄ちゃんが着てたやつだ」廊下の向こうから走ってきたもう一人の男の子が言った。僕とおなじくらいの背恰好で、黒い瞳をしている。

「僕のだとか、お前のだとか、そんなのはどうでもいいことだろう。必要としている人が使えばいいんだ」細身で背が高い、赤みがかった口髭に青い瞳の男の人がたしなめた。「ローザ、君はうちの子にファシストの教育でもしてるのか？」

「とんだ歓迎の挨拶だこと。大変な思いをしてここまで来てくれたのに」小さな男の子を抱いた奥さんが言い返す。僕についてくるようにと合図して、居間に入っていった。

「自己紹介がまだだったわね。私はローザ。デルナの従姉なの。口髭を生やした冗談好きのおじさんは夫のアルチーデ。そして、この三人がうちの子たち。十歳のリヴォと、もうすぐ七歳になるルツィオと、まだ一歳にもなっていないナリオよ」

僕は子供たちの名前が聞きとれなくて三回も繰り返してもらった。僕らの町では、男の名前といえばジュゼッペとか、サルヴァトーレとか、ミンモ、女だったらアンヌンツィアータとか、リヌッチャとかだ。それと、あだ名もよく使われる。ザンドラリオーナ〈地味な女〉、パキオキア〈お人《ひと》好《よ》し〉、カパヤンカ〈白髪頭《しらがあたま》〉、ナーゾ・エ・カーネ〈犬の鼻〉……。本当の名前なんて誰も知らない。たとえば僕だって、カーパ・エ・フィエッロ〈鉄の頭〉の本当の名前と名字はなにかと訊かれても、答えられない。

でも、ここ北部では違うらしい。三人の子の名前は、暦に書かれた聖人の名前から選んだんじゃなくて、自分で考えたんだとアルチーデさんが教えてくれた。聖人なんて信じてないらしい。暦は信じるけど、神様は信じていない。三人続けて呼んだときに、リヴォ・ルツィオ・ナリオ〈革命家〉と、ひとつの単語になるようにしたんだよと説明してから、僕のことをじっと見つめている。僕がなにか言うのを期待しているらしい。それから、一人ではっはっはっと笑い、口髭を揺らした。僕の路地裏では、誰も口髭なんて生やしていなかった。一人だけ例外なのはパキオキアだけど、女の人だから口髭のうちには入らないと思う。アルチーデさんを喜ばせたくて僕も笑ってみせたけど、本当は冗談の意味がよくわからなかった。

デルナは、帰りに迎えに来るわね、と言って仕事に行ってしまった。ローザの旦那さんも、町の有力者の家に呼ばれていると言って、出掛ける準備をしている。その家は裕福で、子供たちを音楽学校に通わせているらしい。アルチーデさんはその家のピアノを調律するそうだ。「僕も、うちにいたときは音楽学校に行ってました」

アルチーデさんは真剣な顔で僕を見た。「それで、どんな楽器を弾くんだい?」

僕は顔が赤く火照《ほて》るのを感じた。「いいえ、なんの楽器も弾けません、ドン・アルチーデ。音楽学校には行ってたけど、いつも外で、流れてくる音楽を聴いてただけです。カロリーナという、ヴァイオリンを弾いてる友達を待ってたんだ。僕は音楽を聴き分ける耳をしてるって、カロリーナが言ってました」アルチーデさんは口髭を撫でつけた。「音階は知ってるかい？」「はい」「七つとも？」「はい」僕はそう答えて、カロリーナに教わったとおり、音階を言ってみせた。おじさんはまんざらでもないという表情を浮かべ、今度ピアノのお店に連れてってくれると約束した。「鍵盤に触らせてもらえるんですか？」と、僕は尋ねた。「うちの子たちは、まだ誰も音楽に興味を持ってくれないからね。君が来てくれてよかったよ。そうだろ？　ローザ」

ルツィオは、こいつ来たばかりのくせに、とでも言いたそうな意地の悪い顔をした。

「それで、助手として使えるほどに腕をあげたら、お給料もあげよう」

「僕はもう一年前からもらってる」リヴォが得意げに言って、白い前歯のあいだの隙間を見せた。

「家畜小屋の仕事を手伝ってるんだ。牛に水をやったりな」

「だから、兄ちゃんは牛の糞くさいんだ」弟がリヴォをからかう。

「この家じゃあ、みんながそれぞれ自分の仕事をすることになっている」と、アルチーデさんが説明した。

「ドン・アルチーデ、僕は友達のトンマジーノと古着集めの仕事をしてました。でも、ピアノの仕事をするほうが嬉しいです。頭のてっぺんが禿げなくてすむし」

アルチーデさんは自分の赤い髪を撫でつけると、僕に手を差し出した。「じゃあ、約束だ。助手ができて嬉しいよ。だが『ドン』と呼ぶのはやめてくれないか。私は司祭じゃないからね」

ルツィオが鼻で笑った。

「わかりました。でも、なんて呼べばいいんですか？」

「お父《バッボ》さんと呼んだらいい」その返事には迷いがなかった。ルツィオはせせら笑いをやめ、僕も真顔になった。

16

「お父《バッボ》さん、行ってらっしゃい。早く帰ってきてね」リヴォがアルチーデさんを玄関まで見送り、頬にキスをした。ルツィオはポケットからビー玉を出して、廊下で転がしている。僕は手を振って、行ってらっしゃいの挨拶をしただけで黙っていた。お父《バッボ》さんと呼ぶのは、からかってるみたいで気がひける。僕の路地裏には、背が高くて肥ったおじさんがいて、僕とトンマジーノはその人とすれちがうたびに、後ろから追いかけていって、「でんでんでん《バッバゾーネ》、木偶の坊《バッバゾ》、お前は本当に役立たず《バッバ》！」と囃《はや》し立てていた。アルチーデさんは木偶の坊《バッバゾーネ》なんかじゃないのに、「バッボ」なんて呼べやしない。それに僕のお父《バッボ》さんでもない。

ローザが野菜の収穫をしに畑へ行く支度をはじめると、リヴォも、雌牛たちに水をやりに行くと言ってバケツを持った。家の裏には畑があって、家畜も飼っているらしい。雌鶏は何羽もいないんだけど、たくさん卵を産んでくれるよ。今雌牛の乳搾りを教わってるんだ。でも神経質だから難しくて……。リヴォはいろいろなことを知っていて、それをいっぺんに説明しようとする。水のこと、肥《こ》やしのこと、雌牛が出す乳のこと、雌牛が出す乳で作るチーズのこと。家畜はリヴォの家だけのものではなく、近所の家と共同で飼っていて、みんなで世話をしてるらしい。とれたものは、半分は自分たちで食べて、半分は市場へ売りに行く。市場にならば、僕もトンマジーノと一緒にドブネズミを売りに行ってたよ、と言いたかったけど、リヴォは僕の話には耳を貸さず、のべつ幕なしに喋りながら、家畜の世話をしに行くために、ジャンパーを着て、長靴を履いた。そして僕に、動物たちを見に一緒に来るかと尋ねた。僕はうんともううんとも答えず、心のなかで、パキオキアの言ったとおりだ、やっぱり僕たちは働かされるために北部に連れてこられたんだと思っていた。

「リヴォ、あんまりあなたが一方的に喋るものだから、アメリーゴが混乱してるじゃないの。少しそっとしておいてあげなさい。着いたばかりだから、慣れるまでに時間が必要なのよ。ごめんなさいね、アメリーゴ。この子、水銀を持ってるの」

「なにを持ってるの？」

「『水銀を持っている』というのはね、片時もじっとしてられない子のことを言うの」

「ああ、わかった。母さんがいつも、『神によってもたらされた禍《わざわい》』と言うのとおなじ意味だね」

それを聞いてリヴォが噴き出し、僕も一緒に笑った。ルツィオは笑みも浮かべずに、ビー玉で遊んでいる。ローザは土だらけの靴を履くと、ドアを開けた。そして、外に出る前に声を掛けた。

「ルツィオ、弟が目を覚ましたら、呼びに来てちょうだい」外に出たと思ったとたん、また戻ってきた。「それと、新しく来たお友達にビー玉をひとつあげて、一緒に遊びなさいね」

二人きりになると、ルツィオはビー玉をポケットにしまい込み、一人でどこかへ行ってしまった。捜してみたけど見つからない。わざと隠れたか、透明人間になったかのどっちかだ。家のなかには霧も出てないのに……。どの部屋もだだっぴろく、台所の天井には木の梁《はり》があって、フォリア通りのハム屋さんみたいに、丸ごとのサラミや生ハムがぶらさがっている。暖炉に火が熾《おこ》してあるから、ここが家じゅうでいちばん暖かい。だからローザは、末の子が寝ている揺り籠をそこに置いたんだ。

家のなかのどこか遠い場所から、床を転がるビー玉の音が聞こえてくる。一回、二回、三回……。僕は指で回数を数えはじめた。そうすれば、十を十回数え終わったときにいいことが起こるはずだ。もう一人のよく喋る子が戻ってきて、雌牛を見に連れていってくれるとか。なのに時間ばかりが過ぎていき、少しずつ小さくなっていた暖炉の火は消えてしまい、ビー玉の音も聞こえなくなった。誰か帰ってこないかと窓から顔を出してみたが、霧が深くてなにも見えない。

「ルツィオ」と呼んでみても、僕の声が聞こえないのか答えたくないのか、返事はない。そのうちに、キッチンの片隅の、食器棚の陰に半分隠れたところに、梯子《はしご》があるのを見つけた。僕はそれを引きずり出して壁に立てかけた。梯子なんて一度も登ったことがない。パキオキアは梯子の下をぐるぐると災難に見舞われると言ってたっけ。僕は最初に片方の足だけのせてみて、倒れないか確かめる。それからもう一方の足。上の段に行けば行くほど、自分が大きく強くなった気分になり、独りぼっちにされたことも忘れられた。天井を触ってみたくなって、梯子のいちばん上の段まで登る。そこで指を伸ばすと、梁の木材に手が届いた。生暖かくてざらざらだ。吊り下がったサラミが僕の顔を撫で、香りが鼻の奥まで入ってくるものだから、生唾が込みあげる。駅で食べた白い斑点のあるピンク色のハムもある。こんなにたくさんの神の恵みなんて、誰も見たことがないだろう。爪で皮を引っ掻いたら柔らかな肉の部分が出てきた。指を中に突っ込んで出し、口に入れてみる。もう一度指を突っ込み、また少し肉を掻き出す。穴が深くなってそれ以上掘れなくなると、もうひとつ別の穴をあけ、さらにまた別の穴……。

「泥棒！」不意に背後でわめく声がした。「お前はうちのものを盗みに来たんだろう」

慌てて振り向いたものだから、僕はバランスを失い、足を滑らせて梯子から落ちた。落ちたのはそんなに高い所からじゃなかったけど、床に背中をぶつけた。揺り籠のなかの赤ん坊が目を覚まし、泣きだした。ルツィオは僕のことをにらみつけてから、視線をあげてモルタデッラの穴を確認し、もう一度、下にいる僕を見た。それから靴の爪先でそっと僕の身体《からだ》に触った。まるで虫けらが生きてるか確かめるときのように。僕は身じろぎせずに、「痛い」と言った。すると、ルツィオは逃げていった。ナリオはずっと泣きわめいている。今ローザが帰ってきたら、僕がナリオに悪さをしたと思われる。

「ルツィオ」僕は床にのびたままで言った。「僕はここにはちっとも来たくなかった。なのに、母さんが僕のためだと言って勝手に決めたんだ。うまく喋れないふりもしたけど駄目で、結局、列車に乗せられて……」

返事がない。また床でビー玉を転がす音がする。音が近いから、たぶん隣の部屋にいるんだろう。

「ちょっと味見がしたかっただけなんだよ。ルツィオにとってはたいしたことじゃないでしょ？この家にはなんでもある。家畜小屋には動物、天井にはサラミ、口髭を生やしたお父さん、洋服箪《だん》笥《す》にはウールのセーター、兄弟、壁には肖像写真まで飾ってある」

なんの返事もない。僕は身体を起こして床に座った。背中が痛むけど、我慢できないほどじゃない。揺り籠のそばに行って、ザンドラリオーナの近所に住む、赤ん坊のいる女の人がしてたみたいに、揺らしてみる。するとナリオはだんだん静かになって、また眠ってしまった。ビー玉の音が近づいてきて、キッチンのドアから入ってくるのが見えた。ビー玉の後からルツィオも現われた。

「額に飾ってある禿げた男の人は誰？　ルツィオの洗礼式の代父さん？」

「あれは同志のレーニンだ」ルツィオは僕の顔を見ずに言った。

「ルツィオのお父さんの友達？」

「みんなの友達だ。僕らにコミュニズムを教えてくれた人だってお父さんは言ってた」

「生まれながらの物知りなし」僕はそうつぶやいた。それからまた二人とも黙り込む。暖炉の薪《たきぎ》はすっかり灰になり、少し寒くなってきた。ルツィオは暖炉に近づき、薪の山から太いのを一本つかむと、暖炉に投げ込んだ。しばらくすると、さっきよりも勢いよく炎が燃えあがった。僕たちの住んでいるところには暖炉なんてない。火鉢はあるけど、炭火が静かに燃えてるだけだから、暖炉みたいにかっこよくない。僕もあんなふうに火を燃えあがらせられるようになりたかった。

「僕の知り合いにパキオキアという人がいて、その人も家に肖像画を飾ってる。死んだ婚約者——どうか安らかにお眠りください——の肖像画じゃなくて、口髭を生やした国王なんだ。子供列車に反対するデモ行進のときにも、その肖像画を持ってたよ。きっとパキオキアの言ってたことが正しかったんだ」

ルツィオはなにも言わずに、出ていこうとした。「僕だって、ずっとここにいるわけじゃない!」僕が怒鳴ると、ルツィオは立ち止まった。「冬のあいだだけだって言われた。そうしたらルツィオがドン・アルチーデと工房に行って、僕は自分の家に帰る。みんな元の生活に戻るんだ」

僕は取引が成立したときに大人たちがするように、ルツィオに手を差し出した。ルツィオは僕の手を握ろうとはせず、ビー玉を蹴って僕のほうに転がし、梯子を食器棚の後ろにしまうと、別の部屋へ行ってしまった。床にビー玉だけが残された。ルツィオがわざと置いていったのか、それとも拾い忘れたのかわからない。僕はそれをズボンのポケットにしまい、形を変えながらめらめらと燃える暖炉の炎を眺めた。

17

いつまで待ってても誰も帰ってこないから、僕は外へ出て畑のほうへ歩いていった。僕の姿を見つけたリヴォが駆け寄ってきて手をつないでくれる。僕はモルタデッラハムにあけた穴のことが頭に浮かんで居たたまれなかったが、リヴォについて家畜小屋に入っていった。「雌牛はおとなしいから大丈夫だけど、雄牛はときどき機嫌が悪くなる。そういうときには近づいちゃ駄目だ」と、リヴォが教えてくれた。確かに雄牛の顔を見ただけで、気性の荒いことがわかる。どこかアントニエッタ母さんに似ている。母さんは美人だし優しいけど、いったん怒らせると誰の手にも負えない。

僕はそんなに大きな動物を見るのは初めてだった。本当のことを言うと、小さな動物も、チッチョ・フォルマッジョ〈ぽってりチーズ〉ぐらいしか見たことがない。それでも、僕もここに来る前には動物を飼っていたと言いたくて、リヴォに〈ぽってりチーズ〉の話をした。路地裏の、ザンドラリオーナの長屋《バッソ》のあたりをうろついていた、大きな灰色の猫だ。その猫を見かけるたびに、おばさんは古くなったパンの端っこと牛乳を少しあげてたけど、アントニエッタ母さんは、「パンをくすねる泥棒猫」と呼んで、見かけるたびに蹴飛ばして追い払った。母さんは猫があんまり得意じゃない。僕とトンマジーノは、その猫の飼い主になって芸を仕込むことにした。前にレッティフィーロ街で猿に曲芸をさせてるお爺さんを見たからだ。お爺さんがお座りと言うと猿は座り、お爺さんが立てと言うと猿は立った。お爺さんが踊れと言うと猿は上手に踊ってみせた。見物客たちは一斉に拍手をし、お爺さんの帽子のなかに小銭を入れた。お爺さんと猿はそうやって、とりわけお金持ちの屋敷の前では、たっぷりと稼いでいた。曲芸が終わると、お爺さんは猿を連れて帰っていき、翌日にはまた別の街角で曲芸をさせていた。僕とトンマジーノは街を歩きまわってはお爺さんのことを捜した。ひとつには、生きた猿なんて見たことがなかったからだけど、もうひとつには、そのお爺さんからコツを学びたかったからでもあった。ところがある日、お爺さんはどこかへ行ってしまい、見かけなくなった。猿もろとも忽然《こつぜん》と姿を消したんだ。それで僕らは、〈ぽってりチーズ〉に芸を仕込んでお金持ちになろうと考えた。なのに〈ぽってりチーズ〉には芸を覚える気なんてさらさらなく、好き勝手なことばかりしていた。アントニエッタ母さんの言ったとおりだったんだ。でも、そのときにはもう猫は僕らに懐《なつ》いていた。僕らが撫でてやると脚にすり寄ってきたし、路地裏の奥に僕らの姿を見つけると尻尾を揺らして出迎えてくれた。

ところが、そのうちに〈ぽってりチーズ〉も姿を消した。路地という路地を捜しまわったけど、どこにもいなかった。豊かな暮らしがしたくなって、猿のお爺さんとどこかに行ったのかもと僕は思った。パキオキアは、人間は飢えると猫でもお構いなしに食べると言ってたけど、そんな話は信じなかった。でも実のところ、ザンドラリオーナのパンと牛乳のお蔭《かげ》で、〈ぽってりチーズ〉は、その名に違わずぽてぽてだったから、食べようと思う人がいたとしても不思議はなかった。

リヴォは僕の話を最後まで聞かずに、猫ならそのうち帰ってくるさと言った。猫というのはそういう生き物で、ときたま姿を消すけれど、自分の家に帰る道は忘れないのだそうだ。

「でも、僕は犬のほうが好きだな。アメリーゴは？」

「僕は猫。だって僕とおなじだ。僕も、いつか自分の家に帰る」

リヴォが雌牛のすぐそばまで行った。「来てごらん。おとなしいんだ」そう言いながら、二本の角のあいだを撫でている。蜥牛は尻尾も振らないから、きっと芸を仕込むなんて無理だろうなと思ってると、リヴォが僕に言った。「撫でてみろよ」

僕はおそるおそる手を伸ばして指の先で触った。毛並みは、〈ぽってりチーズ〉みたいに柔らかくないし、近くからだと、吐く息がパキオキアの息よりももっと臭かった。もう一度触ってみる。今度は掌《てのひら》全体で。蜥牛は口を下に向け、うるんだ目をしていた。それを見て僕は、コミュニストの建物からの帰り道、フライドピッツァを買ってくれた母さんを思い出した。

18

女子みたいな服は着たくないし、襟のリボンだって恥ずかしくてたまらない。それでもデルナが嬉しそうだから、僕はなにも言わなかった。パーティーに行く支度でもしてるみたいに見えるけど、どうせ平手打ちや、汗くさい教室、それにノートに縦棒や横棒を書く練習が待ち受けているに決まってる。「僕、もう数なら知ってるよ。指で十を十回数えられるんだ」試しにそう言ってみた。

「文字や割り算、地理の勉強もしないといけないでしょ」

「文字は嫌いだ。母さんだって知らないで暮らしてる。なんの役に立つの？」

「文字を知っている人にだまされないため。ほら、行くわよ」

デルナに手を引かれて、僕は家を出た。今朝は霧がかかっていないので、向かいの家からリヴォとルツィオがこっちに来るのが見えた。二人も上着の下から黒いスモックが見えていて、僕とおなじショルダーバッグを提げている。僕を見るとリヴォが駆け寄ってきて、雌牛が妊娠したから、もうすぐ仔牛が生まれると教えてくれた。ルツィオは後ろのほうで道端の石ころを蹴飛ばしながら歩いている。

「新しい学校に僕の席はある？」

「僕の教室には空いた机なんてないぞ」地面を見つめたままのルツィオが言った。

「昨日、校長先生とお話ししたわ」デルナが口を挿《はさ》んだ。「ルツィオとおなじクラスに入ることになったの。アメリーゴは年齢はひとつ上だけど、少し遅れ気味だからって。よかったわね、学校にいるときも家族と一緒にいられて」

ルツィオがまた石を蹴飛ばし、飛んでいった石を追いかけた。デルナは、労働組合の会議があるからと、そこで別れることになった。「いいわね、坊や。しっかりね」そして別の方角へ歩きだしたものの、数歩も行かないうちに立ち止まり、僕を呼んだ。「アメリーゴ、待って！　私ったら、本当にうっかり者ね。おやつを渡すのを忘れてた」ふと、机の上に置いたままになっている母さんのリンゴが僕の頭をよぎった。デルナは僕のところまで走って戻ってくると、レモンタルトの香りがする布の包みを鞄《かばん》から取り出した。僕はそれをショルダーバッグにしまって、またリヴォと肩を並べて歩きだす。

「仔牛の名前を考えなくちゃ。なにがいいかな」と、リヴォ。

僕は、ルイジがいいと思った。気管支喘息だった兄ちゃんの名前だ。でも、そう口にするより早く、ルツィオが僕らのほうを振り返ってわめいた。

「僕の番だ。僕が仔牛の名前をつける。代わり番こだよ。今度生まれてくるのは僕の牛だ」

リヴォはルツィオを追いかけて小石を奪うと、思いっきり蹴り、校門まで飛ばした。僕も走って追いかけようとしたが、スモックの裾が脚にまとわりついてうまく走れない。結局、僕だけが二人に後れをとった。

新しい学校の先生は男で、フェッラーリという名字だった。若くて口髭は生やしてなくて、喉の奥でRの発音をする。クラスのみんなに、僕のことを列車に乗ってやってきた子供たちの一人だと紹介してから、みんなで歓迎し、自分の家にいるような気持ちにさせてあげるようにと言った。僕のうちにはなにもないから、みんなの家にいるような気持ちにさせてくれたほうがよっぽどいいのに。

ルツィオはいちばん前の列に座った。ウェーブのかかった金髪の肥った男子の隣だ。空いてる席はひとつだけ、いちばん後ろの、背の高い子たちが集まってる列だ。僕はそこに腰掛けて、時間をやり過ごした。でも、ちっとも過ぎていかない。フェッラーリ先生が升目のあるノートを出してくださいと言うと、クラス全員が升目のあるノートを出す。先生が線の入ったノートを出してくださいと言えば、全員が言うとおりにする。この教室では、みんながフォリア通りのお爺さんの猿みたいにきちんと仕込まれてて、平手打ちも必要ないらしい。しばらくすると、ようやくチャイムが鳴った。僕は、よかった、やっと終わったと聖母様に感謝しながら、上着の袖に手を通して出口のほうに向かった。そのときどっと笑いが巻き起こった。僕はどうして笑われたのかわからなかったが、いちおう席に戻った。するとフェッラーリ先生が、休み時間だからおやつを食べるようにと言った。みんなは思い思いに席から離れ、グループになってお喋りをしている。僕は、レモンタルトの包みをデルナに持たされたことを思い出し、いちばん後ろの席で一人、時間を稼ぐためにできるだけゆっくり食べた。先生が平手打ちをしていた学校では、休み時間もなければレモンタルトもなく、チャイムが鳴るのは、もうぶたれなくてすむという合図でしかなかった。

やがてフェッラーリ先生が、休み時間は終わりですと言い、みんな席に戻った。

「では、これから掛け算の二の段の復習をします。ベンヴェヌーティ、前に出てきて」

ルツィオが立ちあがり、チョークの欠片《かけら》を持つと、数字を書きはじめた。でも、途中で手が止まり、塩漬けタラのようにあんぐりと口を開けたまま黒板を見つめている。「ベンヴェヌーティ、席に戻りなさい」先生はちょっと困ったように言うだけで、ぶつことはない。「二掛ける七がいくつかわかる人？」

みんな息を潜めている。するとルツィオが言った。「先生、スペランツァに訊いてみてください」

「スペランツァは転校生で、今日初めて登校したばかりだ。もう少し馴染《なじ》んでからにしよう」

「でも先生、特別扱いしないほうが自分の家にいるような気持ちになると思います！」誰かがにやにやしながら言い、別の子が振り向いて僕を見た。

先生はどうするべきか決めかねているらしく、僕のほうを見てにっこりした。きっと、この先生は生徒を叩いたことなんて一度もないんだろう。「スペランツァ、君は二掛ける七がいくつかわかるか？」

クラス全員の視線が注がれるなか、教室じゅうに僕の声が響いた。「十四です、先生」

ルツィオは、モルタデッラに指を突っ込んでいた僕を目撃したときと同様、まるでなにかを盗まれたとでも言いたげな目つきで僕を見た。フェッラーリ先生は驚いたみたいだったけど、満足顔で言った。「すごいじゃないか、スペランツァ。二の段はもう前の学校で習ったんだね？」

「違います、先生。僕、自分の町にいたときにいつも靴を数えてたんです。靴は二つずつ組になってるから」

終業のチャイムが鳴って下校の時間になると、先生は二人一組で手をつないで校門まで行くようにと言った。僕が教室の後ろに一人でいると、いちばん前の列に座っていた子が近づいてきて、僕と手をつないでくれた。

「僕の名前《アム・キエム》はウリアーノ」と話し掛けられたが、僕はうんうんとうなずくだけで、黙っていた。掛け算の二の段だったらできるけど、外国語はあんまり得意じゃない。

19

サラミはいつもどおりキッチンに吊るしてあるのに、僕の指の形に穴があいたモルタデッラは姿を消していた。今のところなにも言われていない。アントニエッタ母さんだったら布団叩きを振りまわして路地じゅうを追いかけるだろう。でもここでは誰もお仕置きをしない。それがかえって恐ろしかった。最終的になにが起こるか予測もつかないのだから。昨日の晩は誰かが玄関をノックする夢を見た。僕のことを捕まえに来た警察官だった。僕はカーパ・エ・フィエッロと一緒に牢屋にぶちこまれることになった。「見ろ、わしはコーヒー、お前はモルタデッラハムで捕まった。まあ、おなじようなもんだな」と、カーパ・エ・フィエッロに言われて、僕は夢のなかで叫んでた。「違う。お前なんかとおなじじゃない！」でも、目が覚めると、僕はあまり自信がなくなっていた。

学校から帰るとアルチーデさんの大声が聞こえた。「誰も寝てはならぬ〜。誰も寝てはならぬ〜」アルチーデさんはしょっちゅう有名なオペラのアリアを歌っている。でも、今日は僕に腹を立てているに決まってる。なるべく姿を隠してたつもりだったのに、なぜか見つかってしまった。「どこへ行くんだ？　私に報告すべきことがあるんじゃないか？」

　ポケットに手を入れると、ルツィオのビー玉が入っていた。僕はそれを指でくるくる回しながら、ぐっと黙っている。

「ちょっとした噂を耳にしたんだが、本人の口から直接聞きたいものだね」

「ドン・アルチーデ、正直に話したら、僕になにもしませんか？」

「私がなにをするというんだい？」

「警察も呼ばない？」

「警察だって？　学校でいい成績を収めたからって逮捕される人はいないだろう」

　僕はポケットから手を出してほっと溜め息をついた。「ああ、フェッラーリ先生と話したんですか？」

「君は数字がとても得意で、文字も一生懸命勉強してると先生がおっしゃってたよ」

「僕は数字のほうが好きです。数字はどこまでも続くから」

「だから君は音楽が好きなんだろうね。数を数えるのが得意じゃないと、楽器をうまく弾くことはできないんだ」

　アルチーデさんと話していると、僕をからかっているのか真面目に話してるのかわからなくなることがある。アルチーデさんは食器棚の前に行き、モルタデッラハムの塊を取り出すと、二枚スライスした。

「僕のことを怒ってないんですか？」

「いいや、少し怒ってるよ。何度言っても敬語で話すし、まだ一度も私をお父さん《バッボ》と呼んでくれないからね」

次いでパンもスライスすると、間にモルタデッラを挟んでパニーノを作り、ナプキンに包んだ。

「ひとつは君の分、ひとつは私の分だ。さあ行くぞ」

工房は木と接着剤のいい香りがした。楽器がいくつもあり、完成品ばかりではなく、部品ごとに分けられていて組み立てられるのを待っているものもあった。「なにをすればいいんですか？」と僕が尋ねると、「そこに座って見ててくれ」とアルチーデさんは答えて、仕事を始めた。材木を切ったり、釘を打ちつけたり、鑢《やすり》をかけたりする合間に、いろいろ教えてくれる。絃《げん》を爪弾《つまび》き、鍵盤を押しては、「わかるかい？」と言いながら、それぞれの音の違いを僕に聴かせてくれる。話を聞きながらアルチーデさんのすることを見ているうちに、あっという間に時間が過ぎた。学校とは大違いだ。ただし、作業中のアルチーデさんは無口だった。集中力が必要なのだそうだ。

アルチーデさんは、先端が二股に分かれた金属の細長い棒を取り出した。それを叩いてピアノの板の上につけると、遠くで出航する船の汽笛のような音がする。

「その楽器なら僕にも弾けるね。簡単そうだ」

「音叉《おんさ》というんだ。ひとつの音しか出せないが、いろいろな楽器の調律をするために使われる。鳴らしてみるかい？」

叩いた音叉をピアノの上にのせたとたん、指から腕へと振動が伝わり、首まで到達するのを感じた。いつか母さんのサイドテーブルの電球を外そうとして感電したときみたいな感覚だ。あのときは母さんに、「自業自得ね。電球が割れなくてよかった。もし割れてたら、あたしがただじゃおかなかったわよ」と叱られた。でも今回のは、心地のいい、幸せの感電だ。

おやつの時間になっても、僕は空腹すら感じなかった。アルチーデさんは自分のコップに赤ワインを注ぎ、大人の男どうしみたいに二人向かい合ってテーブルに座った。この仕事はアルチーデさんのお父さんから教わったわけじゃなくて、全部独りで勉強したそうだ。お父さんは農業をしていて、アルチーデさんも土いじりは嫌いじゃなかったけど、それよりもずっと音楽が好きで、子供の頃から音階を聴き分けられる耳を持っていたらしい。それを聞いて僕は、父さんがどんな仕事をしているのか知らないけれど、僕も大きくなったら音楽の仕事をする人になろうと心に決めた。

近隣の町からわざわざ工房を訪ね、楽器を預けていくお客さんもいる。アルチーデさんは作業台に向かい、少しずつ楽器を生まれ変わらせるんだ。僕はアルチーデさんと工房にいるのが楽しくてたまらなかった。僕自身が音程の狂った楽器で、元いた場所に戻す前に、アルチーデさんが新しく生まれ変わらせてくれるような気がした。

「いいかい、これがギターでこっちはトロンボーン。そしてフルート、トランペット、クラリネットだ。どれを吹いてみたい？」

「ヴァイオリンはないんですか？」僕は尋ねた。音楽学校に通っている友達のカロリーナが、ヴァイオリンを弾いてたからだ。

「ヴァイオリンは難しいぞ」とアルチーデさんは言った。「とりあえずここに座ってごらん」ピアノの前の椅子に座り、言われたとおりに鍵盤を押すと、僕の知っている七つの音階が鳴った。もう一度試してみると、やっぱりおなじ音がする。僕はいろいろな音を混ぜてみた。すると数字みたいに無限の響きがあふれ出る。僕は音楽のマエストロになった自分を想像した。カロリーナに連れられてリハーサルに忍び込んだときに劇場で見た人たちみたいな。アルチーデさんが拍手をし、僕が立ちあがってお辞儀をしたところへ、毛皮を着た女の人が入ってきた。

「いらっしゃいませ、リナルディ夫人」

「こんにちはベンヴェヌーティさん。今日は息子さんがお手伝い？　よく似てらっしゃるのね」

僕とアルチーデさんは少し面喰らって顔を見合わせた。言われてみれば確かに二人とも赤い髪をしている。「ほらな、だからお父さん《バッボ》と呼びなさいと言ってるだろ？　リナルディ夫人もそうおっしゃってる」そして倉庫のほうに行きながら、説明した。「この子は息子ではありません。しばらくうちで預かることになりましてね。まあ、私とローザにとっては、うちの子とおなじようなものですが」

僕とリナルディ夫人は二人きりで工房に残された。「確かローザはサッスオーロに親戚がいると言ってたけれど、そこのお宅のお子さんかしら？」

「いいえ、僕は列車に乗って来たんです。子供列車です」

アルチーデさんがヴァイオリンを抱えて戻ってきて、作業台の上に置いた。僕はカロリーナのことを思い出した。彼女の指先は紘を押さえすぎて硬くなっていた。

「紘をすべて張り替えました」と、アルチーデさんがリナルディ夫人に説明している。

夫人は眼鏡をかけると、ヴァイオリンを上向きにしたり下向きにしたりして眺めてから、紘に触った。爪弾きながら、きちんとした仕事がなされているか、粗《あら》はないか確認している。最後には納得したらしく、アルチーデさんにお礼を言った。それから鼻の頭まで眼鏡をずりおろすと、僕の顔を見た。ヴァイオリンを吟味していたときとおなじように僕を眺めまわし、粗探しをしてるみたいだ。「かわいそうに。まだ小さい子をこんなに遠くまで来させるなんて……」と、夫人は言った。「何時間も列車に揺られて、窮屈な思いをさせられて。なのに、素敵なヴァカンスが終わったら、また元の貧困に戻らないといけないのでしょ？　こんな遠くまで連れてくるより、その分のお金を困窮家庭に直接渡したほうがよほどいいのではなくて？」

アルチーデさんが僕の肩に手をおいた。夫人は憐れむような顔をして僕に硬貨をくれた。アルチーデさんは手にぐっと力をこめたものの、なにも言わない。

「ともあれ、なにもしないよりはいいのかもしれないわね。そうでしょ？　ここなら手に職をつける機会があるもの。大きくなったらどんなお仕事をしたい？　あなたも楽器の修理職人になるのかしら」

アルチーデさんの手が、まるで僕を床に釘づけにするかのように肩を押さえつけている。楽器を修理しているときにはあれほど軽やかなその手が、どこにもやらないぞというように僕を押さえつけるときにはこんなにも重くなるんだと僕は思っていた。夫人はヴァイオリンをしまい、工房から出ていこうとした。

「違います。大きくなったら、楽器の修理はしません」僕は思いきって言った。

アルチーデさんは指を一本も動かさずに、横からのぞき込み、初めて見るかのように僕の顔をまじまじと見た。

「あら、そうなの？」夫人は意外そうな顔をした。「それじゃあ、どんなお仕事をしたいの？」

「楽器を弾きたいんです。だからお金は、僕の演奏を聴いてもらったときにいただきます」

僕が硬貨を突き返すと、夫人はそれ以上なにも言わずに帰っていった。そのとき僕は、路地裏にいたときのように、ノーベルという呼び名にふさわしい自分に戻れた気がした。

20

ローザが黄色いクリームの入ったケーキを焼き、チーズとサラミの田舎風ピッツァを作っている。リヴォとルツィオのときもおなじメニューで祝うそうだ。「あなたのおうちではいつも、どんなふうにお誕生日のお祝いをするの？」

去年の誕生日、僕はひどい熱を出して、医者を呼ばなければならなかった。ザンドラリオーナもいた。アントニエッタ母さんは真っ青な顔をしていたが、泣いてはいなかった。母さんは絶対に泣かないんだ。ただサイドテーブルの上に置かれたルイジ兄さんの写真を見て、目をつぶっていた。医者は、ひと口とっておいたジェノヴェーゼのパスタを誰かに食べられたときのような顔をして、「薬が要りますね」と言った。母さんは、医者が出ていくのを待って胸に手を当てた。そこには、悪魔をこらしめてくれる聖アントニオスの奇蹟の聖画と、畳《たた》んだ紙幣を包んだハンカチがしまってあった。

「去年は素敵なプレゼントをもらったよ」僕は口から出まかせを言った。

するとローザが微笑んだ。「ここで私たちと一緒に誕生日を迎える今年は、なにが欲しい？」

「去年とおなじじゃなければなんでもいいや」

ローザは田舎風ピッツァの上に白い生地をかぶせて、上から指で薄くオイルを塗った。ラジオから流れる楽しげな音楽に合わせて、前にアメリカ人のパーティーで見たことのあるバレリーナのように、くるくるとキッチンを動きまわっている。「熱々が食べられるように、デルナが帰るのを待って窯《かま》に入れましょうね。そのあいだに食器を並べるから、手伝ってちょうだい。今日はあなたが私の騎士《ナイト》役よ」そう言って僕の手をとると、キッチンの真ん中で踊りだした。ベビーチェアから僕たちを見ていたナリオが手拍子をしたけれど、テンポがずれていた。ローザがターンをし、僕はその足につまずいた。ローザが笑い、僕は顔が赤くなる。「若い頃はよく、アルチーデと一緒にダンスホールに行ったものだけれど、今ではキッチンで踊るのが関の山ね」僕は母さんとは、たとえ台所でだってダンスを踊ったことがなかった。

仕事から帰ったデルナが、僕をびっくりさせるものがあると言った。なにかと尋ねても、「なにごとにも定められた時というものがあるの」と言うだけだ。そのあいだに、ローザは田舎風ピッツァを持って中庭に出ていった。今日は僕がローザの騎士《ナイト》なんだから手伝わなくちゃと思って、僕もついていった。家畜小屋の裏に窯があるのは知っていたけど、扉を開けてなかを見るのは初めてだった。頭だけ入れてのぞいてみると、とてつもなく大きかった。僕はそれを見て、子供たちを列車に乗せないようお母さんたちを説得するために、パキオキアが見せて歩いていた写真を思い出した。すると不意に両脚の力が抜けて転びそうになり、慌てて家畜小屋に逃げ込んだ。ローザが追いかけてきて、赤ちゃん牛が生まれることになっている雌牛の陰に隠れていた僕を見つけ出した。恐ろしくて、僕はローザの顔をまともに見ることもできない。

「どうしたの？　あなたのお誕生日パーティーが楽しみで緊張しちゃったの？」

僕は地面を見つめたままで顔を背《そむ》けた。

「いったいどうしたというの？　私には正直に話していいのよ。学校でいじめられたとか？」

雌牛の吐く息で首すじが温かくなるのを感じながら、僕は黙っていた。

「またからかわれたのね？」

確かに最初の何日かは嫌がらせをされた。いちばん後ろの列のベニート・ヴァンデッリという子に、「ナポリ」と呼ばれ、そばを通るたびに、腐った魚の臭いでもするみたいに鼻をつままれた。でも、いちばん前の列に座っていたウリアーノが僕のそばに移動してきて、気にするなって言ってくれた。新学年が始まったばかりの頃はベニートもからかわれていて、その反動であんな意地悪をするようになったらしい。

その日の午後、工房で、納品の準備ができたピアノを磨いているとき、この世には悪い子なんていないのさ、とアルチーデが教えてくれた。そんなのは偏見にすぎない。つまり、なにかについて考えるときに、考える前から結論を出すようなものだ。誰かに頭のなかに入れられた考えが離れなくなってしまったんだな。それは一種の無知のようなものだから、君の学校のクラスメートだけじゃなくて、誰もが偏見の目で物事を見ないように注意しなければならないんだよ、とアルチーデは言った。

次の日、ベニートが僕を「ナポリ」と呼ぶと、ウリアーノは彼の前に行って、「黙れ！　お前こそ、ファシストの名前のくせに！」と言った。ベニートはなにも言い返さずに、自分の席に戻った。僕は心のなかで、付ける名前を間違ったのはベニートのせいじゃないのにと思い、意地悪な子だけが偏見を持ってるわけじゃないんだと納得したのだった。

今の僕だってそうだ。いつも優しくしてもらっているのに、ローザの巨大な窯を見ただけで、コミュニストは子供たちを窯で焼いて食べると言ってたパキオキアの言葉を思い出し、雌牛の陰に隠れてしまった。そのせいで、せっかくの誕生日だというのに、靴まで牛の糞まみれになった。

「ごめんなさい、ローザ」僕は隠《かく》れ処《が》から出た。「僕、感激しすぎたんだ。本当のことを言うとね、今まで誕生日パーティーなんてしてもらったことがないし、プレゼントももらったことがない。アントニエッタ母さんに、お古の裁縫箱をもらったことがあるだけだよ。だから、嬉しいという気持ちに慣れてないんだ」

ローザが僕を抱き寄せた。その手は、イースト菌を混ぜて練った小麦粉の匂いがした。すぐ後ろにいる雌牛の温かな息と、僕を胸に抱きしめるローザの温もり。ローザの髪も綿みたいに柔らかだけど、瞳とおなじ黒っぽい色だ。なぜか急にそれ以上黙っていられなくなって、僕は白状した。

「モルタデッラ泥棒は僕なんだ」

ローザは僕のおでこを撫でてから、涙を拭うように指で目の縁をなぞった。「この家には泥棒なんていないわ」そして僕の手をとり、一緒に家のなかに戻った。

21

アルチーデが、リヴォとルツィオを連れて入ってきた。「乾杯だ、さあ乾杯だ。喜びの盃《さかずき》で〜」といつもの太い声で歌いながら。きれいな色の包装紙の上からリボンを結んだ包みを持っている。

「誕生日おめでとう、アメリーゴ。こんな喜ばしい日が百回ありますように！」アルチーデがそう言うと、みんなが拍手をしてくれた。ただしルツィオだけは別だ。僕は、塩漬けタラのように固まっていた。みんなが口をそろえて、開けてみて！と言っている。だけど僕は紙を破りたくなかった。

中にはきっと玩具屋《おもちゃ》さんのショーウインドウに飾ってあった木の鉄砲が入っているにちがいない。

リボンをほどき、丁寧に包みを開けた僕は、あんぐりと口を開けたきり言葉も出なかった。ヴァイオリンだ。しかも本物の！

「それは私が作ったんだ。この手で君のためにね。四分の二サイズだよ」アルチーデは言った。

「リナルディ夫人が工房に来た日から毎晩、仕事のあとに作ってたのさ」

「だけど、僕には弾けないよ」

「工房のお客さんにセラフィーニという音楽の先生がいる。その人にレッスンをしてもらえることになった。君もよく言ってるだろう？『生まれながらの物知りなし』ってね！」アルチーデはそう言って、口髭の下で笑った。

リヴォが近づいてきて僕の手からヴァイオリンを奪うと、弓を絃にこすりつけ、ぎいぎいと耳障りな音を立てた。アルチーデがすかさず叱りつける。「玩具《おもちゃ》じゃないんだぞ、大切に扱いなさい。いいか、アメリーゴ、これはいつもそばに置いておくといい。君のヴァイオリンだからな」

その言葉どおり、ケースの内側には僕の名前の書かれた生地が縫いつけてあった。「アメリーゴ・スペランツァ」僕は目を見張った。自分だけのものなんて、これまでひとつも持ったことがない。

「僕は誕生日に自転車をもらったぞ」窓の外に目をやりながらルツィオが言った。「誰にも触らせない。僕の自転車だ」

僕はヴァイオリンのつやつやの木の上にそっと指を滑らせ、張られた絃を押さえ、弓の絹糸を撫でてみる。

「アメリーゴ、嬉しいかい？」

僕はあんまり嬉しすぎて喋ることもできなかった。

「うん、お父さん《バッボ》」ようやくそれだけ口にした。アルチーデは両腕を開き、僕を抱きしめた。アフターシェービングクリームに木工用の接着剤が少し混じったにおいがした。お父さんに抱きしめられるのは初めてだった。

「ケーキはいつ食べるの？」リヴォが、アルチーデの腕を引っ張った。

「アメリーゴはケーキなんて嫌いだろ。こいつが好きなのはモルタデッラだけだ」ルツィオが天井を指差した。次の瞬間ローザにじろりとにらまれて、口をつぐんだ。

「その前に、プレゼントがもうひとつあるの」デルナがそう言って、ポケットから薄い黄色の封筒を取り出した。「あなた宛ての手紙よ。お母さんから」

「よかった、僕のこと忘れたわけじゃなかったんだね！」

ここに来てからというもの、何度も手紙を出したのに、母さんからは今までなんの連絡もないままだったんだ。デルナは封筒を開けて、ソファーに座り、手紙を読みあげた。デルナの口から母さんの言葉が出てくるのは不思議な感覚だった。みんなでまた路地裏にいるような気分になった。嬉しいのか嬉しくないのか、自分でもよくわからない。

マッダレーナ・クリスクオロに頼んで、この手紙を書いてもらっている。あんたから届いた手紙も読んでもらった。すぐに返事を出さなかったのは忙しかったからだ。路地裏の暮らしは相変わらずだよ。今年の冬はとりわけ寒いから、あんたがちゃんと服を着せてもらえて、十分な栄養をとることのできる北イタリアの暖かな家においてもらえて本当によかった。ザンドラリオーナがあんたによろしくと言っている。宝箱は、隠したままにしてあるから心配ないそうだ。パキオキアはあんたの様子を尋ねようとしないけれど、悔しがってることは間違いない。子供を列車に乗せたお母さんたちから聞くのはいい話ばかりだし、なかには感謝の気持ちが高じてコミュニストになる人までいるからね。カーパ・エ・フィエッロは、知り合いの伝手《つて》を頼って釈放されたけれど、近頃はもう、一緒に仕事をするのはやめた。市場の古着の露店も畳んでしまったようだしね。母さんの手紙にはそうしたことが書かれていた。

デルナと僕は、クリスマスに会いに来てほしいと前に出した手紙で誘っていたのだけど、それに対しては、来られないという返事だった。今のところそんな余裕はない。どっちにしてもあっという間に月日が過ぎ、気づいたらあんたはもう家に帰ってきて、いつもみたいにあたしにつきまとってるだろうからね。あんたが生まれたのは八年前の今頃だったよ。この手紙が誕生日に間に合うように着くといいんだけど。あの日はとても寒くてね、陣痛が始まったから、お産婆さんを呼びにやったの。なのに到着したときには、あんたはもう生まれてた。きっと、早くお腹の外におつむを出したくてたまらなかったのね……。母さんはそんなことまで手紙に書いて寄越した。僕が生まれた日のことなんて、これまで一度も話してくれなかったのに。アントニエッタ母さんが、一緒にいるときよりも手紙でのほうがお喋りなのが、僕は不思議だった。

そのあとマッダレーナからの挨拶文が続き、最後にいびつな落書きがあった。アントニエッタ母さんの名前だ。マッダレーナにサインの書き方を教わっている、そうすれば十字で代用せずにサインが書けるようになるから、と書き添えられていた。額に冷や汗を浮かべて息を荒くしながら、台所のテーブルに向かってペンを握りしめている母さんの姿が瞼の裏に浮かんだ。ときおりマドンナ・デッラルコにすがっているにちがいない。便箋《びんせん》の上に、母さんが僕のために自分の手で書いた文字があることがたまらなく嬉しかった。アルチーデのヴァイオリンとおなじだ。

僕はデルナに、すぐに返事を書いてもいいか尋ねた。じゃないと、言いたかったことを忘れてしまいそうだった。デルナは、便箋とペンを取ってきてテーブルに向かった。僕が文章を言い、デルナが書きとめる。フェッラーリ先生がいつも学校でしているように。

　ちょうど今日が僕の誕生日で、母さんからの手紙がなにより嬉しい贈り物だった、と僕は書いてもらった。ヴァイオリンのことは内緒だ。母さんの機嫌を損ねるだけだから。ローザがたくさん美味しい料理を作ってくれたけど、パスタの女王は、やっぱり母さんのジェノヴェーゼだ。北イタリアでも、僕はいろいろな人と知り合いになったよ。でも、呼び方がナポリでとはぜんぜん違うんだ。八百屋《ヴェルドゥンマーロ》さんはこっちでは「フルッティヴェンドロ」だし、肉屋《キアンキエーレ》さんは「マチェッライオ」だし、よろず屋《ザレッラーロ》さんは「メルチャイオ」っていうんだ。ナポリにはあるのに、こっちには存在しないお店もあるよ。たとえば、冷水売《アックアフレスカイオ》りとか、肉煮屋《カルネコッターロ》さんとかね。それで、デルナに僕の好物の足と鼻づら《オ・ペーレ・エ・オ・ムッス》はどこへ行ったら買えるのか尋ねたときには、さっぱり話が通じなかったんだ。もう一度言ってみて、って言われたから、僕は繰り返した。足と鼻づら《オ・ペーレ・エ・オ・ムッス》だよ。でもやっぱりわかってもらえなかった。「オペレムス？」デルナはそう訊き返し、ラテン語かと思ったって言ったんだ。僕が、ラテン語ってなにって尋ねると、デルナは古い言葉だと教えてくれた。だったらそうかもしれない。だって、足と鼻づら《オ・ペーレ・エ・オ・ムッス》は、ずっと昔からある名物料理で、豚の足と鼻を食べる料理なんだって説明したら、デルナもやっとわかってくれて、一緒にマチェッライオ、つまり肉屋《キアンキエーレ》さんに行ったんだ。そうしたら、胃袋《トリッパ》なら北部にも普通にあるけど、豚の足と鼻は人間の食べ物じゃなくて、家畜の餌にされることがわかった。僕は手紙をそこで終わりにして、最後に自分の名前を書いた。母さんに恥をかかせないように、わざと少しいびつにして。その下に、デルナが挨拶文を書き添えた。

　この手紙が聖夜の前に母さんのところに着きますように。去年は僕と母さんと二人きりで過ごしたけど、夜中の十二時にはみんなして路地に出て祝い合った。カーパ・エ・フィエッロも奥さんを連れてきていた。奥さんは新しいハンドバッグを腕の下にぎゅっと押さえつけていて、泥棒猫でも見るような目で母さんをにらんでたっけ。

北部のクリスマスはナポリとはぜんぜん違う。プレゼピオ〔キリストの降誕の場面を再現した人形模型〕は飾らずに、イルミネーションや色とりどりのガラス玉を枝に吊るした木を飾るんだ。天井の梁《はり》に吊るしたサラミみたいにね。サンタクロースがやってきて、木の下にプレゼントを置いていくらしい。僕の家にはそんなおじさんが来たことは一度もない。もしかすると、クリスマスツリーが見当たらなかったからかもしれない。リヴォは、そんなはずない、サンタクロース《バッボ・ナターレ》は子供たちみんなのところに来るんだと言った。白い鬚《ひげ》を生やし、赤い服を着てるらしい。それを聞いた僕は、きっとコミュニストの子供のところにだけ来るんだろうなと思った。僕らの町では、ときどきなにか持ってきてくれるのはカーパ・エ・フィエッロぐらいだ。白い鬚も黒い鬚も生やしてないし、赤い服だって着ていない。カーパ・エ・フィエッロは、茶色の髪にブルーの瞳だ。それに、たとえクリスマスの夜だけだとしても、「お父さん《バッボ》」と呼ぶなんてごめんだ。

デルナは便箋を折り畳んで封筒に入れた。僕は、母さんが木の下で包みを開けられるように、なにかプレゼントを送りたいと言った。ちょうどザンドラリオーナの長屋《バッソ》の前に、おあつらえ向きのレモンの木が生えている。デルナは、絵を描いて手紙と一緒に送ればいいと教えてくれた。でも、僕は絵なんて一度も描いたことがなかった。

「大丈夫、難しくなんかないわ。手伝ってあげるから」とデルナは言った。

そして僕を膝の上に座らせ、手をとると、一緒に鉛筆を動かしはじめた。まず顔の輪郭を描き、鼻、目、髪の毛を描いてから、服。リヴォが、もっときれいな絵になると言って、色鉛筆のケースを取ってきた。僕たちは一緒に、ピンクや黄色、青で色を塗った。僕たちの手が画用紙の上を行ったり来たりするたびに、デルナのふわふわの髪が僕の首をくすぐった。やがて画用紙にいくつもの顔が浮かびあがった。真ん中には小さな花の模様が入った余所《よそ》ゆきのワンピースを着たアントニエッタ母さん。クリスマスの晩で、ザンドラリオーナの家にいるところだ。マッダレーナ・クリスクオロもカーパ・エ・フィエッロも一緒だけど、あいつの奥さんはいない。ザンドラリオーナの長屋《バッソ》には、〈ぽってりチーズ〉もいる。もしかするともう戻ってきてて、僕の帰りを待ってるかもしれない。ついでに、お爺さんに曲芸を仕込まれた猿も描いた。そうしたら、なんだかベツレヘムの洞窟みたいになった。

これで、クリスマスの晩、少なくとも絵のなかのアントニエッタ母さんは、みんなと一緒ににぎやかに過ごせるはずだ。

22

ウリアーノが学校を休んだ。熱を出したらしい。まさかルイジ兄さんみたいに気管支喘息になったんじゃないだろうなと僕は心配になって、先生に訊いてみた。すると先生は、そうじゃなくて、おたふく風邪だって教えてくれた。ああ、よかった、と僕はほっとした。また独りぼっちになるのはごめんだった。ルツィオは相変わらずいちばん前の席に座っていて、僕の隣にはベニートが座っている。最近、ベニートとはうまくやれるようになってきた。僕を見て鼻をつまむこともなくなったし、たまに算数のノートを写させてあげることもある。

休み時間になると、みんな思い思いにグループになってお喋りをしてるけど、僕とベニートは自分の席に座ったまま、それぞれ好きなことをしていた。フェッラーリ先生が教壇の向こうに立って、僕のほうを見ている。

「スペランツァ、ベンヴェヌーティ、前に出ておいで」

僕とルツィオは互いに目を見合わせた。モルタデッラの一件以来、目を合わせるのは初めてだった。「スペランツァ、君の町から女の子が一人、この学校に来ることになった。それで校長先生が歓迎会を開きたいとおっしゃっている。新しく来た子がすぐに馴染めるようにね」

僕は隣の席のベニートをちらりと見て、その子には、僕のときみたいな歓迎をしませんようにと祈った。

先生に連れられて校長室へ行くと、ドアの前に五年生の担任の先生とリヴォもいた。新しく来る子はリヴォとおない年で、ナポリでもちゃんと学校に通ってたから、彼のクラスに入ることになったらしい。「どうぞお入り!」と校長先生の声がしたので、僕たちは中に入った。校長先生は、背が高くて頭はつるつるで、アルチーデとローザの家に飾ってある肖像画の人にそっくりだった。僕はひそひそ声で、もしかして校長先生は、コミュニズムを教えてた人とおなじ、レーニンという名字じゃないのかとフェッラーリ先生に訊いてみた。すると先生は、初めて見るように校長先生の顔を見てから、噴き出した。校長先生は、立ちあがって机をぐるりとまわると、新しくやってきた女の子を僕たちに紹介した。ロッサーナという名前で、有力な党員の娘さんだそうだ。マンツィ家に迎えられる予定だったのだけど、奥さんが肺炎に罹《かか》って寝込んでしまい、病気が治るまで、司祭様が家政婦のアディノルフィさんと一緒に預かることになったそうだ。

ロッサーナは僕よりも背が高く、瞳は緑色、黒い髪をお下げに編み、むすっとしていた。ちゃんとした家庭で歓迎してもらえると思ってたら、司祭様とアディノルフィさんのところに預けられたので、不機嫌なのかもしれない。

「この子はアメリーゴだ」先生が僕のことを少し前に押し出して言った。「一か月と少し前からこの学校に通っていて、すっかり馴染んでいる。そっちの二人はアメリーゴの新しい兄弟だ」

リヴォがにっこり笑ったので、前歯のあいだの隙間が見えた。ルツィオは「兄弟」という言葉を聞いて不服そうに息を吐いたものの、ロッサーナをじっと見つめて頬を赤らめた。でも彼女は僕たちの顔を見ようともせず、ありがとうとも、よろしくとも言わなかった。

家への帰り道、いつもだったら離れて歩きたがるルツィオが、珍しくリヴォと並んで歩き、お下げ髪の女の子のことを根掘り葉掘り尋ねた。「ロッサーナは今日の夜、デルナおばさんのところへ夕飯を食べに行くって先生が言ってたよ」と、リヴォ。「市長さんも、ロッサーナとアメリーゴに会いに来るらしい」

「僕たちは呼ばれてないの？　そんなのずるいよ」とルツィオ。

「僕たちはこの町の生まれだ。列車に乗って来たわけじゃないからな」

「それがどうしたっていうの？　この町の生まれの子には興味ないわけ？」

リヴォは困っていたが、すぐに前歯のあいだの隙間を見せて笑った。「だったら、僕たちもデルナの家に行って、市長さんに挨拶しよう」

「それがいい」ルツィオは顔を輝かせた。「アメリーゴ一人にはしておけない」

ロッサーナを送ってきたアディノルフィさんは、司祭様の夕飯の支度があるからと言って、すぐに帰ってしまった。ロッサーナはキッチンの椅子に座り、ずっと床を見つめている。午前中、学校で会ったときとは違う、黒のベルベットの縁取りがある赤いワンピースを着ていた。僕は急いで自分の部屋へ行き、電灯をつけたり消したりを三回繰り返した。通りの向こう側にある窓の電灯も、おなじように三回点滅した。リヴォから教わった合図だ。キッチンに戻ると、ロッサーナはさっきとおなじ姿勢のままで、人形のように動かない。「夕飯まで少し一緒に遊んだら？」と、デルナが声を掛けても、ロッサーナは答えなかった。ひょっとすると、舌を切られるのを怖がっているのかもしれない。マリウッチャも新しいお母さんが見つかるまでは怖がってたように。玄関をノックする音がして、デルナがドアを開けに行っているあいだ、僕たちは二人きりになった。

「あのな、パキオキアの言ってたことはみんな嘘だよ」僕はぺろりと舌を出してみせた。ところが、ロッサーナはわかってくれなかった。からかわれたと思ったらしく、あっかんべえを返した。

「アルフェオ、どうぞ入って」とデルナの声がした。「子供たちはキッチンにいるわ」

市長さんは、きれいな色の包みを二つ抱えている。ひとつは僕、もうひとつはロッサーナに。

「町の人たちを代表して、歓迎の気持ちを伝えに来たんだ」そう言って、僕たちにプレゼントをくれた。やっぱりロッサーナは身じろぎひとつしない。プレゼントにも興味がないらしい。僕は自分の包みを受け取ったものの、その場では開けずに、リヴォとルツィオを待つことにした。ちょうどそこへ二人が入ってきた。

アルフェオ市長が僕にくれたのは玩具《おもちゃ》の列車だった。僕とリヴォはさっそくそれで遊ぶことにした。ところがルツィオは、ロッサーナの隣に座り、おなじようにじっとしていた。もしかするとロッサーナになにかの病気を移されたのかもしれない。

トルテッリーニ〔中に詰め物をした小さめのパスタ〕が食卓に運ばれてくると、みんな一斉に食べはじめた。それでもロッサーナは手をつけようとしない。

市長さんは感じのいい人だった。「君は料理の腕前もプロ並みだなんて知らなかったよ」と、デルナを褒めた。

「トルテッリーニを作ったのは、うちのお母さんです」ルツィオが得意げに言った。

「だけど、デルナだって料理が上手です」僕はすかさず口を挿んだ。「組合運動も上手だけど」

「私はなんの取柄もないから、市長をさせられているというわけだな」市長がそう言って笑った。

「この人の冗談を信じちゃ駄目よ。アルフェオは勇敢なパルチザンで、刑務所に入れられても、流刑にされてもへこたれなかったんだから」

「流刑って？」僕は尋ねた。

「自分の住む村からも、大切な人たちからも遠く離れたところに長いあいだ送られて、家に帰るのを禁じられることだ」

「それくらい知らないの？　流刑よ。あたしやあなたとおなじ」それは、今まで誰も聞いたことのなかったロッサーナの声だった。

「いいや、君たちは流刑などではないよ」アルフェオ市長が静かに打ち消した。「君たちは、援助したいと願う友人たちに囲まれている。いや、友人よりも結びつきが強い、同志だ。友情というのは人と人の個人的な結びつきで、終わりが来ることもある。一方、おなじ信念を持つ者どうし、共に闘うのが同志だ」

「あなたたちと同志なのは父であって、あたしじゃありません。あなたたちのお情けなんて、あたしには必要ないし、欲しくもない」

デルナはスプーンを置き、労働組合で会議がうまくまとまらず、帰りが遅くなったときのような顔をした。市長さんがデルナを手で押しとどめ、代わりに言った。「どうやら君はまだこのトルテッリーニを味わっていないようだね。食べてごらん。お情けの味ではなく、歓迎の味がするから」そしてふたたび微笑むと、僕に同意を求めた。「そうだろ？」僕はうなずいたものの、ロッサーナの口から放たれた言葉に頭が混乱した。そのせいでローザのトルテッリーニがいつもほど美味しくは感じられず、お情けの味がちょっぴり混じっているように思えた。おまけに、その味がいつまでも口のなかから消えてなくならない。

「あたしのことを家で大切にすべきなのはうちの両親であって、余所の人ではないはずよ」

ロッサーナは、考えていることを全部きちんと言葉にできるし、話し方も大人みたいだ。彼女の口からそんな言葉を聞くと、僕は自分までおなじ意見のような気になった。デルナが食べ終わったお皿を運んでいき、もう食卓を立ってもいいわよと言ったので、僕とリヴォはまた玩具《おもちゃ》の列車で遊びはじめた。デルナが片づけをしているあいだ、アルフェオ市長はロッサーナのために持ってきたプレゼントの包装紙を自分で開けた。布製の犬の指人形が入っていた。ちょっぴり悲しそうな大きな目をしている。市長は指人形に手を入れて動かしながら、おどけた口調で喋ってみせた。犬がジャンプし、でんぐり返しをし、尻尾を振ったかと思うと、ロッサーナの膝の上にちょこんと座った。ロッサーナは手を持ちあげて、犬の頭の上にそっとおいた。押し黙っている彼女の左の頰を、ひと粒の涙がつうっと落ちた。すると、それまでひと言も喋らずにじっとしていたルツィオが、ポケットからハンカチを出してロッサーナの手に握らせた。彼女はそれを受け取り、涙を拭った。

23

　それから何日かして、数字を縦に並べて足し算をする勉強をしていると、開いた教室のドアの向こうを、リヴォの担任の先生が〈レーニン〉校長の部屋のほうへ走っていくのが見えた。今にも泣きだしそうな甲高い声で話しているのが聞こえる。「トイレに行きたいと言って教室を出たきり、何分経っても戻らないので、気分が悪いのかもしれないから様子を見てくるように、隣の席の子に頼んだのです。そうよね、ジネッタ？」

　校長室まで先生についていった女子が、金髪の巻き毛を揺らしながらうなずいた。鼻水と涙で顔がぐちゃぐちゃだ。すぐに校長先生や先生方、そして用務員さんたちが総出で捜しはじめる。教室や職員室、物置、図書室……どこにもいない。ロッサーナは見つからなかった。

「誰にも気づかれずに学校から出ていくなんてあり得ない」顔を真っ赤にし、悪魔のように目をとんがらせて怒鳴っている〈レーニン〉校長は、ローザの家の肖像画にますますそっくりだ。守衛さんは、一度だけトイレに立ったから、その隙に校門を通り抜けたのかもしれないと言った。

「ご両親に連絡しなければいけませんね」と、フェッラーリ先生が言った。

　校長先生は道に迷ったときのようにあたりを見まわし、低い声で言った。「いいや、まだことを荒立てるのはやめておこう。責任は私がとる。小さな町だし、子供の足でどこまで行けると思うかね？　なあに、じきに見つかるさ。夜まで待って、それでも見つからなければ……」

その日の帰り道は、逃げ出した子の話題で持ち切りだった。フェッラーリ先生が、みんなは心配しなくていい、大人たちでなんとかするからと言っていた。「いつだって大人が全部決めちゃうんだ」家に向かって歩きながら、ルツィオが吐き捨てるように言った。「僕たちの気持ちなんてどうでもいいんだ。アメリーゴだって、本当はここに来たくなかったんだろ？　無理やり来させられたんじゃないの？」

正直なところ、僕は自分が母さんに無理やり来させられたのかどうか、よくわからなかったけれど、そうは言わなかった。無言で歩きながら、ロッサーナのことを考えていた。僕たちの家に来た夜、口の両端をゆがめ、石のような目をしたロッサーナの顔が瞼の裏に焼きついていた。家に帰ると、リヴォが動物たちに水をやりにいくというので、僕もついていった。妊娠している雌牛も悲しげな顔をしていて、なんだか病気みたいだ。やっぱり口の両端をゆがめていたが、逃げ出したりはせず、じっとそこにいた。

「デルナ、外は寒い？」その晩、ベッドに入る前に尋ねると、デルナは僕の考えていることがすぐにわかったらしく、僕の両手をぎゅっと握った。「大丈夫、今頃はもう見つかってるわ。アルフェオは頑固だから、なにがあってもあきらめない。パルチザンとして山岳地帯で戦ってたんだから、お下げ髪の女の子一人を見つけるくらい、わけないはずよ」

デルナはいつもどおり水の入ったコップをサイドテーブルに置き、灯《あか》りを消した。僕はいちおう目を閉じてみたものの、ちっとも眠れそうになかった。いろいろな雑音が頭のなかから響いてくる。悲しげな雌牛とおなじように両端がゆがんだロッサーナの口、布でできた犬の指人形、パルチザンだった市長、フェッラーリ先生の言葉、天井に吊るされたサラミ、みんなと一緒だった列車の旅、靴を脱いで寝込んでしまったバスのなか……。結局ルツィオの言うとおりだと思った。大人たちは僕ら子供のことなどなにもわかってやしない。僕は窓辺に行き、ルツィオたちがまだ起きてるか確かめた。電灯を三回、つけては消す。なんの反応もない。さらに三回、点滅を繰り返す。もう三回。僕はあきらめてベッドに戻った。二人ともきっともう眠ってるんだろう。そのとき、暗闇から合図があった。一回、二回、三回。僕は服に着替えて靴を履き、厚手の上着を着込み、帽子をかぶり、食器棚からパルメザンチーズの大きな切れ端を持ち出すと、物音を立てないように家を出た。道路を渡って麦打ち場で待つ。あたりはひっそりと静まり返っていた。雌牛の嘆き声がときおり聞こえてくるだけだ。地面から立ちのぼる冷気が靴のなかに忍び込む。引き返して暖かいベッドのなかに戻りたい。そう思った瞬間、小さな灯りが近づいてくるのが見えた。ルツィオのランプだ。「母さんに告げ口されるから、リヴォは起こさなかったよ」

「ロッサーナがどこにいるかわかる気がするんだ」と、僕は言った。「長距離バスのターミナルに行く道を知ってる？」

「行こう」即座にルツィオが答えた。僕らはほとんど喋らずに肩を並べて歩いた。あたりには人の気配がないけれど、ルツィオにとってはよく知った道らしく、怖くないらしい。僕はちょっぴり怖かった。ポケットに入れていた手を出してルツィオの手を探した。するとルツィオも僕の手をそっと三回握り返してくれた。僕たちの秘密の合図とおなじだ。三十分以上歩いたところで、ようやくバスターミナルにたどり着いた。ちょうどボローニャ行きの最終便が出発しようとしているところで、すでにエンジンがかかり、ヘッドライトに切符売り場が照らし出されている。僕とルツィオはバスに駆け寄って、車内をのぞき込んだ。乗っていたのは男の人が三人と女の人が一人。ロッサーナはいなかった。僕の思い違いだった。せっかく遠くまで来たのに、無駄足だったんだ。すっかり夜も更けて、空は真っ黒だ。

「家に帰ろうか」とルツィオが言った。でも寒かったので、その前に待合室に入って温まることにした。ベンチに座ろうとしたら、そこにロッサーナがいた。隅っこに腰掛け、いつものように深刻な面持ちで床をじっと見つめている。僕はルツィオに喋らないでと合図をして、そっと近づいた。僕のことを見るとロッサーナはぱっと立ちあがり、逃げようとしたが、そのまま立ちつくした。自分でもどこへ行けばいいのかわからないのだろう。僕はポケットからパルメザンチーズの切れ端を出して渡した。ロッサーナはなにも言わずに受け取り、ふた口で食べてしまった。朝からなにも食べていなかったんだ。

「最初のうちは居心地が悪いよね。気持ちはわかるよ」と僕は声を掛けた。

「あなたになんかわかりっこない」ロッサーナは、大人じみた女子の口ぶりで言った。「あたしはあなたとは違うの。あなたたちの誰ともおなじじゃない」

僕はその言葉に傷ついた。どういう意味なんだろう。ルツィオは向かい側のベンチに座って様子を見守っている。ロッサーナはぼさぼさになった三つ編みを整えながら言った。「うちには足りないものなんてなにもない。あたしの家がどこだか知ってる？　聞いて驚かないでね。ナポリの町でいちばんきれいな通りのひとつよ。なのに、パパが無理やりあたしを列車に乗せたの。ほかの人たちのお手本にならないといけないってね。本当はいい恰好をしたかっただけなのよ。ママが、お願いだからやめてって頼んだのに、パパは考えを変えなかった。でも、なんでいちばん年下のあたしなわけ？　あたしがなにをしたって言うの？　こんなの不公平よ！　ひどすぎる！」

ロッサーナはしゃくりあげて泣いていた。片方の三つ編みがほどけて、リボンが床に落ちる。駅長さんが僕たちに気づいて近づいてきた。「君たち、親御さんはどこにいるんだい？」「遠くです」ロッサーナが泣きながら答えた。「ものすごく遠いところ」

僕とルツィオが状況を説明すると、駅長さんは言った。「すぐにコラッソーリ市長に報《しら》せよう」

まもなく市長さんが直々に駆けつけた。このあいだの晩とおなじく穏やかに微笑んでいる。「なんてラッキーな夜なんだ。一度に三人もの勇敢な少年少女に会えるなんて」それからロッサーナに向かって言った。「だが、君のしたことはいただけないな。ローザのトルテッリーニを食べもしないで逃げ出すなんて、もったいないにもほどがある。サラミもまだ食べてないだろう……」

僕は横目でルツィオの反応をうかがったが、むっつりと黙っている。ひょっとすると聞いていないのかもしれない。ただ、ロッサーナが落としたリボンを屈んで拾い、ポケットにしまった。

みんなでルツィオの家に戻り、玄関をノックした。ところが誰の返事もなく、灯りもついていない。そのとき、家畜小屋のほうから恐ろしい呻《うめ》き声が聞こえてきた。慌てて駆けていくと、血で汚れた手をしたローザがいた。ロッサーナは悲鳴をあげて逃げ出す。僕は市長さんの後ろに隠れたけど、ルツィオはローザのそばに駆け寄った。また呻き声が聞こえてくる。さっきよりも小さくて、赤ちゃんの泣き声に少し似ている。ローザが僕たちを手招きした。ロッサーナもおそるおそる戻ってきて、遠くからのぞいている。雌牛は荒く息を吐き、死を間近に見たときのような目をしている。生まれたばかりの仔牛はまだ瞼がくっついたままだ。ロッサーナも近づいてきた。最初は手が震えていたが、仔牛を見たとたんに顔が緩み、そっと頭を撫でた。「おチビちゃん、たっぷりミルクを召しあがれ。ママはすぐそばにいるからね」

仔牛は、お母さん牛のにおいを嗅ぎ分けて、お乳をしゃぶり、ゆっくりと吸いはじめた。家畜小屋の奥のほうから、干し草を取りに行っていたリヴォが現われた。「僕をおいて夜中に出掛けるやつらに仔牛の名前は決めさせない。僕が決めるよ」リヴォは笑いながらそう言った。

「そんなのずるい。僕の番だから僕が決めるんだ」ルツィオは一歩も譲らない。

「そうね」とローザが割って入った。「ルツィオの番ね。でもその前に、こんな時間になぜ市長さんと歩きまわっているのか、説明してちょうだい」

ルツィオは仔牛を見て、それから僕のことを見て、また仔牛を見た。「決めた。仔牛の名前はアメリーゴにする」そう言って、家畜小屋から出ていった。

僕はしばらく石のように固まっていた。なにもかも夢のなかの出来事みたいだ。そうしているあいだにも、仔牛は乳を飲み終えて、お母さん牛の足もとでうずくまり、眠ってしまった。小枝のように細い脚をしていて、毛が短く、痩せっぽちなので、息をするとあばら骨が浮いて見える。僕とおなじ名前の仔牛……。

ようやくみんながキッチンにそろうと、ローザに、どうして真っ暗な夜に二人だけでこっそり出掛けたのかと問い質《ただ》された。「二人は、行方がわからなくなっていた友達を捜しに行ってくれたんだよ」ロッサーナのほうを見ながら、僕たちの代わりにアルフェオ市長が答えた。「勇気ある行動だった。だからローザ、叱らないでやってくれ。むしろメダルをあげたいぐらいだ」マッダレーナ・クリスクオロみたいにメダルを胸につけて家へ帰る僕を見たら、母さんはどんな顔をするだろう。

翌日、僕とルツィオは〈レーニン〉校長先生に呼び出されて、本当にメダルと三色のリボン記章を胸につけてもらった。クラスメートたちはみんな話を聞きたがり、僕たちは得意になって、昨夜《ゆうべ》の出来事に尾ひれをつけながら話した。ロッサーナが、休み時間にお別れの挨拶をしに来た。二本のお下げはいつものとおり丁寧に編まれ、きれいな水色のワンピースを着ている。お父さんが迎えに来て、家に帰れることになったのと話す彼女の顔には、初めて微笑みが浮かんでいた。ルツィオが、ズボンのポケットからロッサーナのリボンを出して渡そうとした。すると、「思い出に持ってて」とロッサーナが言った。ルツィオが拳をぎゅっと握りしめ、リボンは指のあいだに消えた。

全員席に着くようにとフェッラーリ先生が言った。ベニートもおたふく風邪に罹《かか》ったらしく、お休みだったので、僕の隣の席が空いていた。なぜかみんながそこに座りたがった。それを見たルツィオが、誇らしそうに言った。「そこは僕の席だ。僕たちは兄弟だからな」そして、いちばん後ろの列に移動してきた。

24

冬休みが始まり、それきりロッサーナに会うことはなかった。元日には役場の大ホールに楽団のコンサートを聴きに行った。そこで市長さんが、クリスマスの何日か前にロッサーナのお父さんが迎えに来たのだと教えてくれた。彼女の言ってたことは本当だったんだ。あの子は僕とは違う。市長さんは、僕たち三人宛てのクリスマスカードを預かっていた。なのにルツィオは読みたがらなかった。ロッサーナは本当に残念なことをしたと僕は思った。デルナが企画した〈パルチザンのベファーナ〔公現祭の前夜に子供たちにプレゼントを持ってくると言われている魔女〕〉のお祭りに参加しないで帰ってしまうなんて。

ものすごく高い鐘楼がそびえる大きな広場一面に、イルミネーションと花綵《はなづな》が飾られている。大きな鷲鼻と破れた靴で、ベファーナの仮装をした女の人たち。リヴォとルツィオはそれを見て笑っていたが、僕はちっともおかしくなかった。僕も破れた靴を履いてたことがある。足が痛くなって、笑い事なんかじゃないんだ。子供には、北部の子も南部から来た子も全員分け隔てなく、木の操り人形と飴の入った袋が配られた。アルチーデとローザは赤ワインを飲んで踊り、僕とリヴォとルツィオは学校の友達と遊んだ。乳母車のなかのナリオは、ミルクをたっぷり飲んだので、にぎやかな音楽や話し声もものともせずに眠っている。ゲームが始まると、僕たち三人はおなじチームで競い、リボン記章とオレンジ三個の景品を獲得した。僕はそれまで景品なんて一度ももらったことがなかった。パキオキアが毎年歳末に企画してた籤引《くじび》きですら、母さんがお金を持ってなくて券が買えなかったから、なにも当たったことがない。

続いてコーラスだ。言われたとおり列に並ぶと、僕の隣に縮れ毛をポマードで後ろに撫でつけた男の子がいた。お互い、すぐには誰だかわからない。

「アメリ、お前なのか？　まるで映画の役者さんみたいだ！」

「トンマジーノ、冗談言うなよ。そっちこそ、どんだけサラミを食べたんだ？　パキオキアみたいなお腹じゃないか」

広場の反対側には、あの日トンマジーノを連れていったごま塩の口髭を生やした男の人とその奥さんの姿があった。奥さんはたくましい腕に大きな胸をしている。ほかにも年がかなり上らしい息子が二人一緒だった。二人とも口髭をちょっぴり生やしていて、父親似だ。僕たちが合唱しているあいだ、〈北のお父《バッボ》さん〉が手を振ってトンマジーノに合図を送っている。なんだかトンマジーノまで少しお父《バッボ》さんに似てきたみたいだ。

僕よりも二列前にいるルツィオは、歌っている最中も、好奇心いっぱいの目で後ろをちらちらと見ている。ふだんはルツィオがいろいろな人を知っていて、僕は誰も知らないのだけど、今日は反対だ。背が低くて黒い髪の子や、歯の抜けた金髪の子――しばらく会わないあいだに歯が生えていた――、ほかにもおなじ列車に乗ってきた子たちがたくさんいる。ただし、今日はみんなきれいに着飾り、どの子が南部から来て、どの子が最初から北部の子だったのか見分けがつかない。僕とトンマジーノは、きっとマリウッチャもいるはずだと言って、髪が雛《ひよこ》みたいに短くて金色の、痩《や》せっぽちの女の子を捜したが、見つからない。仕方なくパニーノが並んだテーブルのそばのベンチに腰掛けて、ベファーナにオレンジジュースを注いでもらい、追いかけっこをして遊ぶ子たちをぼんやり眺めていた。そこへヘルツィオもやってくる。しばらく三人で喋っているうちに、トンマジーノがドブネズミに色を塗った話をしようとした。ちょうどそのとき、マリウッチャの姿が僕の目に飛び込んできた。列車が到着した日にマリウッチャを連れて帰ったご夫婦と手をつないでいる。髪は伸びて、まるで映画のポスターの女優さんみたいな巻き毛になっていた。顔はぽっちゃりと丸く、ほっぺたとおなじ濃いピンクのワンピースに、細かな花を編み込んだベルトをしていて、おなじ花の髪飾りをつけている。マリウッチャはびっくりするほど美人になっていた。

　トンマジーノも僕も言葉が出なかった。マリウッチャに声を掛けて、憶えてるかと尋ねる勇気はなかった。ところがマリウッチャは、僕たちを見つけたとたん、駆け寄ってぎゅっと抱きついてきた。それはいつものマリウッチャの挨拶にすぎなかったのに、なんだか奇妙な感触だった。どうやらトンマジーノもおなじ気持ちだったらしい。

「それで？　どうしてるの《クム・ヴァ・ラ》？」

　マリウッチャの喋り方が完全な北部訛《なま》りになっていたので、僕は驚いた。「ママ、パパ、この子たちは南部のお友達なの」ブロンドの奥さんとその旦那さんに説明している。それを聞いて、おそらくマリウッチャは僕たちと一緒にナポリに帰ることはないだろうと思った。彼女はこっちに家族を見つけたんだ。

　僕はアントニエッタ母さんのところに帰りたかった。でもその前に、こっちでしかできないことを全部終わらせなくちゃ。リヴォとルツィオと一緒に家畜小屋の裏に秘密基地を作る。新しく生まれた仔牛に芸を仕込む。マエストロ・セラフィーニについてヴァイオリンをちゃんと弾けるようにする。正直なところ、最初のうち僕はヴァイオリンに向いてないと思っていた。すぐに指が痛くなるし、僕が弾くと、音楽じゃなくて、夜中に二匹でくっついてる猫の鳴き声みたいな音しか出てこない。僕は、ほかの子たちが雪合戦をして遊んでいるのをアルチーデの工房の窓から横目で見ながら、何時間もマエストロと一対一で向き合い、ひたすらドの音を出していた。何度も繰り返し練習をしたお蔭で、ある晩、ようやくヴァイオリンが猫の鳴き声を立てるのをやめて、音楽を奏ではじめた。僕のこの手がその音楽を生み出したなんて、信じられない気持ちだった。

それに、うちへ帰る前に、デルナがコミュニズムの組織をつくるのを手伝わなければならない。デルナ一人では大変すぎる。デルナはいつも一日じゅう仕事をしたあと、夜にローザのところに僕を迎えに来て、一緒に家に帰る。僕がベッドに入るとしばらくそばにいてくれて、その日の出来事を話したり、キツネやオオカミやカエルやカラスといった、いい動物や悪い動物が登場する本から物語をひとつ選んで読んでくれたりする。その本には二、三ページに一枚、きれいなカラーの挿し絵がついていた。ときどきデルナは単語の下に指をおいて、今度はあなたが読む番よ、と言う。二人ともすごく疲れてるときには、僕が寝つくまで歌を歌う。デルナは子守唄を知らなかったので、別の歌を歌ってくれた。たとえば、「赤旗は勝利を収める《バンディエーラ・ロッサ・トリオンフェラ》」という歌とか。その歌のとき、僕はいつも最後に、「デルナとローザと自由に万歳！」と大きな声で言うんだ。

〈パルチザンのベファーナ〉のお祭りを準備してたときには、毎晩キッチンのテーブルに向き合って座り、靴下の飾りつけをどうしようかとか、どんなゲームをしたらいいかとか、楽団にお願いする曲はなにがいいかとか、僕にいろいろと相談してくれた。ところが、お祭りの直前の会議があった日、ローザの家に僕を迎えに来たデルナは暗い顔をしていた。僕とリヴォとルツィオは、アルチーデが作ってくれた積み木で遊んでいた。ふだんだったらデルナはローザの家にあがり込み、グラス一杯の赤ワインを飲みながらしばらくお喋りをしていくのに、その日はコートを脱ぐこともなく、すぐに僕を連れて家に帰った。家でもなにも喋らないものだから、きっと僕のせいだ、僕がなにか的外れのアイディアを出したから、怒ってるんだと思った。でも、デルナがコートを脱いだとき、ほっぺたが赤くなっているのに気づいた。太陽を浴びすぎたか、ひどく寒い思いをしたときのように。そして夕飯を食べようと席に座ると、いきなり泣きだしたんだ。僕は泣いているデルナを見たことがなかったので、どうしたらいいかわからず、一緒に泣きはじめた。しばらく僕たちはそうしてキッチンのテーブルで、パスタ入りのスープが盛られた器を前にしたまま、二人の腑抜けみたいに泣いていた。デルナは理由を話したがらず、なんでもないの、としか言わなかった。その晩、僕たちはそのままベッドに入り、動物の物語も歌もなしに眠ったのだった。

次の日は土曜日だった。ルツィオとかくれんぼうをして遊んでいると、ローザと話すデルナの声が聞こえてきた。昨日、党のお偉いさんが会議に来たのだと言っていた。お祭りについては、デルナやほかの女の人たちがしっかり準備をしていたので、なにも文句を言われなかった。ところが会議のあと、お偉いさんに二人で話したいと呼び出された。それでデルナは、組合活動のことや選挙キャンペーンのことを説明したらしい。すると、君はよけいなことをせず、子供のお祭りや、貧しい人たちのための慈善事業のことだけを考えていればいいと言われたそうだ。僕は、盗み聞きしていることに気づかれないよう、キッチンのストーブと食器棚の隙間に隠れていた。デルナはそのお偉いさんに、女だからと決めつけないでほしい、女性のなかにもパルチザンと共に戦ってメダルをもらった人だっているのだからと言ったそうだ。それを聞いて僕は、マッダレーナ・クリスクオロがもらったメダルと、サニタ地区の橋のことを思い出した。橋が粉々に吹き飛ばされずにすんだのはマッダレーナのお蔭だった。その人はデルナに、君もメダルが欲しいのかと尋ね、デルナは、党に残って仕事を続けている女性たち全員に、メダルをあげるべきだと答えた。そうしたら、いきなり強烈な平手打ちが飛んできたらしい。デルナはその場では泣かなかったとローザに話していた。僕は自分の場所に隠れたまま、言葉を失った。アントニエッタ母さんだったら、平手打ちを喰らわされてじっと我慢するなんてことはあり得ない。お返しに二発お見舞いしたはずだ。なのにデルナは、出発の日の駅でのマッダレーナのように、歌を歌いはじめた。「あたしたちは女だけど、怖くなんかない……」それは、いつも寝る前にデルナが歌ってくれる子守唄のひとつだったので、僕は隠れていたことも忘れて、デルナと一緒に歌った。デルナとローザは、ストーブの後ろから僕がいきなり現われたものだから、驚きのあまり心臓を押さえて悲鳴をあげ、歌うのをやめてしまった。結局、話の続きは聞けずじまいだった。


ベファーナたちは、僕らを一列に並ばせて、一人ずつ順にハンカチで目隠しをした。目隠しをしたまま、柱に吊るされたテラコッタの鍋を長い棍棒で叩き割るゲームだ。首尾よく割ることができれば、鍋のなかのお菓子が食べられる。

「鍋割り《ピニャータ》っていうんだ」とルツィオが教えてくれた。「南部にもおなじ遊びがある？」

「あると言えばあるし、ないと言えばない」と、トンマジーノ。

「どういうこと？」ルツィオが訊き返した。

「棍棒はいつも振りまわしてたけど、お菓子の入った鍋なんてなかった」

順番がまわってくると、僕は両手で棍棒を握りしめた。デルナが目隠しをしてくれる。鍋を叩く準備をするあいだ、列車で到着した日、最後まで一人で取り残されていた僕の前にデルナが現われたことを思い出した。あのときには大きくてがっしりした女の人だという印象を受けたのに、今はなんだか少し縮んだみたいに見える。デルナはいろいろなことを知っていて、ラテン語だってわかる。そのくせ日常の細々としたことについては、子供よりも物を知らないんだ。だから僕がそばにいなければ、誰も護ってあげる人がいなくなる。

僕は、デルナをぶった人の頭が目の前にあると思い、全身の力をこめて棍棒を振り下ろした。すると、ガラスが割れたときみたいな音を立てて鍋が真っぷたつに割れた。みんなの大きな歓声のなか、頭の上から飴が降ってきた。

25

そうしてクリスマスが過ぎ、ベファーナのお祭りも過ぎた。出発のときに母さんからもらったリンゴは、そのあいだもずっと僕の机の上に置いてあった。思い出にと思ってとっておいたら、日ごとに干からびて黒ずみ、食べられなくなってしまったんだ。

「ローザ」ある日、学校から帰ったときに訊いてみた。「僕はいつ帰らないといけないの?」

いんげん豆の鞘《さや》をむいていたローザは手をとめ、しばらく黙りこくってなにかを考えていた。

「なぜそんなことを訊くの? このうちは居心地が悪い? それともお母さんが恋しくなった?」

「そういうわけじゃないけど、ただ……。このままここにいたら、母さんのことが恋しくなくなっちゃう気がして」

ローザはまだむいていない鞘を何本か僕に持たせて言った。「一本の鞘のなかにいくつのいんげん豆が入ってるか見てごらん。たくさん入ってるでしょう？　あなたの心もそれとおなじよ」

一本の鞘を開いて僕に見せた。「数えてみて」僕は指で豆をひと粒ずつ触った。「七粒だ」「ほらね」ローザは空《から》になった鞘で僕の鼻をくすぐった。「みんな入れるでしょ。私とアルチーデ、デルナ、うちの子たち三人、そしてあなたのお母さんも。みんな一緒に心のなかにしまっておけるわ」

ローザの手伝いをするのは楽しかった。硬くて湿った鞘を開いて、小さな白い粒を指でひとつずつ外していく。いんげん豆が陶器の器に落ちるときに立てる音も好きだし、テーブルの片隅に積みあがっていく空の鞘の山を見るのも好きだった。

ローザが窓のほうに顔を向けて言った。「畑が黄色く色づいて、小麦の背丈が高くなったら帰るのよ」

僕は急いで窓の外を見て、畑の様子を確認した。まだなにも生えていない。凍てつく空気の下に灰色の野畑がひろがるばかりだ。

それから一週間もすると陽気がよくなった。ある日、仕事から戻ったデルナが言った。「明日、みんなと一緒にバスでボローニャに行くことになったわ」

僕は窓に顔を押しつけて外を確認したけど、背の高い小麦なんてどこにも生えてなかった。「もう僕を家に帰すことにしたの？　まだ秘密基地もできあがってないのに……」

「ヴァイオリンだって、まだ耳を塞《ふさ》がないといけないくらい下手だぞ」ルツィオが僕をからかう。

そんなの嘘だ、このあいだもマエストロ・セラフィーニに、最近めきめき上達してきたね、君にはヴァイオリンのセンスがあるって褒められたんだぞと僕は言い返したかった。でも、きっとルツィオは僕を家に帰すのが嫌でそんなふうに言ったんだと思いなおした。するとデルナが、大丈夫、まだ帰るわけじゃなくて、ボローニャに行くのと言ったので、ほっとした。なにがあるかは行ってからのお楽しみらしい。

次の日、余所ゆきの服を着た僕たちは、バスから降りた。そして到着した日に新しい家族が僕たちを迎えに来た建物まで歩いた。入ってすぐのところに、このあいだのときとおなじようにご馳走《ちそう》の並んだテーブルがあり、楽団もいた。まるで来た道を逆にたどっているかのように、なにもかもあの日とおなじだったので、僕はこのまま家に送り返されるのではないかと不安になって、デルナにしがみついていた。

楽団が曲を奏ではじめると、デルナが木製の壇上にあがってしまったので、僕はまたしても独りぼっちで取り残された気分になった。歌なんて歌わなくていいから、早く下りてきてとデルナを呼び戻したかった。というのも、本人には内緒だけど、デルナは少し音痴なんだ。さいわい、デルナは話をするだけだった。今日は大切なお客様がいらっしゃいます、とデルナが話しはじめた。先入観に惑わされず、自身の頭で考えることのできる賢い女性ですから、列車に乗った子供たちがどんな暮らしをしているのか実際に見て確かめていただきたくて、ここにご招待しました。そして今日、故郷で待つお母さん方に皆さんの様子を報せるために、はるばる来てくださったのです。

楽団からタタタタタタと太鼓を連打する音が響いたと思ったら、ずんぐりとした女の人が現われた。髪をブリオッシュみたいに結っていて、胸には三色のリボンをつけている。僕は我が目を疑った。

群衆のいちばん前の列に、口髭を生やしたお父さんに連れられたトンマジーノがいたので、人混みをかきわけて彼のところまで行くと、言った。「逃げよう。パキオキアに捕まるぞ！」

トンマジーノには僕の言葉が聞こえなかった。ちょうどそのとき、握りしめたマイクに向かってパキオキアが大声で話しはじめたからだ。招待していただいたことを光栄に思う、正直なところ、最初のうちは子供列車のことを疑問に思っていたけれど、実際にここまで来て、皆さんが前よりもふくよかになり、きれいな服を着ているのを見ると、忠実な王政支持者である自分まで、コミュニズムも悪くないものだと思えてくる、などと言っている。最後に歯茎をむきだして笑みを浮かべると、拍手が湧き起こった。パキオキアは、ピエディグロッタ音楽祭の歌手のように、ぺこりと頭を下げた。

そのあいだにデルナが、トンマジーノの隣にいる僕を見つけてやってきた。

「パキオキアは、どうして僕たちがここにいるってわかったの？」と、僕は尋ねた。

「私たちが呼んだのよ。子供たちは手も足も切られていないし、一人もロシアに送られていないことをみんなに報告してもらうためにね」

「僕たちをナポリに連れて帰るために来たわけじゃないんだね？」僕は念を押した。トンマジーノは肘で僕をつつき、自分の上唇を人差し指でなぞりながら、笑った。

「パキオキアにはここがぴったりだね。北部では口髭を生やすのが流行《はや》ってるもん」

パキオキアはホールをぐるりと一周したあと、市長から地元の名物料理をふるまわれ、ひっきりなしに食べたり飲んだりしながら喋っていた。子供たち一人ひとりに歩み寄っては、どの地区の出身で、誰がお母さんで誰がお父さんなのか、ここでの居心地はどうか、学校にはきちんと通っているかなどと質問している。返事はたいていどの子もおなじだった。最初のうちは少し寂しかったけど、だんだん慣れてきて、今では自分の家よりも居心地がいいくらいだ。僕とトンマジーノはそばまで行って、パキオキアの服を引っ張った。「パキオキアおばさん、パキオキアおばさん！」パキオキアは一瞬ぽかんとしていたけど、すぐに僕たちだとわかったらしく、歯茎をむき出して笑った。

「パキオキアおばさん、見た？　じ・そ・ん・し・んはここにあったよ」と、僕は言った。

パキオキアは僕のことを抱きしめようとした。「アメリーゴ、ずいぶんと大きくなったもんだね。あんたの母さんのアントニエッタは、帰ってきた自分の息子を見ても、誰だかわからないかもしれないねえ。こっちに来て、キスをしておくれ」次の瞬間、僕の頬に毛深い口もとが触れた。トンマジーノはひと足先に逃げていった。僕は母さんがどうしてるか尋ね、それからザンドラリオーナや路地裏の人たちの様子も訊いた。あれほど僕たちのことを行かせまいと頑張っていたパキオキアも、この旅ですっかり考えが変わって、僕が家に帰る頃には、ベッド脇に、口髭を生やした国王の代わりにレーニンの写真を飾っているかもしれない。

パーティーの終わりには写真撮影まであった。「みんな笑って」とカメラマンが言ってシャッターを切ろうとした瞬間、パキオキアが叫んだ。「ちょっと待ってください！」みんなの姿勢が気に入らなかったようだ。僕たちのほうに向きなおると、両手を上にあげるように言った。「これで、口さがない人たちも、子供たちは手を切り落とされたなんて言えないだろうからね」

学校に貼り出された記念写真を見たら、みんなして歯をむき出し、両手の指をひらいていた。

26

本格的な太陽が出たら連れていくと、前にデルナが約束してくれた。ついにその日が来た。日曜だったので、僕たちは遅めの時間に目を覚ました。目を開けたら、板戸のあいだから白い光が射し込み、シーツに縞模様を描いていた。窓から外を見ると、畑の小麦が育って黄色に染まりはじめていたものの、まだ丈は低かった。

キッチンではデルナがすでに支度を終えていて、僕が見たことのない明るい色のきれいなワンピースを着ていた。ふだんは日曜日でも、白いブラウスに灰色のスカート、そしてジャケットという服装だったのに。前は黒のジャケットを着てたんだけど、もう喪も明けたのだし、前に進まなくちゃねと言った。デルナはいつもハンドバッグのなかに一枚の写真を潜ませて肌身離さず持ち歩き、誰にも見せることはない。それが昨日、僕にその写真を見せてくれた。とても勇敢な人で、本物の同志だったとデルナは言った。ファシストに抵抗する行動の最中に命を落としたそうだ。それだけ言うと、デルナはまたハンドバッグを閉めて、それきりなにも言わなかった。そして今日、黒っぽい服を片づけて、明るい色の服を出してきたというわけだ。

写真のなかの若い男の人は細身で、朗《ほが》らかな顔をしていた。僕はその人にどこか似ているとローザに言われたことがある。彼もブルーの瞳をしていた。デルナは、党の会議でその人と出会ったそうだ。デルナが壇上で演説をし、ローザとアルチーデはほかの人たちと聴いていた。しばらくすると若い男の人たちが数人やってきて、窓の脇に立った。デルナがそちらに顔を向けると、彼と目が合った。デルナは一瞬言葉に詰まり、すぐにまた、なにごともなかったように話を続けた。

その男の人はデルナに恋をし、戦争が終わるのを待って結婚したいと考えた。けれども、デルナより二歳若かった。そのせいで党の人たちに反対されたらしい。同志たちは、場合によっては村の男衆よりも頭が固いことがあるとローザはこぼしていた。「自由」なんて口先だけで、本当の自由を他人に認める気なんてさらさらないんだから。とりわけ私たち女性にはね。そのせいでデルナも苦しんでいた。

不幸な出来事があってからというもの、デルナは黒っぽい服ばかり着るようになり、彼のことはいっさい、誰とも話さなくなったそうだ。仕事にのめり込み、顔からは笑みが消えた。「でも、あなたが来てから変わったわ」ローザはそう言って、僕のほっぺたを優しくつまんだ。いつも自分の息子たちにするように。

デルナが明るい色のワンピースの腰のあたりを整えていた。まるで少女のようだ。ほんのり口紅もひいている。

「今日はみんなで海へ行くのよ」と言いながら、バスケットのなかに、チーズとクラテッロ〔豚の尻肉で作られた生ハム〕のパニーノとミネラルウォーターのボトルを入れた。僕には、白の半袖シャツと青の半ズボン、それとベルトのついた靴をそろえてくれた。どれも新品だ。僕はもう靴の点数を数えなくなっていた。北部の人たちはみんな、新しい靴か、少し擦《す》り減っただけの靴を履いてるから、ちっともおもしろくない。それに、たとえ100点集まったとしても、今の僕には足りないものなんてなかったから、どんな願い事をすればいいのかわからない。僕はなんだか走りだしたい気分だった。テーブルのまわりを三周、四周と走ったあと、デルナに飛びついてぎゅっと抱きしめた。デルナはバランスを失ってよろめき、二人してソファーに倒れ込んだ。それでも僕は離れず、お腹に顔をうずめてデルナの匂いを思いっきり吸い込む。デルナも僕のことを離そうとせず、春服を着た僕たちは、そうしてソファーの上で抱き合ったまま、ネジが緩んだみたいに笑っていた。

アルチーデがリヴォとルツィオを連れて迎えに来ると、デルナはいそいそとバスケットを手に持った。そして末の子を抱いたローザと一緒に、みんなで海まで行くバスの停留所へと歩きだした。バスのなかではみんなで声をそろえて歌った。「デルナとローザと自由よ、万歳！」

砂浜には陽射しが照りつけ、陽気も暖かい。凪《な》いだ海は、梳《と》かしたみたいになめらかだ。ほかの子たちも大勢来ていた。大半が子供列車で一緒だった子たちだ。トンマジーノは僕を見つけるなり、砂団子をぶつけてきた。

ただし、マリウッチャの姿は見当たらなかった。トンマジーノの話では、新しい両親がマリウッチャのことをずっと手許《てもと》におきたがっているらしい。「靴修理職人のお父さんは？」と僕は尋ねた。トンマジーノはズボンの裾を巻きあげ、靴下を脱いだ。そして天を仰ぐと、お父さんは娘一人分の食い扶持《ぶち》が減れば喜ぶに決まってる、と言った。僕はデルナとローザとアルチーデのほうを見た。あの人たちも僕のことをずっと手許におきたがるだろうか。

「こっちのお父《バッボ》さんが、好きなときに戻ってきていいんだぞ、ドアはいつだって開いてるからなって言ってくれたんだ」とトンマジーノが言った。「それに、夏休みはナポリに遊びに来てくれるって。僕が家に戻っても、ずっと僕のことを忘れないし、援助もしてくれるらしい」

僕はズボンを脱いで、デルナが用意してくれた白と青の縞模様の海水パンツ姿になった。トンマジーノがげらげらと笑いだす。「なにしてるんだ？　みんなが見てる前でパンツ一丁になるのか？」

「パンツじゃなくて、海水着だよ」

「海なんてなんの役にも立たないって言ってなかったか？」

「入ってみようよ」

僕は砂浜を駆け抜けて海に入った。足の裏に当たる砂が濡れてひんやりとしてたけど、立ち止まらない。水面が膝の高さに来るまで進んだ。海水は氷みたいに冷たかった。でも、ここで音《ね》をあげたらトンマジーノの思う壺《つぼ》だ。僕は、北部の子たちと少しも変わらないところを見せてやりたかった。

子供のときは泳ぎが得意だったというデルナに泳ぎ方を説明してもらったから、泳げる自信はあった。トンマジーノが砂浜から僕を呼んでいる。「アメリ、どこまで行くんだ?」

僕は振り向いただけで引き返さなかった。デルナがパラソルの下で女の人たちと話しているのが見えた。「デルナ、見てて!」僕は大声を張りあげた。そしてデルナがこっちを向くと、水中に飛び込んだ。顔が海水に浸かる。デルナに教わったとおり、手と足を思いっきりバタバタさせて水面から頭を出そうともがいたが、鼻と口に塩辛い味がひろがるばかりで、息ができない。身体が下のほうに沈んでいき、目を開けてられない。

海の水がそんなに手強《てごわ》いなんて、思ってもいなかった。見たところ軽そうなのに、頭を沈めたとたんに重たくのしかかり、僕を底へ底へと押しつける。僕はぶくぶくと沈みながら、デルナが言っていたことを思い出し、もう一度手足を動かしてみた。けれども、ぜんぜん力が入らない。もう一度、かろうじて海面から頭を持ちあげると、泣きわめくトンマジーノが見えた。北部のお父さんからポマードを塗ってもらうようになる前みたいに、ぼさぼさの縮れ毛を振り乱している。明るい色のワンピースの裾を脚にからませながら砂浜を走ってくるデルナの姿も見えた。もう足が海の底に届かないし、海水が目に入るので、デルナの表情まではわからないけど、党のお偉いさんとの会議から帰ってきた晩とおなじ顔をしてるにちがいない。もう限界だった。どんどん沈んでいく。目をぎゅっと閉じた。喉が焼けつくように塩辛くて、息ができない。

そのとき、両方の手首をがっしりとつかまれた。デルナの手だ。僕を捕まえて離さず、海水と闘っている。僕の頭上にのしかかっていた圧力が少しずつ軽くなり、目を覆っていた暗闇の層も薄くなった。海の力よりも強力なデルナの腕で、僕は海面に引きあげられ、そのままなにも見えなくなった。アントニエッタ母さんの顔が現われたと思ったら、ザンドラリオーナの笑い声が聞こえ、ふたたびすべてが遠のいた。

目を開けると、デルナが僕の胸を必死で押していた。押されるたびに、口と鼻から塩辛い水が噴き出す。ローザが、陽射しの下で寝そべるために持ってきていた布で僕の身体を温めてくれた。アルチーデは僕の鼻先で酢のボトルを揺すってにおいを嗅がせた。リヴォとルツィオはなにも言わずに僕のそばにいる。トンマジーノはまだしゃくりあげていて、泣きやむ気配がない。

デルナの髪はぐしょ濡れで、口紅も落ちていた。瞳はくすんで海のような灰色をしている。「僕を離さないで」デルナにすがりついて僕は言った。

「大丈夫、離したりしない。ずっとそばにいる」デルナが答えた。

そうして僕とデルナはまた抱きしめ合った。おなじ日に二回も。ただし、今度は笑っていなかった。

27

とうとう畑が黄色に染まり、小麦の背丈は高く伸びた。だけど今朝は陽射しがなく、霧に覆われて道の先が見えないので、いくら歩いても前に進まないような気がする。

ローザがパニーノの入った袋を持たせてくれ、旅行鞄《かばん》のなかにトルテッリーニと、桃やプラムや杏子《あんず》のジャムの瓶を入れてくれた。どれもローザのお手製だ。出発の前、僕はローザと一緒に窯《かま》に行き、サラミとチーズの入った田舎風パンを取り出すのを手伝った。ローザはそれを油紙に包み、白と黄色の縞模様の布巾でくるむと、「これはあなたが持っていく分よ」と言った。それから別のパンを取り出して、家に入っていった。お昼に僕のいない食卓で食べるんだろう。

リヴォとルツィオが家畜小屋の裏で僕を待っていた。丸太の秘密基地に僕らの名前を刻む約束をしていたのだ。三人がそれぞれ自分の名前を刻んだあと、リヴォがナイフを握り、その下に大文字で「ベンヴェヌーティ」と付け加えた。

「ここは僕たちの家だ」とリヴォは言った。僕の名前が二人の名字と並んでいるのは不思議な感覚だったけど、嬉しくもあった。

アルチーデが僕を呼びに来た。「行くぞ、息子《フィオル》。ぐずぐずしてるとバスに乗り遅れる」

リヴォとルツィオが別れの挨拶にやってきた。「ちょっとここで待ってて」と僕は言い、急いでデルナの家に駆け戻った。そしてまた出ていくと、手を伸ばしてルツィオに言った。「これは君のだ」それは、初めてこの家に来た日にポケットに入れたビー玉だった。

するとルツィオは言った。「アメリーゴが持ってて。また来たときに返してくれればいいよ。アメリーゴは泥棒《ラーデル》じゃないもんね」そして、にまっと笑うとジャケットの袖で目をごしごしこすった。

バスのなかではアルチーデもデルナもほとんど口を利かなかった。海での出来事があってからというもの、デルナはふたたび明るい色の服を着るのをやめてしまい、あまり笑わなくなった。僕が出発する今日も、白いブラウスに灰色のスカートという姿だ。窓の外もすっぽりと灰色の霧に覆われていて、道路沿いに生えている木や、くすんだ色の家々が見えるだけだ。そのうちに雨粒が窓ガラスを打ちはじめた。最初のうちはぽつぽつと、そのうちにひっきりなしに降りだした。「ここのところ暑さ続きだったが、久しぶりの雨だな」と、アルチーデがつぶやいた。

アルチーデはバスが走りはじめてから、それまでひと言も発していなかった。「雨は植物にとっては欠かせないものだ。ときには、悪い出来事のように見えても実はいいことがあるものだ。そうだろ、デルナ？　アメリーゴが、久しぶりにうちに帰ってお母さんを抱きしめられるんだ。この子にとってこれほど幸せなことはあるまい」

デルナは返事をせずに黙っていた。僕はデルナの悲しそうな顔は見たくなかった。来たときとおなじように靴を脱いでから、デルナの耳もとでささやいた。「女の人たちの歌を歌おうよ」

デルナは無理に笑いを浮かべて歌いだした。でも、口から出てきた歌は本物だった。最初のうちは小さな声だったけど、バスから降りる頃には、しだいに大きな声になっていった。「あたしたちは女だけど、怖くなんかない。愛しい子供たちのためなら、愛しい子供たちのためなら……」デルナは、「子供」という歌詞を口にするたびに僕の手をぎゅっと握った。ちょうど僕を海から引きあげてくれたときのように。アルチーデと僕も、デルナに合わせて歌った。道路でも駅の構内でも、僕を真ん中にして手をつなぎ、三人とも声を張りあげて歌っていた。そうして僕の乗る列車まで、中断することなく歌い続けた。

列車には大勢の子供たちが乗っていたが、来たときほどではなかった。マリウッチャのように、北部でできた新しい両親の許《もと》にとどまることにした子もいれば、ロッサーナのように、ホームシックや憤りに耐えきれず、ひと足先に家に帰った子もいるからだ。人混みのなかに、縮れ毛をポマードで撫でつけたトンマジーノを見つけた。お父《バ》さん《ッボ》の口髭は前よりも長く、先端がくるりと丸まっている。たくましい腕のお母さんから食べ物のいっぱい詰まった袋を持たされていた。ローザが僕にしてくれたように。アルチーデが一緒にコンパートメントまで乗り込み、荷物を網棚に載せてくれた。そのあいだデルナは、窓の外から僕の手を握っている。僕たちはなにも話さず、列車が動きだして、デルナの指が僕の手から離れるまでひたすら歌っていた。デルナの姿がだんだんと小さくなり、とうとうブラウスが小さな白い点となった。

僕は、大勢の子供たちのあいだで独りぼっちだった。


「どうした？　もう寂しくなったのか？」トンマジーノが声を掛けてきた。

僕は返事もしないで、くるりと背を向け、眠るふりをした。

「仕方ないさ」とトンマジーノは言った。「僕たちは真っぷたつに引き裂かれたんだ」

僕は話す気分になれなかった。トンマジーノがジャケットの前をめくって、北部のお母さんの入れた縫い取りを見せてくれた。会いたくなったらいつでも戻ってこられるようにと、裏地の内側にお札を縫いつけてくれたそうだ。

「おやすみ、トンマジ」

「元気出せよ、アメリ」

僕は、アルチーデが載せてくれた網棚の上にヴァイオリンがきちんとあるかどうか確認した。頭のなかでセラフィーニ先生から教わった練習曲を何度もおさらいする。しっかり憶えておけばナポリに帰ってからも一人で練習できるし、カロリーナに会ったら別の練習曲も教わろう。ひょっとすると母さんは、僕が上手にヴァイオリンを弾けることを知ったら、音楽学校に通わせてくれるかもしれない。そしたら僕がまたいつかモデナに行くとき、アルチーデはマエストロ・セラフィーニを工房に呼んで、僕の演奏を聴かせるだろう。その頃には僕とおなじ名前の仔牛のアメリーゴも成長し、若い雄牛になっている。僕はリヴォを手伝って家畜たちに水をやるんだ。ナリオも歩いたり喋ったりできるようになってるはずだから、みんなして秘密基地に行き、僕たちの名前の隣にナリオの名前を刻もう。

でも、僕のジャケットの裏地には秘密の縫い取りなんてなかった。デルナは北部に戻るための旅費を持たせてくれなかった。何週間かしたら、きっと仔牛だって僕のことなんか忘れてるにちがいない。リヴォたちだってそうだ。夜にはキッチンのテーブルを囲んで、なにか別の話をしているに決まってる。新しく来た子の話とか、雌牛がまた妊娠したこととか。そして次に生まれた仔牛には、新しく来た子の名前をつけるんだ。

僕の手のなかにあったはずのものすべてが、そこにはもうなかった。誕生日のケーキ、フェッラーリ先生が採点してくれた算数の満点、窓越しに交わした光の合図、ピアノのにおい、焼きたてのパンの味、デルナの白いブラウス……。僕はヴァイオリンを網棚から下ろして、ケースを開けてみた。紘の上にそっと指を滑らせ、ケースの内側に書かれた僕の名前を読む。アメリーゴ・スペランツァ。カロリーナのことを考えた。これを見せたらどんな顔をするだろう。すると、お腹の底の悲しみが少しだけ軽くなった。ついさっきまでの暮らしから離れ、以前の暮らしに近づくにつれ、デルナやローザやアルチーデの顔が、アントニエッタ母さんやパキオキアやザンドラリオーナの顔に変わっていく。

トンマジーノの言うとおりだ。僕たちは完全に真っぷたつに引き裂かれていた。

第三部

28

列車が駅に入る。僕は窓から顔を出してアントニエッタ母さんの姿を捜したが、見つからない。人混みのにおいが鼻につく。ローザの家の家畜小屋から雌牛がいなくなったら、きっとこんなにおいがするんだろう。

列車から降りるなり、トンマジーノは出迎えに来ていた元の家族のところに駆け寄った。つい昨日まで、北部の口髭を生やしたお父さんとお母さんに抱きしめられていたのに。僕に挨拶もしないで、本物の兄弟と、こっちのお母さんのアルミダさんと手をつなぎ、雑踏のなかへ消えていった。きっと僕も、アントニエッタ母さんの顔を見たとたん、この何か月かのあいだに経験したことすべてが一瞬のうちに消えてなくなるんだろうと思った。すると、もう一度列車に乗って北部に戻りたいという気持ちが湧き起こる。

そのとき、旅行鞄《かばん》を二つ提げた肥った男の人の陰から母さんが現われた。小花の模様の余所《よそ》ゆきの服を着て、髪を肩に垂らしている。母さんは僕のことが目に入っていなかったけど、僕には見えていた。母さんは、爆撃でフィロメーナお祖母《ばあ》ちゃんが死んだ話をするときのように、怯えた目であたりを見まわしていた。

僕は全速力で駆け寄って後ろから抱きつき、母さんの背中に鼻をうずめ、両腕を腰にまわした。なのに母さんはスリかなにかだと思ったらしく、僕の頭に肘鉄《ひじてつ》を喰らわした。それからようやく僕の顔を見て、すっとんきょうな声をあげた。「この子ったら、あたしの命を縮める気なの！」中腰になって、僕の頭、腕、脚と順に触っていく。まるで、ちゃんと全部あるか確かめるかのように。僕の目と母さんの目がおなじ高さにある。母さんが片方の手を僕の頬のほうに伸ばしてきたので、撫でるのかと思ったら、シャツの襟を直してくれた。それから立ちあがり、僕の背がどれくらいか測ると、こう言った。「ずいぶん背が高くなったこと。雑草は育ちが早いとはよく言ったものね」

家までの道のりではずっと僕が一人で喋《しゃべ》っていた。母さんは黙って聞いているだけで、ひとつも質問しない。

「生まれてきた仔牛に僕とおなじ名前をつけたんだよ」僕は得意げに話した。

するとと母さんが茶化した。「そうなんだ。あんたという野獣一匹じゃ物足りず、おなじ名前の獣を二匹も飼ってたんだね」そして僕の頭の後ろを掌《てのひら》で優しく叩いた。僕は笑ってるかどうか確かめたくて、母さんの顔を下からのぞいた。笑ってるみたいだ。

僕は、家のことや食事のこと、そして学校のことなどを話し続けたが、母さんはあまり聞いてないみたいだった。夢を見た翌朝、それを夢中になって話しても誰も興味を持ってくれないときのように。だけど僕の話は夢なんかじゃなかった。現に僕の旅行鞄のなかにはもらったものがぎっしり詰まっているし、アルチーデのヴァイオリンが入ったケースも持っている。服だって靴だって真新しい。どれも本物だ。

僕たちの路地裏に着いた。ものすごく暑い日で、女の人たちはみんな扇子を使ってあおいでいる。母さんが家の戸を開け、旅行鞄を床に置いた。僕は抱えたヴァイオリンをどこへ置いていいかわからず、突っ立っていた。僕の部屋はおろか、ベッドもない。母さんのベッドの下をのぞいてみた。前はカーパ・エ・フィエッロの持ち物でいっぱいだったが、今は空っぽだ。「カーパ・エ・フィエッロは行ってしまったよ」と母さんが言った。

「また警察に連れてかれたの？」

「奥さんと子供を連れて、アフラゴーラに引っ越したの。これからはあたしとあんた、二人きりでやってくのよ」そして、「なにか食べる？　長旅のあとでお腹《なか》が減ってるでしょう」と言いながら、コップ一杯の牛乳と前の日のパンをテーブルの上に置いた。列車に乗る前はいつも食べていたはずなのに、今の僕には間に合わせとしか思えなかった。また困窮生活が待っていた。僕は旅行鞄を開いて、ジャムの瓶や軟らかいチーズ、熟成させたチーズ、ハム、モルタデッラ、白と黄色の縞模様の布巾に包まれたサラミとチーズ入りの田舎風パンを取り出した。まだローザのキッチンの匂いがする。昨日の朝、ローザが打ってくれたパスタもある。僕も卵を割り、肘まで小麦粉で真っ白にしながら生地を捏《こ》ねて手伝ったものだ。あれから一日しか経っていないのに、一年ぐらい経ったような気がした。

僕はパーティーでもするかのように、すべてのものを並べた。うちのテーブルには収まりきらなかった。母さんはそれを一つひとつ手にとり、においを嗅いでいる。市場の売り物が新鮮かどうか確かめるときのように。「呆《あき》れたものね。近頃じゃあ、子供が母親に食べ物を運んでくるようになったんだ」

僕は母さんの硬いパンを牛乳に浸してから、ローザのジャムを少し塗った。「食べてみて。ローザの家の木になった実で作ったんだよ」

母さんは首を横に振った。「あんたが食べなさい。あたしはお腹が減ってないから」そして、旅行鞄から服や、ノートと教科書、ペンと鉛筆を取り出し、最後にヴァイオリンを指差した。「あんたはノーベルでは飽き足らず、北部で音楽のマエストロになったのね」母さんがヴァイオリンケースを開けたので、アルチーデの工房の木と接着剤のにおいが鼻のなかに入ってきた。

「北部のお父さんが作ってくれたんだ。ケースの内側に僕の名前が書いてあるでしょ？　ほら、ここ」

「字は読めない」

「僕のヴァイオリンを聞きたい？」

母さんは宙を見つめた。「よくお聞き。あんたには父親は一人しかいないの。その父親は幸運を求めて故郷《くに》を出ていった。たくさんの富を携えて帰ってきたら、うちはもう誰にも施しを求める必要もなくなり、あんたがみんなにプレゼントを配れる」

母さんは僕の手からヴァイオリンを取りあげると、今にも咬《か》みついてくる奇妙な野獣でも見るように眺めまわした。「それまでは、あんたとあたしとでなんとかやっていかなくちゃならないのよ。また靴修理職人に頼んでみたら、工房で働かせてくれるって。まずは見習いで仕事を覚えて、だんだん腕が上達したら、お給金もいくらかもらえるようになる」

僕は、昨日までの北部での暮らしが夢だったんじゃなくて、今この瞬間が夢なのだと思った。目を覚まして瞼《まぶた》を開けたら、デルナの家のベッドで眠っていて、シーツの上には陽射しが縞模様を描いている。それが現実なんだ。

「フェッラーリ先生に、算数の才能があるって言われたんだ」

「それで、その先生が生活費も送ってくれるっていうの？」母さんが怒鳴った。「あんたの母親は盗みなんてしたことがない。ここの人たちはみんな真っ当に暮らしてるんだって、先生に言ってやった？」

母さんは部屋をぐるりとまわり、僕が持ってきたものをひとつ残らず片づけた。服もノートも食べ物も。どこにしまわれたのかさえ僕にはわからなかった。

「これもうあんたには用がないね」ヴァイオリンも、ケースも、内側に書かれた僕の名前も、そっくりベッドの下に消えた。僕はきっと口を結び、ポケットに手を突っ込んでルツィオのビー玉を指で回していた。僕に残されたのはビー玉だけだった。

29

「アントニエッタさん、こんにちは！」戸が開いたかと思うと、口を横にひろげて微笑んだザンドラリオーナが入ってきた。「この子をちょっとうちまで連れてってもいい？　玉葱のオムレツの作り方をまだ憶えてるかどうか試したいの。とっくに忘れたかもしれないけどね」

「そうなのよ。あっちで暮らすうちに自分の母親まで忘れてしまったみたいなの。うちに帰ってきてから、ちっとも笑顔を見せやしない。今じゃあ、ヴァイオリンと引き算にしか興味がないんだから」

「なにを言ってるの、アントニエッタさん。そんなのは子供の一時の気まぐれよ。母親のことを忘れる子なんているわけがない」ザンドラリオーナはそう言うと、僕に片目をつぶってみせた。「うちにいらっしゃい。イドロリティーナ〔粉末の炭酸水の素〕を入れた水を飲めば、記憶がよみがえるから」

ザンドラリオーナの長屋《バッソ》は以前と少しも変わっていなかった。「僕の宝物が入った箱は、まだあそこにある？」箱を埋めたあたりのタイルを指差して、僕は尋ねた。

「誰も触ってないわよ」水をぴちぴちにする粉を水に入れながら、ザンドラリオーナが答えた。

僕たちはそのままましばらく黙っていた。沈黙も悪くない。

「母さんはもう僕のことが好きじゃないんだ」しばらくして僕は口を開いた。「僕を北部に行かせたし、帰ってきたと思ったら、僕に腹を立ててる。僕のことを大切にしてくれて、撫でてくれる人たちのところに戻りたいよ」

「いいこと、アメリーゴ」ザンドラリオーナが玉葱を刻みながら言った。「あんたのお母さんのアントニエッタは、子供の頃に撫でてもらった経験がないの。だから自分の子供を撫でることもできないだけ。この何年ものあいだ、あの人は一人であんたの面倒をみてきた。あんたももう大きくなったんだから、今度はあんたがお母さんを助ける番よ。誰もがいろんなものを奪われながらも必死で生きている。アントニエッタは息子を亡くし、私はかわいいテレーザを亡くした」

その話は僕も路地裏で耳にしたことがあったけど、これまでザンドラリオーナから直接聞いたことはなかった。「どうして死んだの？」と僕は訊いてみた。

「テレーザは姉の娘で、姉にはほかに四人も子供がいたから、うちに来ることになったの。私は本当の娘みたいに育てたわ。とてもきれいな子で、頭もよかった。それが休戦協定のあとパルチザンに加わるようになって、仲間の一人と恋に落ちてね。情報を運ぶためにあちこち往き来してた。ある作戦の最中《さなか》に、死んだドイツ兵から拳銃を奪った。死んだ兵士は、とてもドイツ人には見えなかったって言ってたわ。死んでるようにさえ見えなかったそうよ。驚愕《きょうがく》の表情を浮かべた一人の金髪の若者としか思えなかったって。テレーザは、自分が拳銃を持ってることは誰にも言わなかった。言おうものなら男たちに取りあげられるからね。拳銃のことは私しか知らなかったの。一九四三年の九月二十七日、パッリアローネ農場が襲撃された日、テレーザは朝早くに家を出ていった。私は、あの子がいないのに気づくとすぐ、町じゅうを捜しまわったよ。それでヴォメロの丘の上にバリケードが築かれてるって聞いたの。慌てて駆けつけると、火薬の臭いが漂ってた。必死でテレーザを捜したけど、あたりには灰色の煙が立ち込めるばかりで、なにも見えなくてね。それからはすべてが一瞬の出来事だった。視線を上にやると、そこに拳銃を持ったあの子の姿があった。男たちに交じって隠《かく》れ処《が》の陰から銃撃してたのね。弾を一発撃つたびに全身が震えているのに、やめようとしない。私は叫んだ。下りなさい、そこから下りるの！　テレーザは私を見て微笑むだけで、下りてこようとはしなかった。男たちのあいだで銃を一発撃つたびに身体《からだ》を震わせて。そのとき、とりわけ大きな最後の銃声がして、テレーザの震えが止まり、それきりぴくとも動かなかった……。ドイツ軍が退却したのは、それから二日後のことだったわ。ナポリの町は自力で解放されたというのに、テレーザがそれを知ることはなかったの。あの子はまだたった十六歳だった」

俎板《まないた》の上の玉葱は細かくなり、ザンドラリオーナの目には涙がいっぱいたまっていた。おばさんは緑のギンガムチェックのテーブルクロスをひろげ、おなじ柄のナプキンを並べた。僕たち二人のあいだに、お皿とフォークとコップの音だけが響いた。

家に帰って戸を開けると、昼寝をしていたアントニエッタ母さんがぱっと目を覚ました。「ああ、あんたなのね？　こっちにおいで。あんたも母さんのそばで少しお眠り……」

僕はベッドで横になった。午後の三時だというのに、母さんはネグリジェを着ている。疲れた目をしていたものの、相変わらずきれいだ。いや、前よりもいっそうきれいになった気がする。真っ黒の髪は長く伸びてつやつやだし、唇は口紅なんて塗らなくても、いつだって鮮やかなピンクだ。母さんは口紅を持っていなかった。僕はふと、デルナのふわふわの金髪を思い出した。

母さんは枕の上に頭をのせ、片方の手を僕のほうに伸ばして、梳《と》かすように僕の髪を撫でつけた。

僕は母さんの隣で丸くなり、久しぶりにその匂いに包まれた。ずっとこの匂いが恋しかったんだ。いつの間にかうとうとして、デルナの夢を見た。一緒に海へ行った日のこと、足にくっつく砂、最初のうちは軽く感じたのに、いきなり重くなって僕を底へと引きずり込む海の水……。砂浜のほうを見やると、みんなはもう帰ったあとだった。アルチーデもリヴォもルツィオもトンマジーノもいない。デルナだけが残っている。僕が沈みかけているのに、デルナは僕に手を振っている。助けて！　僕、溺れかけてるんだ。助けに来て！　風で乱れたブロンドの髪のデルナが僕を見る。微笑んでいるのか泣いているのかわからない。しばらくすると、くるりと向きを変えて行ってしまった。

僕は汗びっしょりになって目が覚めた。アントニエッタ母さんは隣でまだ眠っていた。

30

前みたいに、母さんが前で僕がそのすぐ後ろを歩くことはなくなった。僕はたいてい一人で歩く。たまにトンマジーノと一緒のこともあるけれど。

また元の暮らしに戻ったものの、子供列車に乗る前と後とではなにもかもが違っていた。もうすぐ夏も終わるというのに、厳しい暑さが続いていた。午前中は靴修理職人をしているマリウッチャのお父さんの工房に通い、接着剤の使い方や、タックスという、靴底を固定するのに使う小さな釘の使い方を教わる。お蔭で指は釘の跡だらけだ。ヴァイオリンを弾いていたときにできた胼胝《たこ》はなくなった。マリウッチャの兄弟からは白い目で見られる。僕がいると、それでなくても少ない仕事を奪うことになるからだ。マリウッチャからは、幅広の斜めの文字がびっしり書かれた手紙がときどき届いた。靴修理職人のお父さんは字が読めなかったので、最初の何通かは封も開けずに放置されていた。そのうちに、読んでくれと頼まれるようになった。僕は手紙を読むのが嬉しかった。マリウッチャがどうしてるかわかるし、僕も向こうでしてたことを思い出せるから。

そのうち、一通開封するごとにマリウッチャの声がだんだん遠く感じられるようになっていった。義務だから仕方なく手紙を書いてるだけで、もはやマリウッチャは僕たちのことになんて関心がないみたいだった。お腹の底から悲しみが込みあげ、僕は手紙を読むのをやめた。文字を読みすぎると目が痛くなると言って。それはあながち嘘とも言えなかった。

アントニエッタ母さんはまた縫い物の仕事をするようになり、ローマ通りやレッティフィーロ街の奥さん方のために、ちょっとした繕《つくろ》い物をしていた。母さんが仕事で忙しいとき、僕はよくザンドラリオーナの長屋《バッソ》に行った。でも、そこもやっぱり暑かったので、トンマジーノを誘って街をうろついては、路地裏の日陰を探したり、サングロ王子の礼拝堂に行ったり、市場の屋台のあいだに忍び込んだり、音楽学校の前を通ったりした。

昔、カロリーナと初めて出会ったのは、そこの段々に腰掛けて音楽を聴いていたときだった。警備員が近づいてきて、僕を追い払おうとした。教室に忍び込んで楽器を盗み出し、アメリカ人に売るつもりだと思ったらしい。それまでにも、フルートとクラリネットが一本ずつなくなったと言っていた。僕は悔しくて泣きそうになりながら、「盗っ人なんかじゃない」と叫んだ。ちょうどそのとき校門から出てきたカロリーナが、僕のことを知りもしないのに、この子は私の従兄で、ここで私のことを待ってたの、と言ってくれた。警備員は恐ろしい形相で僕をにらみつけ、とにかくそんなところにいるんじゃない、と言い捨てて行ってしまった。

カロリーナは僕に微笑みかけた。「それで、ここでなにをしてたの？　本当に楽器を盗みに来たとか？」

「そんなことするわけない！　ここで曲を聴いて、頭のなかで再生するんだ」

それからというもの、カロリーナはときどき僕を劇場に連れていってくれるようになった。そこの守衛さんが彼女の親戚で、リハーサルのときにこっそり入れてくれるんだ。たまに本番の公演を見せてくれることもあった。僕たちは一番桟敷の陰に隠れていた。演奏家たちが楽器の音合わせをしているあいだ、カロリーナのスミレの香りがした。やがて場内が暗くなり、しいんと静まり返ると、指揮者がオーケストラを撫でるように両腕で二つの円を描く。すると、それぞれの楽団員が自分のタイミングで演奏を始めるのに、音楽がひとつになって流れだすんだ。


ナポリに帰ってから、僕は何度か音楽学校の前でいつもの時間に待ってみたけど、カロリーナには会えなかった。

ある日、顔見知りだったカロリーナの友達に訊いてみた。すると、あの子はもう音楽学校には通ってないという返事が戻ってきた。お父さんが失業して、カロリーナも兄弟たちも、放課後は働かなくてはならなくなったそうだ。家がどこか知ってるかと尋ねると、たぶんフォリア通りだと思うけれど、確かではないと教えてくれた。そこで僕はある日の午後、トンマジーノと一緒に、頭が割れそうなほどぎらぎらと照りつける太陽の下、フォリア通りの端から端まで何度も行ったり来たりした。それでもカロリーナには会えずじまいだった。僕たちはあきらめて家に向かって歩きだした。パキオキアの長屋《バッソ》の前を通りかかったとき、口髭の国王の肖像画がなくなってることに気づいた。だからといって同志のレーニンの肖像画が飾られてるわけでもなかった。僕らは、木造の演壇の上で、三色のたすきをかけたパキオキアの姿を見たときのことを思い出した。敢えて口にするまでもなく、僕らの足は自然とレッティフィーロ街を通り抜け、駅に向かっていた。道々、長い沈黙を挟みながら、北部にいたときのことをぽつりぽつりと語り合った。

僕らは〈ラッパ吹き《トロンベッタ》〉みたいだった。いつもカリタ広場をうろついている、戦争で頭がおかしくなった男だ。手榴弾《しゅりゅうだん》の破片が当たって頭に傷を負い、戦争から帰ってからというもの、来る日も来る日もおなじ話ばかりしていた。誰も彼の話を聞こうとはせず、うるさい、やめてくれ、と口々に言っていた。それでなくとも戦争に負けたというのに、日々の平穏まで奪おうってのか？　僕とトンマジーノもおなじようなものだ。ただし、僕らにとっての戦いはこれからだった。帰ったばかりの頃はみんなから質問攻めに遭った。どこへ行ってたんだ、向こうではどんな言葉を喋ってる、なにを食ってたんだ、寒かったか……。でもいつしか、僕らを見るたびに嘲笑《あざわら》うようになった。見ろよ、北部の二人組が来たぞ。結局、二人で駅に向かって歩きながら、思い出話をするしかなくなった。

仕舞いに僕らは、列車の時刻表も、何番線から発車するのかも暗記してしまった。ボローニャ行きの列車が出発するたびに、荷物がいっぱいに詰まった旅行鞄を提げ、心持ち疲れた顔をして乗り込む人たちを眺めては、列車の窓からオーバーコートを投げたことや、ポケットにしまったリンゴのこと、そしてプラットホームでだんだん小さくなっていくアントニエッタ母さんのことを思い出した。列車のコンパートメントに、僕とトンマジーノとマリウッチャ、歯の抜けた金髪の男の子と、背の低い黒い髪の男の子が乗っていて、ロシアに連れていかれると怯《おび》える子や、列車に乗ってどこへ行くのかも知らずにいる子たちがいたことを。

「トンマジーノのところには、口髭のお父さんから今でも手紙が届くのか？」僕は、来るわけないだろうという返事を心の内で期待しながら、トンマジーノに尋ねた。僕のところには一通の手紙も届いていなかった。一週間に一回は必ず手紙を書くとデルナは約束したのに、三か月経っても一通も。

「しょっちゅう届くよ」トンマジーノは意気揚々と答えた。「小包も送ってくれる。オリーブオイルやワイン、サラミなんかが入ってるんだ。どれも手作りのね。みんなの写真もだ。アメリーゴのところにはまだ届かないの？」

僕は肩をすぼめただけで答えなかった。

「うちの母さんは二週間に一回、マッダレーナの家に手紙と小包を受け取りに行くんだ。そのたびに必ずなにか届いてる」

「トンマジ、今すぐ列車に乗ろう。この列車はもうすぐ出発する。ボローニャまで行って、そこからモデナ行きのバスに乗り、このあいだまでしてた暮らしに戻るんだ」

トンマジーノは、僕が本気なのか冗談を言ってるのかわからないみたいだった。

「ほら、もう帰るぞ。パキオキアに二リラもらって、スフォリアテッラ〔パイ生地でできたナポリの名菓〕を買い、半分ずつ食おう」そう言うと、向きを変えて駅の出口のほうへと歩きだした。僕は、発車を告げる警笛が鳴るまで列車を見つめていた。

31

僕は一人でレッティフィーロ街を歩いていた。行き交う人たちの靴を見ながら。どれも破れていたり、孔《あな》があいていたり、底を張り替えたりした古い靴ばかりだ。靴修理の工房で見習いを始めてからというもの、また毎日のように他人《ひと》の靴を見るようになった。爪先が擦《す》り減っている靴や、踵《かかと》が割れた靴、紐が切れた靴、履いている人の足に合わせて形がゆがんだ靴……。どの靴にもそれを履く人がいて、孔があいていればつまずくし、破れていれば転んでしまう。もう僕にとって靴は遊びではなくなった。

僕の靴は足を痛めつける。アルチーデに買ってもらったときには新品だったのに、最近は踵のあたりがきつくてたまらない。靴はまだきれいなのに、僕の足のほうが大きくなって、靴に合わなくなったんだ。通りの中央にはピエディグロッタ音楽祭のイルミネーションが飾られている。タンバリンやプティプ〔南イタリアの伝統楽器。タンバリンの中央に挿した棒を上下にこすって音を出す〕を持った少年たちのグループが、今年のコンテストに参加するための曲を歌いながら僕の後ろを歩いていく。反対側の歩道からも、農婦の衣装を着た五、六人の少女が、その歌声について歌いだした。すると少年たちが投げキスを送り、少女たちは笑いながらも、そっぽを向いて無視をする。タラッリやルパン豆の屋台が軒を連ねるなか、余所ゆきの服を着た子供たちが両親と手をつないで歩いていく。レッティフィーロ街を進むにつれて、アントニエッタ母さんに連れられて駅に行ったあの朝のように人が増えていく。まるで暴れ馬のような群衆に、僕はあっちに押されたりこっちに押されたりした。

北部のデルナとローザのところでは、通りがこんなに大勢の人でごった返すことなんてなかった。人混みの感覚をすっかり忘れていた僕は、背すじがぞくっとした。顔に化粧をしたり、仮面をかぶったりしている人もたくさんいる。僕はメッゾカンノーネ通りと交わる四つ角まで走り、サン・ドメニコ・マッジョーレ広場のほうへ続く坂をのぼった。そこまで行けば喧騒《けんそう》から逃れられる。

歩き続けていたら、知らないうちに音楽学校の前にいた。僕のヴァイオリンはあれっきりベッドの下にしまわれたままで、触ってもいなかった。アントニエッタ母さんに、ヴァイオリンの練習を聞いてると頭が痛くなると言われた。

暑さのために開け放たれた窓から音楽が流れてくる。風ひとつなく、息苦しくてたまらない。僕は石段に腰掛けて目を閉じた。すると遠くから僕を呼ぶ声がした。「アメリーゴ！　本当にアメリーゴなの？」

道の向こう側からカロリーナが駆け寄ってきて、スミレの香りがふわっと漂う。ヴァイオリンのケースは提げていなかった。「下校時刻になってもぜんぜん見かけないから、ずっと心配してたんだ」

まるであの世から戻ってきた幽霊かなにかを見るように僕を見ている。もしかすると本当に僕は幽霊なのかもしれない。

「遠いところに行ってたんだよ」と僕は言った。カロリーナも成長し、いっぱしのお嬢さんのようだった。

「素敵なところ？」

「ヴァイオリンの弾き方も教わったよ。好きな楽器を教えてあげるって言われたから……カロリーナとおなじのにしたんだ」

するると彼女は顔を背《そむ》けた。もう僕と友達でいるのが嫌になったのかと焦ったけど、そうじゃなかった。悲しみを押し殺してたんだ。「私のヴァイオリンは質屋にあるの。うちのお父さんのお仕事がなくなって、うちは四人きょうだいだから、みんなで助け合わなきゃいけなくて……。私だったら、その素敵なところにずっといただろうな」

「僕のヴァイオリンを弾かせてあげる。その代わり僕にレッスンをしてくれるっていうのはどうかな？」彼女の香りが僕を包んだと思った瞬間、頰にキスが飛んできた。

カロリーナと連れ立って僕のうちの方角に歩きだした。ときおり起こる軽やかな風に、スミレの香りが運ばれてきて、お腹がきゅんとした。「あれから劇場には行ったの？」道すがら、僕はそう尋ねるのが精一杯だった。

「何回か行ったけど、あんまり楽しくなかった。もうアメリーゴは帰ってこないのかと思ってた」

ローマ通りはさっきよりももっと混雑していた。誰もが、イルミネーションで飾られた教会や、行列の支度が整った山車《だし》を見物しようと、プレビシート広場を目指している。大雨のせいで使いものにならなくなった山車がいくつもあって、四台しか残っていないとパキオキアが言っていた。雨に耐え抜いた山車のひとつは「南－北」という名前で、〈子供の救済のための委員会〉の人たちが、列車での僕たちの旅を祝うためにイルヴァ製鉄の工員に頼んで造ってもらったものらしい。

あまりに大勢の人でごった返していて、広いはずのメインストリートが路地よりも狭く感じられるほどだった。僕ははぐれるのが怖くて、カロリーナの手を握ってその界隈を通り抜けた。ようやくうちに着いたものの、カロリーナを家に入れるのは気恥ずかしかった。戸を開けてみると母さんは留守だった。カロリーナが僕のすぐ後ろについて入ってきて、家のなかをぐるりと見まわしたが、なにも言わなかった。僕はカロリーナがどんな家に住んでいるのか知らなかった。デルナのところにいたときには僕一人のための部屋があり、窓からは畑だって見えたんだと言いたかった。でも、無言のままベッドの脇に屈み込んだ。床に這《は》いつくばると、それまでの暑さが嘘のように、ひんやりとした感覚が身体じゅうにひろがった。僕は両方の腕を思いきり伸ばした。なにもない。いったんベッドの下から出て、電気をつけてから、もう一度のぞいてみる。やっぱり僕のヴァイオリンはない。ベッドの下にはなにもなかった。

「きっと母さんが別の場所にしまったんだ……」僕はどぎまぎして言った。「傷まないように」部屋のなかを捜すふりをして、それからまたベッドの脇にしゃがみ込む。

「もう遅くなっちゃったから、帰らないと」と、カロリーナが言った。「また今度見せて」

僕はきれいな色の紙に包まれたヴァイオリンを手にしたときのことを思い出していた。ケースを開けたとたん、木と接着剤のにおいが鼻の奥まで入り込んできたっけ。ピッツォファルコーネの丘にある靴修理工房の接着剤のにおいとはぜんぜん違う。ピアノと靴では、おなじ工房でもまったく別ものだ。次いで、待ちわびていたアントニエッタ母さんからの手紙――マッダレーナに代筆してもらったやつだ――をデルナが見せてくれたときのことを思い出し、月に二回手紙と小包が届くというトンマジーノの言葉が頭をよぎった。僕は涙を拭うなり、路地に飛び出した。

32

マッダレーナはサンタ・ルチア地区のあたりに住んでいた。道の真ん中で五、六人の子供が追いかけっこをしている。列車に乗る前は、僕もあんなふうに遊んでたのに。「マッダレーナという人の家を知らない？」いちばん大きな子に訊いてみた。「ああ、あのコミュニスト？」その子は近寄ってきて、意地の悪そうな目つきで僕をにらんだ。僕はじっと動かなかった。なのに、気がつくとそいつにつかみかかられていた。もう一人の、背が小さくて顔に赤い痣《あざ》がある子が僕の背後にまわる。大柄な子が僕のシャツをつかんで力いっぱい押したものだから、僕はもんどり打って地面に転がった。立ちあがろうとすると、相手は五人で押さえつける。「お前もあの列車に乗ったのか？」大柄な子が言った。僕は答えない。「毎日のように誰かしらやってきては、あの女から手紙を受け取り、食い物の入った小包を持って帰りやがる。黄金の道でも見つけたってのかよ！」「だから俺らはここで待ち伏せしてるのさ」顔に赤痣のあるチビが口を挿《はさ》んだものの、大柄の子ににらまれて口をつぐんだ。「この通りは俺らのもんだから、ここを通りたい奴には、もらった物を寄越してもらう。お前もだぞ」大柄の子が言い放ち、立ちあがりかけていた僕を蹴飛ばして、もう一度地面に転ばせた。「おい、わかったか？」

「どうせ僕にはなにも届いてない」僕は本当のことを言った。

「行ってみなきゃわからないだろう」大柄の子が脅すように言い、僕に立ちあがれと合図した。

「さっさとコミュニストのところへ行ってこい。ここで待ってるから」

　僕は階段を駆けあがり、「クリスクオロ」と書かれたドアをノックした。足音がして、ドアの向こうからマッダレーナが顔をのぞかせた。僕は、下にいた連中につけられているような気がして、急いで中に入った。マッダレーナはなにも言わず、微笑みを浮かべて僕を見た。「アメリーゴです」と僕は言った。「最後まで預かってもらう家族が見つからなかった……」

「憶えてるわ」とマッダレーナが言った。「座ってちょうだい」

　僕はソファーに腰掛けた。肘掛けのところが擦り切れている。自分でも、どうしてここへ来たのかよくわからなかった。この人はどうせ僕のことなんて憶えていやしないし、外に出れば路地の連中に殴られるんだ。そんなことを考えていると、マッダレーナが隣の部屋へ行き、手紙の束を持って戻ってきた。どれも切手の貼られた封筒に入ったままだ。「はい、これ。これで全部よ」

　僕は息を呑んでマッダレーナの顔を見つめた。

「この三か月、あなたが来るのをずっと待ってたのよ。忙しかったの？」

「僕のことを？　どうして？」僕にはなにがなんだかさっぱりわからなかった。

「礼儀として、せめて一通ぐらいは返事を書かないとね。この人たちはあなたの面倒をみてくれて、本当の息子のようにあなたに接してくれた。今でもこうして手紙を書いてくれる。あなたのお母さんは、あなたに直接取りに来させるって言ったけれど、聖人の日が過ぎても、お祭りが過ぎても、誰も来やしない」

　そう言いながらマッダレーナは僕に手紙の束を差し出した。手紙のなかには、デルナやローザ、北部の兄弟やアルチーデの言葉がぎっしり詰まっている。僕の頭のなかで、みんなの声や顔やにおいが弾《はじ》けた。僕がいきなりソファーから立ちあがったものだから、手紙が床に散らばった。

「食べ物の入った小包も届いたのだけれど、誰も取りに来ないものだから、必要としている人たちに配ってしまったわ。もったいないものね」

僕は言葉も出ず、床にしゃがみ込んだ。小さくて細長い癖字でデルナの名前が書かれた一枚の封筒を拾うと、胸に思いきり抱きしめた。端っこがちぎれるほどに。それから立ちあがり、それをポケットにしまった。

マッダレーナが歩み寄って僕の頭を撫でようとした。でも僕は頭をずらして避《よ》けた。もう、あの十一月の朝、列車に乗っていた子供じゃない。

「お母さんからなにも聞いてなかったのね」ようやくマッダレーナも事情が呑み込めたらしい。僕はそのままそこにいたら泣きだしてしまいそうだった。絶対に泣きたくなんかない。「大丈夫、たいした問題じゃないわよ。取り返しのつかないことなんてないんだから。すぐに便箋《びんせん》とペンを用意するから一緒に返事を書きましょう。いいわね？」

「母さんは意地悪だ」僕はそう言い捨てて、外へ出た。

手紙の束はその場に置いたままで。今さら読みたくなんかない。返事だって書かない。きっとそのほうがいいんだ。僕なんて完全に忘れ去られたほうがいいし、僕も、みんなのことを忘れるべきなんだ。仔牛のアメリーゴには別の名前をつければいい。母さんのしたことが正しいんだ。僕はあの人たちとはなんの関わりもない存在だ。ピアノも、ヴァイオリンも、家畜小屋も、パルチザンのベファーナも、小麦粉と卵で作る手打ちパスタも、〈レーニン〉校長も、窓越しの合図も、フェッラーリ先生も、赤や青のペンも、オーバーコートも、赤いバッジも、ノートの罫線《けいせん》のあいだの小さなスペースや大きなスペースに書く文字も……。どれも、切手の貼られた封筒のなかの便箋に収まりきるわけがない。

階段を下りて建物の外に出ると、僕はさっきの子たちに両手を開いてみせた。「見てのとおり、なにも持ってないよ」僕のことを待ち構えていた五、六人の子を相手に言った。「来たときとおなじく、手ぶらで帰るのさ。僕は君たちとおなじだよ。もっと不幸かもしれない」

33

家では、母さんが黒オリーブとケーパーのパスタを作って待っていた。子供列車に乗る前には僕の大好物だった料理だ。僕はベッドに身を投げ出した。

「どうしたの？　お腹が減ってないの？」

手紙のことは黙っていた。べつに母さんに腹を立ててたわけじゃないけど、食べる気にはなれなかった。朝からなにも食べてないというのに。母さんはベッドの僕の脇に腰掛けた。デルナが毎晩そうしてくれてたように。「具合でも悪いの？」母さんは、僕の額に手を当てた。「熱はないみたいだけど、少し顔色が青いわね」母さんの視線はサイドテーブルに飾られたルイジ兄さんに向けられていた。「最近、ずいぶん痩《や》せちゃって……」それからテーブルに戻り、椅子に座った。「あんたの分もよそったから、こっちにおいで」

「僕のヴァイオリンをどこへやったの？」僕はベッドから動かずに尋ねた。

返事はない。しばらくして、母さんがまた言った。「こっちへおいで。パスタが冷めるよ」

僕はそれでも動かなかった。「僕のヴァイオリンがどこにあるのか教えて」声が震えた。

「ヴァイオリンがあっても食べていけないでしょ。ヴァイオリンなんてものは、生活に余裕のある人たちのものなの」

「あれは僕のだ。どこへやったの！」僕は思わず叫んでいた。

「あるべき場所に持っていっただけ」母さんが静かに答えたので、僕の叫び声が虚《むな》しく響いた。母さんは食卓から立ちあがり、部屋を横切ると、ふたたび僕のそばに腰掛けた。「ヴァイオリンを売ったお金で、食べ物と、あんたのために新しい靴を買ったの。あんたの足は、雑草のようにぐんぐん伸びるから。いくらか残った分は、いざというときのために貯めてある。なにが起こるかわからないからね」母さんはそう言うと、またサイドテーブルの上の、母さんとおなじ黒髪の少年の写真に目をやった。それから、今まで一度もしなかったことをした。身を寄せると、両腕で僕を抱きしめたんだ。僕の顔も鼻も目も母さんの匂いでいっぱいになった。温かな匂いだ。生温かくて甘ったるい。僕は目をぎゅっと閉じ、息を止めていた。

「アメリ、そろそろ夢から目を覚ましなさい。あんたの人生はここにあるの。なのにあんたは、糸の切れた凧のように朝から晩までほっつき歩き、いつだって上《うわ》の空で、疲れた顔をしてる。いいかげんになさい。さもないとあんたまで病気になってしまうよ」母さんは僕の目の奥をじっと見つめた。「あんたのためによかれと思ってしたことなの」

僕は身をよじって母さんの腕から脱け出し、ベッドから起きあがった。なにが僕のためになるのか、母さんにわかるというのか？　そんなこと誰にもわかりはしない。マリウッチャのように、北部にとどまったまま二度と戻らないのが、僕のためだとしたら？　子供列車になんか乗らずに、ずっとこの家にいるべきだったのかもしれないし、音楽を勉強して、劇場で演奏するのが僕のためになるかもしれないじゃないか。僕はそうした気持ちをそっくり母さんにぶつけたかったのに、唯一頭に浮かんだのは、もう二度と戻ってくることのない、ケースに名前の入った僕のヴァイオリンだった。「母さんの嘘つき……」お仕舞いまで言わないうちに強烈な平手打ちが飛んできて、歯と歯のあいだに舌が挟まり、あまりの痛さに口も利けなかった。

34

僕は家を飛び出し、通りを駆け抜けた。人混みに呑み込まれないように細い路地を通る。アルチーデに買ってもらった古い靴が踵《かかと》の後ろに食い込む。一度も後ろを振り向かず、がむしゃらに進んだ。プレビシート広場からお祭りの音楽が流れてくる。あたりが暗くなったのでイルミネーションが点灯していた。色とりどりの無数の小さな電球が壁や窓の輪郭をたどっている。真っ暗な空に浮かぶ星の街みたいだ。僕はいっそのこと、このまま迷子になってしまいたかった。でも、どの路地も知りつくしていて、長屋《バッソ》の一軒残らず、門の一つひとつまで憶えている。僕は灯《あか》りを追いかけながら走った。フィグレッラ・ア・モンテカルヴァリオ路地を抜け、スペランツェッラ通りを曲がり、トレ・レ・ア・トレド路地のサンタ・マリア・フランチェスカ教会の前に出る。聖女の奇蹟の椅子がある教会だ。何度もトンマジーノと一緒に教会の前まで話を聞きに来たことがあったが、なかに入ったことは一度もなかった。

話はいつだっておなじだった。町のあちらこちらからだけでなく町の外からも、子宝に恵まれない女の人たちが、母親や姉妹、義理の姉妹や姑など、身内の女の人に付き添われて教会を訪れては、子供が授かりますようにと祈りを捧げている。貧しい人もお金持ちの人も、分け隔てなく。子供がたくさん生まれる人もいれば、一人も生まれない人もいるんだなと僕は漠然と考えていた。ひもじい暮らしをしているアントニエッタ母さんのところには、父親もいないというのにルイジ兄さんと僕が生まれた。きれいな色の服で着飾り、ぴかぴかの靴を履いている女の人たちには、ちゃんと旦那さんもいて、なにひとつ不自由のない暮らしを送っているのに、子供が一人もできない。ザンドラリオーナが言うような公平な世の中だったら、きちんと育てられる人のところにだけ子供が生まれてくるはずなのに。

その時間になってもまだ、サンタ・マリア・フランチェスカ教会の外には女の人たちが並んでいた。白くてがさがさの顔をした年老いた修道女が近づいてくる。追い出されるのかと思ったら、僕の手をとり、温めなおしたスープの匂いのする部屋に連れていってくれた。見知らぬ子供たちが食事をしているテーブルに僕を案内すると、「お食べなさい」と言った。僕のことを、戦災孤児のための食堂に通う子供と取り違えたらしい。今晩の僕は、父親もいなければ母親もいない子たちとおなじ心境だったから、勧められるままにスープを飲み、パンとトマトとリンゴを食べた。食事が終わると、年老いた修道女は別の部屋へ行き、子宝の恩寵《おんちょう》を授かるために女の人たちが座る奇蹟の椅子の前の腰掛けに座った。そして一人ひとりの手を握りながら、もう片方の手で、赤ちゃんが生まれてくるだろうお腹の上で十字を切っている。女の人たちはお祈りを捧げると、修道女に礼を言って帰っていった。

教会を出たら、あたりはますます暗くなっていて、通りからは人影が消えていた。わずかばかり残った人たちは、花火を見、歌を聴くためにメルジェッリーナ地区へと急いでいた。

今頃デルナはなにをしているんだろう。蟬《せみ》の声だけが聞こえる静かな通りを、家に向かって歩いているだろうか。家で一人の食卓の準備をしているだろうか。あるいは工場で働く女の人たちとの会合からの帰りがけに、ローザの家へ寄り、照明のついた食卓で料理がたっぷり盛られたお皿を前にしているだろうか。僕はポケットに手を入れ、デルナの手紙をそっと撫でた。お腹の底に、強烈な悲しみが込みあげる。路地を歩くのはやめてローマ通りに出てみたが、すでに大通りも閑散としていた。遠くから聞こえる物音は、歓声と歌声と音楽が混じり合っていて、音程が狂った楽器のように調子っぱずれだ。アルチーデに調律してもらう必要がありそうだ。

そのとき背後で大きな破裂音がした。空から爆弾が降ってきたときの音を思い出して、足ががくがく震えた。あの頃、空ではイルミネーションの代わりに戦火が光り、花火ではなく飛行機から落とされる榴弾《りゅうだん》の破裂音が鳴り響いていた。僕は全速力で走りだしたものの、靴のせいで足が痛み、すぐに立ち止まった。振り向くと、大きなものがこちらに向かってくるのが見えた。

山車《だし》の行列が、大勢の見物客を後ろに従えて、街を練り歩いていた。山車はとてつもなく大きく、暗闇のなかで輝いている。僕はその光景に心を奪われ、見惚《みと》れていた。近づくにつれて山車はますます巨大になる。まるで駅のホームに入ってくる列車みたいだ。先頭の山車は、まさしく列車の形をしていて、蒸気機関車の後ろには、声を張りあげて手を振っている子供たちを大勢乗せた客車が連結されている。〈子供の救済のための委員会〉の人たちが造った山車で、乗っているのは僕たちみたいだ。でも僕たちじゃない。列車は本物のように見えたけれど、本物ではなかった。どれも偽物だ。僕はもう嘘なんて信じない。そのままくるりと踵《きびす》を返し、靴を脱ぐと、レッティフィーロ街の方角へと走りだした。

35

駅には本物の列車が停まっていた。あの日、僕が生まれて初めて乗ったのとおなじ列車だが、子供たちは乗っていない。静まり返り、誰も通路を走りまわりはしない。乗客のほとんどが旅行鞄を持った男の人たちで、家族連れの姿はちらほら見かける程度だ。そして、僕。山車の音楽も、お祭りの破裂音もここまでは追いかけてこない。この時間に出発する人たちは、誰もお祭りを祝う気分ではないようだ。

検札係がホームを通りかかったので、この列車は出発するのですかと尋ねてみた。すると、もちろん出発するに決まってるだろう、お飾りのためにここに列車が置いてあるとでも思ってるのかという答えが返ってきた。そして、そんなところでなにをうろうろしてるのかと訊かれた。僕は、母さんと父さんとルイジ兄さんと一緒に、ボローニャまで伯母さんに会いに行くところで、この列車でいいのか確かめてこいと言われたんですと説明した。検札係の人は帽子を持ちあげ、制服の袖で汗を拭った。

「気をつけるんだぞ。夜は良からぬ連中がうろついてるからな。お母さんのところまで一緒に行ってあげよう」

ちょうどホームの突き当たりに女の人の姿が見えたので、僕は「すぐそこにいるから大丈夫です」と言って、その女の人のところへ駆け寄るふりをした。しばらく行ったところで立ち止まって振り向くと、検札係は反対の方向に歩きだしていた。

僕は足の痛みを堪《こら》えてまた靴を履いた。そして母さんじゃない女の人のそばに行き、列車のドアが開くのを待った。女の人と一緒に列車に乗り込む。女の人はすぐに自分の座る席を見つけた。僕はどこへ座ればいいのかわからなかった。さっきの検札係か、別の検札係がやってきて、僕が切符を持ってないことに気づき、降ろされるのではないかとびくびくしていた。女の人は二人の子供を連れている。男の子と、乳母車に乗った小さな女の子。男の子のほうは瞼がひとりでに落ちてくるらしく、すぐにお母さんの膝に頭をもたせて眠ってしまった。僕は母子《おやこ》の向かい側の席に座り、窓に顔を押し当てた。ガラスは冷たくてすべすべだ。顔がひんやりする感触は心地よかった。明日、到着したら、僕もデルナのそばで眠るんだ。きっと物語を読んでくれたり、工場で働く女の人たちの話をしてくれたりするだろう。一緒に歌を歌い、海にだって連れてってもらうんだ。今度は、一人で遠くに行って波のあいだに沈んだりはしない。二度とするもんか。

向かいの席の女の人は、鞄から木綿の糸を取り出して編み物を始めた。針を何度も行ったり来たりさせているうちに、ピンク色のブランケットの長さが少しずつ伸びていき、眠っている男の子の肩の上にかぶさっていく。見ているうちに、アントニエッタ母さんが古い裁縫箱をくれたときのことを思い出した。ザンドラリオーナの家の床下に隠してある箱だ。今頃二人とも血眼《ちまなこ》になって、僕のことをあちこち捜しまわっているにちがいない。でも僕はどこにもいない。駅長の笛が響き渡った。僕はぱっと立ちあがり、窓の外を見た。

「一人でどこまで行くのかな？」女の人が尋ねた。「家出でもしてきたの？」

僕は本当のことを打ち明け、客車から降りて家に帰りたかった。でも、いったいどこが僕の家なのかわからなかった。

列車がゆっくりと動きだす。マッダレーナの家に置いてきたデルナからの手紙の束はもう戻ってこない。僕の名前が書かれたヴァイオリンケースも、僕のヴァイオリンももう戻ってこない。けれども、この線路の先まで行き着くことができたら、もうひとつ別のヴァイオリンがもらえるかもしれない。

そこで僕は座席に座りなおして、嘘を考えた。ふとサンタ・マリア・フランチェスカ教会の戦災孤児たちの食堂を思い出して、ひと息に言った。「母さんが死んじゃったんです」

そんなことを言っている自分が情けなくて舌がひりひりしたが、やめなかった。モデナに住んでいる伯母さんのところへ行かなくてはいけないのだと説明した。ポケットに入っていたデルナからの手紙を見せながら。

「それはかわいそうに。神様のご加護がありますように」女の人は目に涙を浮かべた。

僕の話を信じたみたいだった。嘘をつくのは初めてじゃない。でも、今回の嘘はこれまでのとは違っていた。あんまり上手についたものだから、自分まで信じてしまいそうになる。そして、つい た嘘が現実になるんじゃないかと恐ろしかった。

女の人は慰めの言葉を続けた。「かわいそうにねえ。でも、きっとなんとかなる。そのうちにいいこともあるわよ」そう言って、両手で僕の顔を包み込んだ。僕は、やましさのあまり頬が火照《ほて》るのを感じて、顔を背けた。

そのうちに悲しみよりも疲れのほうが勝《まさ》ってきて、僕は女の人の隣の空いている席に両脚を伸ばした。すると瞼がひとりでに閉じ、眠りに落ちた。

夢のなかで僕は、トンマジーノと一緒にサングロ王子の礼拝堂でかくれんぼうをしていた。僕は見つからないように、骨と血管がむき出しになっている二体の骸骨のうちの片方が置かれた場所にいた。ミイラのあいだに紛れ込んでいる僕を見たら、トンマジーノはぎょっとするに決まってると思いながら、僕はにんまり笑っていた。僕の隠れている部屋に入ってきても、トンマジーノは僕を見つけられない。あんまり上手に隠れているものだから、彼の目には映らないらしかった。僕は、骸骨と、まるで生きてるように見える石像のあいだにいた。見つけてもらいたくて、ここだよ、ここにいるよ、と叫んだのに、聞こえないみたいだった。

自分の叫び声で僕は目が覚めた。窓から外を見ると、月もなければ、星もひとつもなく、ひたすら暗闇がひろがるばかり。向かいの席の女の人が言った。「どうしたの？　大丈夫、悪い夢を見ただけよ。こっちにいらっしゃい」

僕が身体を寄せると、女の人はぐっすりと眠っている男の子の頭の下にあった手を伸ばし、僕の寝汗を拭って、髪を撫でてくれた。

「嫌なことは忘れて、眠りなさい。心配しなくて大丈夫。私がそばにいるから」

そして席を詰めて僕を隣に座らせてくれた。僕たちは三人でひとつの塊になっていた。女の人と、その膝で眠る男の子、それに僕。女の人はまた編み物を始めた。一段、また一段と編むうちに、ピンクのブランケットは僕の肩まで届くようになる。お母さんと一緒の安心感から男の子をぐっすりと眠らせている睡魔が僕にもとりついて、眠れたらどんなにいいか。頭のなかから嫌な考えを追い払ってくれて、瞼が重くなってきますように……。そう願えば願うほど、目が冴えた。

第四部

一九九四年

36

　昨日の晩のことでした。あなたは翌日のためにジェノヴェーゼ・ソースを作ったのですね。俎板《まないた》も木杓子《きじゃくし》も鍋も洗って、水切りラックに並べてから、エプロンを外してきちんと畳《たた》み、キッチンの椅子の上に置いた。そしてネグリジェに着替え、髪をほどいた。まだ大半が黒々として美しいその髪を。あなたは髪を結わいたままで寝るのが嫌いでしたから。やがてベッドに横になり、灯《あか》りを消した。ジェノヴェーゼは、ひと晩「寝かせて」おくつもりだったのでしょう。ジェノヴェーゼは寝かせないと美味《おい》しくならないの、あなたはよくそう言っていましたね。いつしかあなたも寝入り、そのまま安らかな眠りに就いた……。

　今朝、まだ明けやらぬ頃に電話が鳴りました。三度目のコールで受話器を取り、報《しら》せを受けたとき、私はこの何年ものあいだ、いつかこの日が来るという恐怖をずっと心のなかに呪いのように抱えて生きてきたのだと思い知りました。泣くことさえできませんでした。ただ、ああ、とうとう呪いが成就したのだなと思いました。私は答えました。はい、わかりました。そうですね、いちばん早い便でそちらに向かいましょう。そしてすぐに家を出ました。あなたが夜中に独りで逝ってしまった今、私はもう、いつ電話が鳴ろうとも怯《おび》えることはありません。

　飛行機から降りたとたん、熱気の袋に入ったようです。片手にスーツケース、もう一方の手にはヴァイオリンケース。のろのろと走るランプバスから到着ロビーの前で降ろされ、そのまま通路を歩き、自動ドアの前まで進みました。ドアが開いても、出迎えてくれる人は誰もいません。空港の出口へと向かうあいだ、ミュンヘン行きへの搭乗をうながすアナウンスが流れています。空港を出たところで、スペイン人の観光客のグループが近づいてきて道を尋ねられましたが、自分もこの町では余所者《よそもの》なのだと言いたくなくて、質問が理解できなかったふりをしました。うだるような暑さに加えて、靴擦《ず》れが痛みます。新しい靴を履くたびに、踵《かかと》に靴擦れができるのです。空港の人工的な涼気の外に出たとたん、明るい色の麻のジャケットが身体《からだ》に貼りつきます。

タクシーを見つけて、プレビシート広場まで、と目的地を告げると、降りてきた運転手がトランクを開け、私の手からスーツケースとヴァイオリンを受け取ろうとします。

「ヴァイオリンは結構。自分で持ちます」と、私は言いました。

途中、タクシーの窓から外の景色を眺めます。建物も店も通りも、なにも語りかけてはきません。これまでにも何度かナポリに戻りましたが、そのたびに私はさっさと用事をすませ、あなたに手短に挨拶するだけで、一度も家に入ることはありませんでした。私が自分の実家に羞恥心《しゅうちしん》を抱いていることを、あなたは恥じていましたね。あなたとは、いつもトレド通りで待ち合わせをしました。あの頃は「ローマ通り」と呼ばれていましたが。海の見えるテーブル席を予約して、外で一緒にランチをしました。あなたは海の水が怖いと言っていたくせに、あの席で食事をするのは好きでした。あなたにとって海は、ただ汚くて、じめじめしていて、嫌な臭いのする場所でしかなかったのでしょう。最初のうちはアゴスティーノも一緒でした。まだ幼くて、あなたの言うことをおとなしく聞いていたうちは。ところが大きくなるにつれ、なにかと口実を見つけては来なくなりました。「用事があるんだ」と言って。そのほうがいいと私は思っていました。あなたは、私と弟がもっと強い絆で結ばれることを望んでいたようでした。でも、どんな絆があるというのでしょう。

タクシーのなかで、私は座席の背もたれに頭をもたせて目を閉じます。服が汗で身体にべっとりと貼りつき、踵の靴擦れがずきずきと痛みます。

タクシーの運転手がバックミラー越しにこちらの様子をうかがい、「音楽のマエストロですか?」と、狭くて長い道を通り抜けながら尋ねました。

「いいえ、役者です」私は口から出まかせを言いました。ですが、ヴァイオリンを持っていることを思い出し、言い添えます。「今度ヴァイオリニストの役を演じるので、役柄の気持ちになりきれるように、ヴァイオリンを持ち歩いているのです」

広場で降ろしてもらい、陽射しで黄金色に染まった道を進みます。あなたの住む路地裏へと続く、薄暗い坂道との交差点で立ち止まり、私はしばらく時間をやり過ごします。まだ心の準備ができていないのです。とはいえ、心の準備なんておそらくいつまで経ってもできはしないのでしょう。ポケットからハンカチを出します。涙はこぼれません。額《ひたい》の汗を拭って、ふたたび歩きはじめることにしました。

37

路地を上っていくと、増す一方だった暑さがいくらか和《やわ》らぎます。通りに向かって開け放たれた長屋《バッソ》から吹きあがる涼気にひるむのでしょう。路地の両側で鏡像のように向き合って軒を連ねる家々は、通り越しにロープを渡して洗濯物を干しているものですから、アスファルトの上に恵みのような細長い影を落としています。住民たちから、余所者を見るときの訝《いぶか》るような眼差《まなざ》しがこちらに向けられます。上り坂なうえに足も痛みますが、私は歩くスピードを速めます。あなたが日々顔を合わせ、挨拶をし、その挨拶に応えていた人たちと目を合わせないように。あの人たちの言葉は聞きたくありません。様々な響きや物音、そして声が耳のなかに入り込み、出ていかないのです。幼い時分からそうでした。ひとたび耳に入り込んだら、消えることはなかった。路地裏の人たちは、話すときでも歌っているようでした。そのいつもおなじメロディーは、少しも変わっていませんね。私は彼らの身体との接触を避けるために、両手をポケットに入れ、財布と身分証明書があるべき場所にしまわれているか確認します。子供のギャング団に襲われて、乱暴されたうえに金品を盗まれた観光客の話も耳にしました。そのたびに私は、自分もそうしたギャング団の一員になっていたかもしれないと思ったものです。決して成熟することのないこの町では、子供だけが急いで大人になることを強《し》いられるのです。

あなたの家のドアの前に立つと、心臓が喉《のど》から飛び出しそうになり、手は氷のように冷たく感じます。何十年かぶりにここに戻ってきて、感情が昂《たかぶ》っているからだけではありませんし、あなたがあの部屋の、いつも一緒に寝ていたベッドの上で、まだ黒々とした髪をほどいて横たわっているという痛みからだけでもありません。恐怖に近い感覚と言ったらいいのでしょうか。不潔さに対する、貧しさに対する、窮乏に対する恐怖。自分は他人の人生を生き、他人の名字を名乗ってきた詐欺師であるという恐怖。長い歳月のあいだ、その恐怖は私の頭の片隅で縮こまっていたものの、消えてなくなることはなく、常に機会をうかがっていたのです。今のように、私がこの錠の掛かった戸の前に立つ瞬間を。あなたにはなにも怖いものなどありませんでしたね。いつだって背すじをまっすぐ伸ばして歩いていた。怖いものなんてありっこない、どれも空想にすぎないの。あなたにそう言われ、私は心のなかで何度もその言葉を繰り返してみましたが、確信できたことは一度もありませんでした。

門の奥から大きな灰色の猫が現われ、すり寄ってくると私の靴のにおいを嗅ぎます。〈ぽってりチーズ〉だ、と私は思いました。路地裏に棲みついていた猫で、私が硬くなったパンと少しの牛乳をやるたびに、あなたはぞんざいに追い払っていましたね。ですが記憶はあやふやで、その見知らぬ猫は毛を逆立て、嵐を吹くと行ってしまいました。私はドアノブに手をかけたものの、自分がいったいなにをしに来たのかわからなくなりました。もしかすると、このまま立ち去ったほうがいいのかもしれません。

そのとき、小路から転がってきたオレンジ色のボールが、浮いた敷石《バッソ》に当たって弾み、こちらへ跳ね返り、私の膝に当たりました。そして、あなたの家の向かいの長屋の前に駐《と》めてあったスクーターのタイヤのあいだに嵌《はま》ったのです。ボールを追って駆けてきた少年にボールが隠れている場所を教えてやると、彼はしゃがみ込んでボールを取ろうとします。膝の擦り切れたジーンズに、紐のほどけた靴、色褪せたTシャツ。少年はボールを抱きかかえるなり、私のほうを見てにっと笑い、また走って行ってしまいます。幸せそうに見えました。もしかすると私もあんなふうに幸せそうだったのかもしれません。はるか昔のことですが。通りの突き当たりへと消えていく少年を目で追っているうちに、それまで現在に合わせようと懸命に引き伸ばしていた、擦り切れ古ぼけた記憶の布が、不意にぴったりのサイズとなり、ミリ単位の正確さで私の目に馴染《なじ》みました。

赤い髪の私が路地裏から飛び出してきます。一本抜けた歯は、子ネズミがチーズの皮と一緒に持っていってくれたのでしょう。膝小僧は痣《あざ》だらけで皮がむけています。冬の始まりを告げる冷え込みのあった十一月のある朝、私たちは一緒に通りを歩いていましたね。あなたが前で、私はすぐその後ろを。

38

静かにドアをノックしましたが、誰も出てくる気配はありません。押してみるとドアが開きました。合わせた板戸の隙間からわずかに光が射しています。テーブルと椅子に、小さな簡易キッチン、左手にトイレと洗面所、そして奥にはベッド。入口で見まわしただけであなたの家のすべてが視界に収まります。藁《わら》編《あ》みの椅子も、床の六角形のタイルも、アンティーク・ブラウンのテーブルも、昔とほとんど変わっていませんね。テレビの上にはあなたの手作りのテーブルセンターが敷かれ、その上には誕生日に私がプレゼントしたラジオ、ハンガーには花柄のブラウスが掛けられ、ベッドには祖母のフィロメーナがかぎ針で編んだ白いベッドカバーが掛かっています。ただし、そこにはもうあなたの姿はありません。

コンロの上には、ジェノヴェーゼの入った鍋。小さな家に染みついた調理済みの玉葱のにおいが、あなたは次の日も生きていて、自分の椅子に座ってそれを食べる予定だったことを物語っています。

わずか数歩で私は室内の状況を確認し終えました。あなたの人生を要約するのはわけないことです。どこにでもあるようなごく平凡な人生。爪先が擦り切れたスリッパ、ヘアピン、何十年ものあいだあなたの姿を映し続け、日ごとに少しずつ老いていく像を返していた鏡。私はなににも触れることができません。あなたのわずかばかりの持ち物をいじるのは冒瀆《ぼうとく》のように思えます。出窓に置かれたバジルの鉢植えは土がまだ湿っているし、バスルームのカーテンレールには、右の親指の部分に何度も繕《つくろ》った跡のある靴下が干されています。「きれいだから」と、ピンクや黄色や水色に染めた水を入れて食器棚に飾られたリキュールの空き瓶。

すべてをそっくりそのまま安全な場所に移したいという衝動に駆られます。あたかも、あなたの家が今にも水没しかけているかのように。小引き出しの上の爪切りの隣には、骨製の櫛《くし》が置かれています。私はそれをそっと撫で、掌《てのひら》にのせて重みを確かめてから胸ポケットにしまいましたが、すぐに思いなおして元の場所に戻しました。櫛の定位置とあなたが決めたその場所に。自分がコソ泥か、さもなければあなたのプライバシーをのぞくために忍び込んだ赤の他人のような気がしたのです。玄関の戸を開けると、暗がりに陽光がいくらか射しました。いったん家を出かけたものの、私はキッチンに引き返しました。そして、まるであなたに寄り添うように、コンロの上に鍋を置くまでの昨日の動きを順に頭のなかでたどってみたのです。向かいの精肉店で、「柔らかいのをお願い」と言って牛肉を買い、路地の突き当たりの角の青果店で玉葱と人参とセロリを買う。そしてカンデーレ〔細長い筒形のパスタ〕を器に手で割り入れる。オリーブオイルで玉葱をぱちぱちと音を立てて炒め、火が通ったところでワインをぐるりとまわし入れ、残った酸味を消す。肉は、熱を加え、じっくりと時間をかけて調理することによってほぐれていきますが、それは人でもおなじでしょう。沸いたお湯のなかでパスタの硬さがしだいに失われ、弾力のある歯応えになるのです。

時計を見やると、ちょうど昼食の時間でした。まるであなたが料理をして、訪ねてくる私を待っていたかのように。私は蓋《ふた》を持ちあげ、フォークを手に持つと、あなたの最後の意志を受けとめました。

パスタを食べ終えたあと、鍋を洗って水切りにかぶせます。それから戸を閉めて路地に出ると、来た道を引き返してメインストリートに戻ります。通りの黒い敷石を踏みしめる私の靴音、頭上から道に降り注ぐ洗濯物の列、家々の横で居眠りしている馬のようなスクーター。道に直接面した窓や戸は、暑さのために開け放たれていて、洞窟のような狭い部屋で身を寄せ合う人々の暮らしぶりが嫌でも目に入ります。

知らない女性が長屋から出てきました。まっすぐな黒髪で、まだ若々しいその顔には苦労の跡が刻まれています。強烈な陽射しを避けようと片手をかざし、閉じかげんの目で私を見ました。「もしかして亡くなったアントニエッタさん——どうか安らかにお眠りください——の上の息子さん？ ヴァイオリニストの……」

「いいえ。甥《バッソ》です」と私は手短に答え、歩き続けます。ごうつくばりでお節介な、路地裏の人々とは関わりたくないのです。それに、この見ず知らずの女性が、あなたの名前を、まるで死んだ者の名前のように口にしたのも癪《しゃく》に障りました。彼女は私の後ろを何歩かついてきます。「今朝、連れていかれてしまったよ。暑いからって。わかるかい？ ここに置いておくわけにはいかないそうだ。家は狭いし、今日はこれから気温がぐんぐん上がるとテレビでも言ってたもんだから……。あたしの言うことを聞いてるかい？ 聞こえてない？」最後のほうは怒鳴り声でした。私は振り向くと、こめかみのあたりに手を当てて、「片方の耳がよく聞こえないもので……」と嘘をつきました。「あら、それは悪かったね」女性は怪訝《けげん》な顔で言いました。「明日の朝、サンタ・マリア・フランチェスカ教会で、八時半から葬儀のミサが執り行われるそうだよ」もう一度疑いの目で私をじろりとにらんでから、家のなかに引っ込んでいきました。そして、家のなかから私に怒鳴ったのです。「あんたから息子に伝えておくれよ！」おそらく彼女は、生涯をこの路地裏で過ごしたあなたに対する敬意からそう言ったのであって、家出したきり、滅多に会いに来ることもなかった息子のために言ったわけではないのでしょう。

私はトレド通りをまっすぐ戻るのはやめて、暑さを避けるために、路地を抜けることにしました。蠟燭《ろうそく》や花が供えられた奉納礼拝堂や、人々の暗い顔、ゆがんだ歯、嗄《しゃが》れ声などに気をとられながら歩いているうちに、ふと気づいたら、かつて奇蹟の椅子の修道女が、スープとオリーブオイルのついたパン、それにトマトとリンゴを食べさせてくれた教会の前にいました。先ほどの女性が言っていたように、明日の朝、ここであなたの葬儀のミサが執り行われるのですね。私はなかには入らずに、数分、その前で立ちつくしていました。祈りを捧げるふりをしながら、自分はここから逃げ出し、またここに舞い戻ってきたのだと考えていたのです。それなのに今度は、あなたのほうが別れも告げずに逝ってしまった。そして、もう戻ってはこない……。

39

私はふたたびプレビシート広場を抜けて、立派なホテルが立ち並ぶ海岸通りに出ました。そのうちの何軒かは、以前帰ったときに滞在したことがあります。そんな私をあなたは、ずいぶんお金持ちになったのね、雑草はよく育つと言うから、とからかっていましたね。私は、あなたに家を買ってあげたいと考えたこともありました。階段があって、バルコニーがあって、インターホンのあるごく普通の家を。でもあなたは、嫌よ、引っ越しなんてしたくない、と言っていました。移動するのはあんたのほうで、あたしはいつもおなじ場所にとどまるの、と。あんたの弟のアゴスティーノも、何年も前から、ヴォメロの丘の上のあの子の家で、嫁とみんなで暮らさないかと言うのよ。本当に優しい子でね……。おまけに部屋だって家具だって立派だし、眺めも最高なの。

あなたはミラノの私の家には一度も来ようとしませんでしたね。モデナにだって、私がデルナとアルチーデとローザの許《もと》で暮らしていた長い歳月のあいだ、一度も来ませんでした。ひょっとするとあなたは列車が苦手だったのかもしれませんね。確かめたことはありませんが。今となってはもう、尋ねることもできません。あなたもそう感じていたのかどうかはわかりませんが、おそらく私たちは、遠く離れた場所からお互いのことを想い合っていたのでしょう。

私はいちばん高級なホテルの前で足をとめ、ガラスの扉を前に押しました。そのとたん冷たい空気に包まれ、汗が引っ込みます。私はフロントで、空いている部屋はないかと尋ねました。「ご予約はなさっていますか?」「いいえ」と答えると、コンシェルジュが探るように私を見ました。「残念ながら、今夜は満室です」コンシェルジュは金縁の小ぶりな眼鏡をかけて、薄くなった髪をジェルで後ろに撫でつけ、横柄な態度をとっています。さながら、ポケットに持っているのがスイートルームの鍵ではなく、天国の鍵であるかのように。彼にしてみればどちらもおなじことなのかもしれません。

「昨夜《ゆうべ》、娘が出産したもので、生まれたばかりの孫に会いに来たのです」私は口から出まかせを言い、部屋に案内してもらえるよう、たっぷりとチップを弾みます。

「そうでしたか。では、ご要望にお応えできるように調整しましょう」彼はそう言うと、制服姿の若者に、上の階までスーツケースとヴァイオリンを運ぶように指示しました。

「いいえ、ヴァイオリンは結構です。自分で持っていきますから」と、私は言いました。コンシェルジュはフロントのカウンター越しに軽く会釈すると、眼鏡のレンズの上から眉根を寄せて私を見て、

「何日ご滞在なさいますか？」と小声で尋ねました。私は両方の掌《てのひら》を上に向け、わからないというように腕をひろげてみせます。

「海に面した、心地よいお部屋をご案内できることになりました」彼はそう言いながら、鍵を渡してくれました。宿泊台帳に記入するために私が身分証を差し出すと、「お孫さんのお誕生、おめでとうございます！」と、満面の笑みを見せました。そして、「すぐにお部屋までお返しにあがりますので」と断ってから、それを受け取りました。

若いホテルマンは部屋のある階へと私を案内すると、ドアを開けて部屋を見せ、お気に召されましたかと確認します。私は礼を言い、チップとして一枚の紙幣を渡しました。ヴァイオリンをベッドの上に置いてから、部屋をぐるりと一周し、バルコニーにつながる窓を開けます。そうして二つの異なる空気のあいだに生じた風に当たりながら、しばらくじっとしていました。よく冷えた部屋の空気と、二階下のアスファルトから立ちのぼる熱せられた空気。私はひどく疲れていました。まるでナポリまで歩いてたどり着いたかのような、はるか昔からひきずる疲労感に襲われていたのです。列車に乗ってこの町を逃げ出したあの日からの歳月が、そっくり肩にのしかかっているかのように。ジャケットを脱いで、ワイシャツの袖をたくしあげると、ケースからヴァイオリンを取り出します。小さなバルコニーに顔を出して、そのまましばらく海を眺めています。町の片側に境界線のように描かれた碧《あお》い線。優しい抱擁のような港のカーブに包まれているうちに、お母さん、私はなぜ、あなたを抱きしめ返すことができなかったのだろうと悔恨の念が込みあげてきました。「母さんの嘘つき……」と言い放ち、駅へと走ったあの晩から、私たちは互いを理解できず、裏切り続けてきました。

あの晩、私は知らない女の人の腕に抱かれて眠りました。その人に、自分の母親は死に、天涯孤独になったのだと嘘をついて。その人は、明け方にやってきた検札係に、私のことも、ほかの二人の子供と同様、自分の子供だと言ってくれました。そしてモデナまでの長距離バスの切符を買い、私をバスに乗せてくれただけでなく、バスが走りだして、私が後部の窓ガラス越しに手を振るまで見届けてくれたのです。

玄関ドアの陰から私が顔を出したとたん、ローザは目に涙を浮かべました。私が誰にもなにも告げず、一人でやってきたなんて、信じられないようでした。すぐにデルナもやってきて、マッダレーナに電話で報せるために走っていきました。あなたが私の身をひどく案じ、地区の隅々まで捜しまわっているにちがいないと言いながら。そのとき私は、あなたがベッドのサイドテーブルに飾っていた男の子の肖像写真を思い出していました。一度も会うことのなかった兄の写真。私は父親とも会ったことがありませんし、あなたの両親にも会ったことがありません。あなたに一人残された息子は、雑草だったのです。それからしばらくして、あなたからの手紙が一通届きました。あなたが怒っているのかいないのか、私にはわかりませんでした。手紙には、デルナたちのところで預かってくれるというのなら、それで構わないけれど、そうでないならすぐにナポリへ帰ってくるようにとだけ書かれていました。そうして結局、私は向こうにとどまったのです。

40

ホテルで私は、エアコンを最大限に利かせ、なにもせずに明日まで時が過ぎるのを待っています。

昼下がりの静寂を破り、二階下の通りから喚声が聞こえてきます。「カルミネ！」窓からのぞくと、五人の少年がホテルの前の道を通り過ぎては立ち止まり、また戻ってきます。年の頃はいちばん大きな子が十二歳ぐらい、小さな子は七歳か八歳ぐらいでしょうか。観察していると、チップをせびろうとしているのか、あるいはちょっとした物をかっぱらおうとしているのか、観光客の後をつけていきます。いちばん小さな黒い髪の少年が、ふと顔をあげてこちらを見ました。私は視線を逸《そ》らし、子供たちの声を部屋から追い出そうと、バルコニーの窓を慌てて閉めますが、彼らのその訛《なま》りのある話し声は、とっくに耳の奥に入り込んでいました。かつて何時間も路地で遊びほうけ、日が暮れるとあなたの許に帰っていた、あの頃の子供たちの声となんら変わっていません。

ベッドの上にはヴァイオリンがあります。子供たちの声を遠ざけるためにアリアを一曲奏でてみたものの、静まりこそすれ消えることはなく、それと一緒に幼少期の物音が私の記憶の底から湧きあがってきました。最初に聞こえてきたのは子供たちの甲高い声。年齢によって、ヴァイオリンだったりヴィオラだったりチェロだったり。続いて女たちのコントラバス。男声に近い、喉の奥で響かせる低い音が日々の暮らしにリズムを刻みます。そして最後に男たちの木管楽器。ピッコロやクラリネット、フルートなど、逆にどこか女々しさを感じさせる、いくぶん耳障りな声。

市場の呼び声、長屋《バッソ》の戸口に集《つど》う女衆のいつ終わるとも知れないお喋《しゃべ》り、路上で追いかけっこをする子供たち、そして記憶の根っこの部分に大切にしまわれた声。

「アメリーゴ、アメリ！　起きなさい。パキオキアのところで小銭を借りてきてちょうだい……」

お母さん、あなたの声です。

41

私は午後のあいだずっとホテルの部屋に閉じこもり、外の暑さが和らぐのを待っています。デルナには電話をしませんでした。まだ誰にも報せていません。そうすれば、少なくとも親しい人たちの心のなかであなたを生かし続け、死という概念から遠ざけることができるように思えたからです。

ようやく陽が沈んだので、私は靴を履いて通りに出ました。空腹はあまり感じませんが、とりあえずあなたの界隈に戻り、開け放たれた窓々から漂う夕食の匂いのなか、居酒屋《オステリア》を見つけます。窓のない地下蔵のような店内にテーブル席が四つと、外に三つ。テーブルと椅子が、路地の中央まではみ出しています。Tシャツに白ズボン姿の主《あるじ》が、私を待っていたと言わんばかりの歓迎ぶりで、違法に路地を占拠しているテーブルのひとつに座らせます。白い紙のテーブルクロスの上に、縁の欠けたコップがひとつ。本日のお勧め料理が手書きされた油染みた紙を渡されます。私のことを知っているのかと驚いて主を見返したものの、どうやらほかの客ともおなじような光景が繰り返されているようです。店主が大仰な親しさで客のご機嫌をとるのは、この店の〈本日のメニュー〉の一部なのでしょう。私はジャガイモとプローヴォラチーズのパスタを注文します。あなたはいつも、味に深みを出すために、チーズの皮も一緒に煮込んでいましたね。ワインで口を湿らせてから、最初のひと口を味わいます。溶けたプローヴォラチーズでねっとりしたマカロニが、口のなかにじわっとひろがります。あなたはいつも、あんまり頬張っては駄目よ、と言っていましたね。喉に詰まらせたって、病院になんて連れていかれないんだからね、と。けれども、私はジャガイモの甘みとプローヴォラチーズの塩辛さが渾然《こんぜん》一体となったあの味で口を満たすのが好きでした。食べ終わってからも、しばらく唇にぴりっとする感覚が残ったものです。

私は喪中とは思えない食欲で、皿についたチーズを残らずスプーンの先端でこそげ落としながら平らげました。空腹というのは意地の悪いもので、作法も愛情もお構いなしなのです。私は口もとを拭うと、勘定を頼みました。店主は紙のテーブルクロスに直接、数字をいくつか縦に並べて書き、横に一本線を引くと、その下に合計額を記しました。数千リラ。私はチップをたっぷり弾んだ金額を渡すと、挨拶をして立ち去りかけましたが、何歩か行ったところで引き返し、「リンゴはありますか?」と店主に尋ねました。

「ありますとも!」

「アヌルカ種のリンゴを……」私は少々ためらいながらもつぶやきました。すると店主は、待っているようにと手振りで示して店のなかに入っていき、ほどなく小さくて赤い、中身の詰まった心臓のようなリンゴを持って出てきます。

「おいくらですか?」

「とんでもない、お代なんていただけません。売り物ではありませんから。近頃では、アヌルカ種のリンゴの美味しさを理解できる人もめっきり少なくなりました。大きなリンゴばかり売られていますが、なんの味もしませんね。これは、よさをわかる人に差しあげるためのリンゴです」

「では……ありがたくいただきます」私は礼を言って、そのリンゴをポケットにしまいます。

「どうぞお元気で」店主はそう返し、店に引っ込んでいきました。

ホテルへと戻る道々、ふくらんだポケットのなかのリンゴが私の心を慰めてくれます。あの日、ボローニャ行きの列車が出発するときにあなたが持たせてくれたリンゴのように。あなたはマッダレーナ・クリスクオロに私を託したのでした。今頃マッダレーナはどうしているのでしょうか。当時は若かった彼女も、今ではもうだいぶ年をとったことでしょうね。この私がすっかり年をとったように。

あのときのリンゴは、デルナの家の私の机の上に置いたままにしていたために、しなびてしまいました。食べてしまえば記憶のなかのあなたが薄れるような気がして、口をつけられなかったのです。ある日、気づいたらどこにも見当たらなかった。あのときとおなじです。過ぎゆく時間に身を委ねているうちに、もはや手遅れとなってしまいました。

42

外の光があまりに強烈なために、屋内の暗闇がよけいに濃く感じられます。陽が射しているにもかかわらず雨がぱらつき、教会のなかは蒸し暑くてたまりません。祭壇の前の側廊のあいだに、あなたは横たわっています。キャスター付きの金属の台車の上に据えられた茶色の木製の柩《ひつぎ》のなかで。さながら引っ越しの準備が整った家具のようですね。

鼻につく香のにおいと湿気のなか、白い僧服を着た少年が吊り香炉を揺らし、灰色の煙が四方にひろがります。司祭が入場し、会葬者が全員起立します。暑さと、閉め切った建物特有の臭気、そして薄暗さのために、息が苦しくなります。いや、もしかすると、あなたがあのなかにいるという思いが息を苦しくさせているのかもしれません。

私は祈禱台にひざまずきます。傍《はた》からは祈りを捧げているように見えるでしょう。司祭が説教をしていますが、私の耳にはなにも聞こえてきません。あなたは、一度も私を教会に連れてきませんでしたね。神も聖母マリアも聖人も、あなたは得意ではありませんでした。アルチーデも、司祭とはあまり話しませんでした。暗闇に徐々に目が慣れ、会葬者の顔が見分けられるようになってきます。最前列にいるのは、黒い喪服に身を包み、髪を結った女たち。そのうちの一人は三つ編みにした白髪を冠のように頭に巻き、年老いた少女のようです。二列目の長椅子に一人で腰掛けている高齢の男性は、グレーの長髪を、やはりグレーのワイシャツの襟の内側に垂らしています。瞬《また》きを何度も繰り返しているため、一瞬、私になにか目配せをしているのかと思いました。その断続的なウインクのせいで、私は思わず彼のことをじっと見つめました。濃いブルーの瞳に、若い頃の面影がかすかに残っているようですが、ここに集まっている人々の例に洩れず、全身に疲労感をにじませています。誰もが、漂白剤を塗ったような青白く引きつった顔をしています。あなたには親族がいませんでした。いるのは私と、そしてアゴスティーノだけ。私は視線で弟を捜しましたが見当たりません。もう何年も会っていないので、顔がわからないだけなのかもしれません。参列者はわずかでしたが、みんないい靴を履いていました。多少履き古してはいるものの、きれいな靴ですから、1.5点といったところでしょうか。

司祭は、あなたのことをよく知っていたかのような口ぶりで説教を続けています。おそらく実際によく知っていたのでしょう。もしかするとあなたは、年をとってから教会へ通いはじめ、日曜には路地裏のほかの女たちと連れ立ってミサへ行き、告解をし、聖体を拝領し、ロザリオの祈りを唱えていたのかもしれません。きっと司祭のほうが私よりもあなたのことをよく知っているのでしょう。ここにいる人たちのなかでいちばんあなたのことを知らないのは私なのでしょうから。あなたは善良な女性《ひと》で、今は神の許《もと》に召され、天使や聖人たちとともに天国の至福のなかにいるのだと司祭が話しています。余所者は確かに私なのでしょうが、あなたは天使にも聖人にも天国にも興味がなかったはずだと思わずにはいられません。あなたはこの路地裏で、人々の歌声や話し声を聞きながら、自分の長屋《バッソ》にいるのが心地よかったのですから。だからこそ、翌日のためにジェノヴェーゼを煮込んでいた。聖人たちの至福のなかに召されるためではなかったはずです。ですが死というものは腹黒く身勝手で、日々の積み重ねや、なにげない安心感、習慣といったものから人々を引きはがします。人は誰しも死を免れるための戦略を練りあげるものですが、思うようにはいかない。翌日のためにジェノヴェーゼを煮込むことで死から逃れようとしても、うまくはいかないのです。生まれついたものとは異なる運命を求めて別の町まで逃げてもうまくいかないし、音楽が護ってくれると思っても、やはりうまくいきません。逃げ場などないのです。死はどこまでも追いかけてくるのですから。もしかすると私も、恐怖と猛暑と哀愁によって死ぬために、この町に戻ってきたのかもしれません。

叫ぼうと思っても声が出ません。声を出そうとすれば、涙が込みあげるのです。司祭がどうぞお座りくださいと言うとみんな一斉に座り、ご起立をと言うと一斉に立ちあがる。私の脳裏に、レッティフィーロ街の老人が連れて歩いていた、曲芸をする猿がよみがえりました。司祭が聖体を授けますと言ったので、参列者たちは木製の長椅子から立ちあがり、前に進み出て列に並びます。ですが、目にチック症のある長髪の男は立ちあがろうとしません。私は、今際《いまわ》の際《きわ》の聖女の姿が描かれた絵画をじっと見つめています。顔の肌が透き通るように白く、鮮やかな赤の唇が際立っているため、死にかけているようには見えず、祭りに行く支度をした美しい少女のようです。あのなかにいるあなたは、その絵の聖女のように髪をきれいに整え、穏やかな顔をしているにちがいないと想像してみます。みんながまだ聖体を拝領するために並んでいるなか、私は立ちあがって祭壇のほうに歩きだしました。説教壇とは反対側の隅に立ち、ケースからヴァイオリンを取り出して奏でたのです。絃《げん》の上に弓をおろすと、高くなってはまた低くなる甘美な旋律で教会が満たされていきました。パッセージによっては、息子がいなくなった母親の嘆きではなく、喜びの賛歌を思わせます。ペルゴレージの「悲しみの聖母《スターバト・マーテル》」のアリアのひとつですが、あなたにはそれがわかるはずもありません。あなたは私のヴァイオリンを一度も聞いたことがありませんでしたね。

私はしばらくヴァイオリンを奏で続けます。右手で弓を操り、左手で絃を押さえながら。曲が終わると、外の雨音だけが聞こえるばかり。一同はふたたび席に着きますが、司祭は黙りこくっています。身動きひとつしないあなたが宙に浮いている教会の中央の茶色い木製の柩から視線を逸らそうとするものの、意志とは裏腹に、私の目はすぐにまたそこに戻ってしまうのです。今この瞬間に教会を出て、ホテルに荷物を取りに戻りもせずに、ナポリの町を発ちたいという衝動に駆られます。私はこの町に戻ってなんかおらず、あなたは、あの日に私と別れたプラットホームでいまだに私の帰りを待ち続けているかのように。

司祭がミサの終わりを告げ、心安らかに家路に就くようにと言います。ですが、安らかな心などどこにあるというのでしょう。いったいどこへ帰れと？　四人の男があなたの柩を肩に担ぎ、外に運び出そうとします。そのうちの一人は、先ほどのチック症のある老人でした。そのとき、ボーイッシュな髪型の女性が柩に歩み寄りました。彼女はしばらく無言で立ちすくんでいましたが、やがて左手で拳をつくって宙に掲げました。それから私のほうに視線を向けて、微笑みました。私もあなたのそばに歩み寄り、柩を撫でます。硬くてざらざらとした木。私は反射的に手を引っ込めて、ポケットに入れました。私たちの後ろで柩に別れを告げていた参列者たちは、一人ひとり黙礼をしてから、踵《きびす》を返し、去っていきます。

雨はあがっていましたが、道は湿っていて、土と野菜が腐敗した臭いを放っています。年配のショートヘアの女性が、両腕をひろげて私のほうに近づいてきました。その後ろには、先ほどまで僧服を着て、吊り香炉を持っていた黒髪の少年がいます。「カルミネ、前にいらっしゃい。恥ずかしがらないの」と、女性が声を掛けました。「この人は、あなたとおなじ、スペランツァという名字なのよ」私は彼女の言っていることが理解できず、早く話を切りあげようとしました。一刻も早く、その場から立ち去りたくて。「違いますよ、奥さん。私はベンヴェヌーティです」それだけ言うと、急ぎ足で表通りのほうへ歩きだしました。すると彼女は「アメリーゴ」と名前で私を呼び、私の肩に両手をおきました。少年に見憶えがあるような気がして改めて見ると、昨日の午前中、ホテルのバルコニーの下で仲間の少年たちとつるんでいた子でした。彼は、教会も、蒸し暑さも、見知らぬ四人の男に担がれて遠ざかっていくあなたの柩も、すべてお前のせいだとでも言いたげに、険しい目で私をにらんでいます。いや、そう思っているのは私自身で、この少年ではないのかもしれません。彼はただ、初対面の中年男の前で、目に悲しみを湛えているだけなのでしょう。

「列車で帰ってきたのね？」つい先ほどまで交わしていた会話の続きででもあるかのように、年配の女性が尋ねました。なによりその声から、私はようやく誰だかわかりました。でも、質問には答えませんでした。列車には乗らないことにしているのだとも言いません。レールの継ぎ目を踏むたびにがたんごとんと揺れる列車に乗っていると、痛む傷口のおなじ場所を舌でつつかれているように感じられ、家出する少年の姿が頭に浮かぶのです。

「あれからずいぶん長い歳月が過ぎたわね」私の返事を待たずに彼女が続けます。「でも、私にとって、あなたたちはいつまでもかわいい子供のままよ。いまだに会いに来てくれる子もたくさんいるわ。こっちに戻ってきた子たちも、北部にとどまった子たちもね」

写真の感光紙を化学薬品に浸すとゆっくりと現われてくる画像のように、私の目はしだいに彼女にピントが合ってきます。口、髪、目、頬骨の形……。なんといっても声が当時のままでした。列車が出発するときメガホンに向かって歌っていた、あの声。なぜデルナの手紙を取りに来なかったのかと咎《とが》めるように言った、あの声。

雨がまた少し降りだしたものの、この暑さでは地面に到達する前に蒸発してしまうでしょう。教会の前庭には、もはや私たち三人だけしか残っていません。

43

ピーニャセッカ地区の市場に立つ果物や野菜の露店は、それ自体が言葉を持っているのかもしれません。露天商ではなく、籠のなかや台上に芸術作品のように大切に陳列された品物から、呼び声が直接聞こえてくるかのようです。少年の手を引いたマッダレーナが前を歩き、私はその後をついていきます。昔、あなたとそうして歩いたように。歩くのが遅い、とよくあなたに叱られましたが、私のせいではなく、足に合っていない靴のせいで踵にできた水ぶくれが、歩くたびに擦《こす》れて痛かったのです。商品と人とでごった返す道を通り抜ける途中で、マッダレーナが足を止めて私のことを待っています。彼女は、いつだって私たちをどこへ連れていけばいいのかわかっているのですね。

私のことも、黒い髪の少年のことも、列車に乗った子供たちのことも。私たちは彼女のあとをついていくだけ。

行き交う人々が左右から押してきますが、私はもはや避《よ》けようとせず、流れに身を任せます。教会の前でマッダレーナだとわかったときには、子供の頃に感じていたのと同様、背が高くてがっしりとした体格の女性のように思えました。ですが、こうして彼女の住む地区の複雑に入り組んだ路地を歩く姿は、小柄で、年のせいで衰えているようにも見えます。群衆のざわめきと、重く垂れ込めた空気……。私は無意識のうちに、騒音を和らげて、マッダレーナの声だけに集中できるよう、片手を耳に当てました。

「カルミネは、あなたの弟アゴスティーノの息子よ」


私の十歳の誕生日、あなたはプレゼントを持ってモデナへ来ることになっていましたね。いったいどんなプレゼントなのか、私には想像もつきませんでした。それまで一度も会いに来なかったあなたが来るというので、みんな浮き足立っていました。ローザもアルチーデもです。けれども当日の朝になって、あなたから電話がありました。最初デルナが出て、それから私に代わってくれました。するとあなたは、誕生日おめでとうと言ってから、会いに行かれなくなった、安静にしているようにと医者に言われたからと告げたのです。「弟に会いに来てくれる？　もうじき生まれるのよ」あなたは最後にそう尋ねましたね。私は、高熱が出たときのように目に涙が染みて、返事ができませんでした。

それから二、三か月して、男の子が生まれたという報せが届きました。あなたはその子に、あなたの父親とおなじアゴスティーノという名前をつけた。名字はスペランツァ。あなたの子供たちは、誰もが希望《スペランツァ》の下に生まれてくるのですね。その報せを聞いた私は、二度とあなたの家には戻るまいと心に固く誓ったのです。

私は音楽学校に入学したいとアルチーデに相談しました。すると彼は、私に列車代を渡し、新しいジャケットを買ってくれ、音楽学校の入学資格は自分で勝ち取らなければならないと言いました。ある秋の朝、マエストロ・セラフィーニが私をペーザロまで送ってくれました。車窓の外に見えていた平原が濃い霧の層の向こうへと消えていくあいだ、私は、がたんごとんと拍子を刻むレールの音に、またしても家から遠く離れた場所まで連れていかれるんだなと思ったものです。

私たちはくすんだ木の床に赤いビロードのソファーが置かれたホールに入っていきました。私とおない年の子供たちが座っていました。マエストロ・セラフィーニはそこで待つようにと言って、どこかへ行ってしまいました。まもなく順番がまわってきました。私はケースからヴァイオリンを取り出し、右手に弓を持ち、左手で絃を押さえながら、演奏を始めたのです。そのときに弾いたのが「悲しみの聖母《スターバト・マーテル》」からの一曲のアリアでした。私は無事テストに合格し、寄宿学校に入ることになりました。

44

マッダレーナは私の耳もとに口を近づけると、少年の父親と母親は法に触れる行為をしたのだと言いました。「それで?」と私が尋ねると、「今は留置場にいる」と、少年に聞かれないように小声で答えました。私は思わず道の真ん中で立ちつくしました。若者の三人乗りの白いバイクが私の肘をかすめて通りすぎていきます。マッダレーナと少年の姿が人混みの向こうに見えなくなったので、私は小走りになりました。二人が建物のなかに入ろうとしたところで、ようやく追いつきます。

「着いたわよ」とマッダレーナ。三階までのぼると、「クリスクオロ」という表札のかかったドアがありました。マッダレーナのアパートは小ぢんまりとしているものの、隅々まで整理整頓が行き届いています。仮住まいのようにも見えますが、三十年ほど前からここに住んでいるのだと話してくれました。たくさんの物に囲まれて暮らすのは好きじゃない、必要最低限の物だけあればいいと。なにもないも同然だと、私は心のなかで思いました。

マッダレーナは私たちをキッチンに通し、コップ二つと水の入った瓶を出しました。「イドロリティーナを入れましょうか？　すぐにできるわよ」

忘れていたことが無限にしまわれた記憶の底から、水のたっぷり入ったガラス瓶と、そのなかに不思議な粉を入れる私の小さな手が現われ、その手が瓶を勢いよく振りはじめました。あれから五十年近くもの歳月を経た今、私はこうしておなじことをしています。ボトルの蓋を開け、コップいっぱいに水を注ぎます。

「カルミネ、絵を描くのは好き？」と、マッダレーナが少年に声を掛けました。

返事はありません。マッダレーナは、白い画用紙と、様々な色のフェルトペンを五、六本、彼に持たせました。「私の顔を描いて。ただし、美人に描かなくちゃ駄目よ。いいわね？　あなたの伯父さんのアメリーゴと会ったばかりの頃の私のように」そう言うと、当時の彼女が写った白黒写真を少年に差し出しました。

カルミネはしばらく戸惑っていましたが、やがて絵を描きはじめます。そのあいだに、私たちは二脚の肘掛け椅子と小さなテーブルのあるダイニングに移動しました。テレビはなく、ラジオがあるだけです。人生の折り返し点をとうに過ぎ、残りもわずかになってきた私たち二人は、互いに向き合って座りました。

「あなたとおなじように列車に乗って、北部に行った子供たちをたくさん見てきた。お母さんたちにもしょっちゅう代筆を頼まれたものよ。半年か一年、場合によってはそれ以上のあいだ子供を預かり、あたかも本当の息子や娘のように世話をしてくれた見ず知らずの人にお礼の手紙を書くためにね。その後も連絡を取り合い続けた人たちも少なくなかった。なかには夏休みや冬休みを一緒に過ごす家族もいた。お互いに遠く離れていながらも、そうやって助け合いを続けていたの」

壁に何枚もの写真が貼られていました。そのうちの一枚では、男女入り交じった大勢の子供たちが、手に手に小さな三色旗を持っている。写真自体は白黒ですが、旗だけが白、赤、緑の三色で塗られていて、無数の灰色の顔のあいだで目立っています。別の写真にはボローニャ駅に着いたばかりの子供たち。夜行列車に乗ってきたため、服はしわくちゃだし、顔は疲れきっている。ですが、そんな混乱のなかで笑っている子もいます。二人の女性が掲げているプラカードには、「僕たちは南部からやってきました。エミリア地方の人たちの愛情と連帯が、北部と南部の区別など存在せず、どちらもイタリアというひとつの国であることを教えてくれます」と書かれています。なんと古びた言葉なのでしょう。今やすっかり時代遅れになり、そんな希望を口にする人はいません。

「大勢の子供たちを援助してきたけれど、残念ながら助けを必要とする子はいなくならないわ」と、マッダレーナは話を続けます。「あなたの甥のカルミネは、両親が逮捕されてからはお祖母《ばあ》ちゃんと一緒に暮らしてたの。サルヴァトーレ司祭もときどきは様子を見に来てくださったみたいだけど。それが、今は頼れる人が誰もいなくなってしまった」

「私はアゴスティーノのことはなにも知りませんでした。いつ逮捕されたのですか？」

「何か月か前よ。詳しくは私も知らないの。アントニエッタさんと話すことはあったけれど、あなたの弟さんのことはほとんど話さなかった。ただ、彼は無実だと言っていたわ。息子も嫁も事件には無関係で、だまされただけだって。でも、彼がよからぬ仲間と付き合っていて、大金を稼いでいたという噂もある。実の母親の葬儀に参列する許可も下りなかったところをみると、かなり重い罪の容疑がかけられているのだと思う。カルミネは両親が逮捕される前から一人で過ごすことが多くてね、今までお祖母ちゃんがいたからなんとかなっていたのだけれど……。おそらく児童福祉施設に預けられることになるでしょうね」

私はリビングのドアの陰からこっそり少年の様子をうかがいました。椅子に膝立ちになって、キッチンのテーブルの上に両肘をついています。あなた似なのか、それとも父親のアゴスティーノ似なのか、観察してみました。あなたの近くにいつもいた、孝行息子のアゴスティーノ。カルミネはあなたとおなじ、まっすぐな黒い髪をしていますね。

「カルミネはとてもいい子よ。今は少し動揺してるみたいだけど……」マッダレーナが言いました。「それであなたは？　結婚はしてるの？　お子さんは？」

少年は別の紙を手に取ると、振り向いて私の顔を見ました。彼の視線と私の視線が数秒間交わりました。すぐに私のほうから目を逸らし、また写真に戻します。

「はい、結婚しています」私は嘘をつきました。マッダレーナが微笑んでうなずいたものだから、私はさらにありもしない人生をでっちあげます。「息子が二人いますが、どちらももう大きくなり、今は音楽の勉強をしています」そこまで言うと、話を変えようとしました。マッダレーナが相手では、嘘をつきとおすことも容易ではありませんから。

「トンマジーノのことは憶えてるわよね？」そう言うと、マッダレーナは手作りのリモンチェッロ〔レモンを用いたリキュール〕をショットグラスに注いでくれました。

記憶の壁の向こうから、縮れ毛で色黒の少年がちょこんと顔を出しました。まるで壁に貼られた灰色の写真の一枚のように。

「連絡は取り合ってるの？」

「誰とも連絡は取っていません。弟のアゴスティーノがなにをしているのかも、子供が何歳なのかも、服役中だということも、母が心臓を患っていたことも……いっさい知りませんでした」私は自分の声音が高くなっていることに気づいて口をつぐみ、肩をすぼめて溜め息をつきました。ですが、マッダレーナは過去のことにはあまり関心がないようです。年を重ねた今でも、彼女は未来だけを見つめているのです。その点に関しては、少しも変わっていません。「トンマジーノはね、立派なキャリアを積んだのよ。この町で自分の家族の許《もと》にとどまりながらも、北部のお父さんの援助で大学を出て、判事になったんだから」

「判事ですって？　昔はメルカート広場のカパヤンカの店先からリンゴをくすねては、逃げてたのに……」

「きっと、だからこそなのでしょうね。彼は後見裁判官をしているから、よく力を貸してもらってたのよ。私は長年、親が刑務所に入っていたり、逃亡中だったりする子供が少なくない地区で教師をしてたものだから……。家庭に介入しなければならないときや、助言が欲しいとき、いつも彼に頼ってた」

マッダレーナは苦笑を浮かべ、身を乗り出してキッチンの様子をうかがいました。それからショットグラスに入ったレモン色のリキュールを啜《すす》ると、ふたたび話しはじめます。

「昔は簡単だった。党があって、党の同志たちがいて。今はなにもなくなって、世の中のためになにかしようと思ったら、組織に頼らず、自力でしなくちゃいけない。昔は党の支部があって、地区ごとに、援助を必要としている子供たちに手を差し伸べる行動を計画し、路頭に迷う子たちを救っていた。今ではそういったことをするのは教会の司祭ぐらいになってしまったわ。それが悪いなんて言わない。むしろいいことだと思う。でも、それでは政治じゃなくて、飽くまで慈善事業よね。わかってもらえる自信はないけれど、別ものだと思うの」

「歴史は進み、物事は変化する」

「いくら歴史が進んでも、残すべきものがあるはずよ。連帯の概念だとかね。憶えてる？　れ・ん・た・い……」

「あの金髪のコミュニストは、どうしているんです？」不意に彼の姿が私の脳裏によみがえりました。「ほら、あなたを口説いていた……」

「誰かしら……グイド？　私を口説いてたですって？　あの頃はみんな同志だった。頭のなかは思想でいっぱいで、愛だの恋だのが入り込む余地はなかったの。少なくとも私は、そんな余裕はなかったわ……」

「あなたはそうでなくても、彼はおそらく……。ナポリを発った日の朝、あなたを見つめていた彼の眼差しを今でも憶えてますよ」

「かわいそうなグイド」マッダレーナは溜め息をつきました。「悲しいことに、彼は結局、党から追放されてしまったの。それで別の町に越し、政治活動からも手を引いた。そのあと大学教授になったのだけど、彼の心のうちでなにかが折れたのでしょうね。以前とは別人のようになってしまった。私たちはあなたの考えるような仲ではなかったけれど、お互いに慕い合っていた。なのに、私にもぱったり連絡をくれなくなって……」

マッダレーナが頭《かぶり》を振ったので、白くなった髪の束がぱらりと顔に落ちました。

「正直なところ、いいことずくめというわけじゃなかった。あの頃の私はまだ二十歳で、理想に燃えていたから、素晴らしいと思えたけれど、嫌なことももちろんあった。仲間うちには、己に酔いしれているだけで、理想なんて完全に後回し、という人もいたもの」

マッダレーナは二脚の肘掛け椅子のあいだに置かれた小テーブルの上に手を伸ばすと、私の手を握りました。その手には、甲にも指にも茶色い染みがありました。

「でも、いずれもあなた自身が経験したことよね。あなたも援助を受けて、勉強を続けることができ、高名な音楽家になった。チャンスに恵まれて、立派になったあなただからこそ、いつだって挑戦する価値があることを知っている。たとえ完璧ではなく、いいかげんな部分があったとしてもね。可能なことはすべて、試してみるべきだということをあなたは身をもって知っているはずよ」

私はなにも言わずに、彼女の手から自分の手を抜きました。高名な音楽家、立派になった……。それが果たして本当に私のことなのか、あまり自信がありません。

「マッダレーナ、あなたの言いたいことはわかりました」しばらくの沈黙ののち、私はそう答えました。「そんなふうに褒めてもらって嬉しくもあります。ですが、私はもう五十を過ぎ、自分の生活というものがある。あなたが、自分の子供を持たず、他人の子供に尽くそうと決意したように、私は音楽に身を捧げることにしたのです。人は誰しも、それぞれの選択をするものです。それに、私は父親を探し求めなければなりませんでしたが、あの子には父親がいます」

マッダレーナの顔に奇妙な表情が浮かびました。それは私の記憶にはない表情でした。「誰もがすべてを選べるわけではない。まわりの人に強《し》いられて、その道を選ばざるを得ないこともあるものよ」

「七歳で子供列車に乗せられた私に、それを言う必要はないのでは？　一方には母親がいて、もう一方には私が望むものすべてがあった。家庭の温もり、家、自分だけの部屋、湯気の立つ食事、ヴァイオリン、そして私に名字を名乗っても構わないと言ってくれた人……。確かに私は援助を受けましたが、その分、惨めな思いもたくさんしてきました。あなたがいつも口にする『歓迎』や『連帯』は、与える側と受ける側の双方に苦い後味も残すものなのです。だからこそひどく難しい。私は他のみんなとおなじになることを夢見てきた。私がどこから来たのかも、なぜ来たのかも、みんな忘れてくれればいいのにと思っていたんです。私は多くを得ることができましたが、そのために大きな代償を払い、あきらめざるを得なかったものも少なくなかった。ずっと自分の身の上を誰にも話さずに生きてきたのです」

「私も、自分の身の上を誰にも話したことがないわ」

マッダレーナが私の目をじっと見つめました。そのときふと、なぜかわかりませんが、ザンドラリオーナから聞いた話が脳裏によみがえりました。拳銃を握ったテレーザが、一発撃つたびに全身を震わせていたという話です。

「実はね、私、十七歳のときに身ごもったの。父親は私とおなじ学生で、自分には無関係だと言い張ったわ。私は田舎に住んでいた伯母の家に連れていかれて、誰にも知られないように女児を産んだ。父が、そんなことを世間に知られたら、党を追放されるのではないかと恐れたからよ。私にだって選択肢なんてなかった。それからしばらくしたある朝、お乳が張って目を覚ましたら、赤ちゃんの姿が消えていた」

拳銃を撃つのをやめ、ぴたりと震えなくなったテレーザの身体と、赤ん坊を捜しまわるマッダレーナの目……。彼女の口から発せられた言葉は、ゆっくりと時間をかけて私のところに到達しました。まるで乳房が張って目覚めた朝から今まで、彼女の人生をすべてたどりながら増幅し、過ぎ去った歳月を埋めていくかのように。

ほどなくマッダレーナの顔に、昔と変わらぬ笑みが戻り、いつもの見慣れた彼女になりました。

「連帯にはね、そんな意味もあるの。娘のためにしてやれなかったことを、私は余所の子供たちにしてきたんだわ」

45

マッダレーナが私を玄関まで見送ろうと立ちあがると、少年は、両手を後ろに隠したままついてきます。私はなるべく彼と目を合わせないようにしていました。そのとき、マッダレーナが額をぽんと叩いて天を見あげ、大事なことを忘れるところだったと言って、部屋へ戻ってしまいました。私は少年と二人きりでしばらく玄関口に取り残されます。疲れきっていて、一刻も早くホテルに戻りたかった。母親の身体から引き離された、生まれたばかりの赤ん坊のイメージが頭から離れません。

そのとき、少年が背中の後ろに隠していた手を出して、持っていた二枚の紙を見せてくれました。一枚目には若い頃のマッダレーナらしき女の人、そしてもう一枚には、ピンク色の楕円形の中央付近に小さな青い丸が二つあり、赤っぽい髪の毛と、おそらく口なのでしょう、両端が下向きに曲がったピンクの線が描かれています。「こっちはおじさんだよ」と言って、少年はその紙を差し出しました。「おじさんも、若く描いてあげたんだけど……どう？」

私はその紙を近づけたり遠ざけたりしながら、細部まで鑑賞するためにじっくり眺めているふりをしました。「よく描けてるね。でも、なぜ肩にオウムがとまっているのかな？」

「オウムなんていないよ。それはヴァイオリン。おじさんは小さい頃からヴァイオリンを持ってたって、お祖母ちゃんから聞いたんだ」

私の脳裏に、ベッドの下をのぞき、ヴァイオリンが忽然《こつぜん》と消えているのを知ったときの光景がよみがえりました。少年は、きっと話が聞きたいのでしょう、私の目をじっと見つめています。子供というのは、いつだってお話をせがみますから。でも、私にはお話なんてうまくできません。絵の描かれた紙を畳んで、ポケットにしまい、「ありがとう」とだけ言うと、また口をつぐんでしまいました。彼の顔にがっかりした表情が浮かびます。まるで、せっかく素晴らしいプレゼントをあげたのに、なにもお返しをもらえなかったとでもいうように。

「僕はおじさんのことといろいろ知ってるよ」利発そうな顔つきで少年が言いました。「お祖母ちゃんから聞いたんだ」

「お祖母ちゃんが私の話をしてたの？」

「新聞記事も切り抜いてたよ」

「そんなはずはないな。私の演奏は一度も聞いたことがないはずだ」

「一緒にテレビで見たもん。お祖母ちゃん、おじさんのことが見たいからテレビを買ったんだ」

少年は、自分の言葉が私にどんな効果を及ぼすか見極めています。

「おじさんは有名な人なの？」

「私が有名だと嬉しいかい？」

少年は口もとをゆがめて肩をすくめました。その仕草がどんな答えを意味するのか、私にはわかりません。

「いつか僕にも教えてくれる？」

「なにを教えればいいのかな？」

「有名になる方法」

「なるほど……そうだなあ……」

「そうしたら、僕もおじさんみたいにテレビに出られるね」

「マッダレーナ、私はそろそろ帰ります……」

「あったわ！」マッダレーナは黄ばんだ写真を持って戻ってくると、小卓の上に置きました。「きっとあると思ってた。これよ、これ！」

写真は貧しい人々のホテル《アルベルゴ・ディ・ポーヴェリ》の前で撮ったもので、マッダレーナが同年代の若い女性たちと写っていました。金髪の若きコミュニストと、後に市長になった同志のマウリツィオも一緒です。

そのまわりには子供たち。母親と一緒の子もいれば、そうでない子もいます。何十年という歳月を経た今、おそらくすっかり変わってしまい、会ってもわからないだろう顔の一つひとつを、マッダレーナは懐かしそうに撫でていきます。短く切りそろえられた清潔な爪をした華奢《きゃしゃ》な指で、点字でも読んでいるかのように一列ずつ順に顔をなぞり、端までいくとまた次の列の最初からなぞるという具合に繰り返し、最後に髪をほぼ丸刈りにした少年の上で指を止めました。その隣には、頬骨が高く、厚みのある唇をした母親が、笑みも浮かべずに写っています。緊張のあまり手のやり場に困ったらしく、片手を少年の肩において。その仕草に驚いたのか、少年は母親の顔を見あげています。

私は写真のなかの自分を見て、それからあなたを見ました。二人とも別れを前に戸惑い、見つめ合っています。

「ナポリを発つ前に、トンマジーノのところに寄って挨拶をしてきたら？」ようやく階段を下りはじめた私の背に、マッダレーナが戸口から声を掛けました。私は返事こそしなかったものの、最後にもう一度振り返りました。おそらく彼女に会うこともうないだろうと思うと、郷愁が先に立ったかのような、奇妙な感情にとらわれたからです。マッダレーナの背後からちょこんと頭を出した少年の顔には、まるで私が約束を破ったペテン師ででもあるかのような、がっかりした表情が浮かんでいました。いったい私になにを期待していたのでしょうか。私には彼のためになにができるというのでしょう。お金を渡す？　贈り物をする？　ときどき電話をかける？　少年の眼差しに、私はうろたえました。なにかを求められるたびに、逃げ出すほうが楽だからと、なんの約束もせずにこれまで生きてきた自分を振り返らずにはいられなかったからです。

46

帰りは、来たときとおなじ道を逆にたどりました。露天商たちが出店を畳んだので、道幅が倍くらいに感じられます。暑さも緩み、かすかな風が潮の香りを運んできます。そのお蔭で、姿は見えなくても、海がいつも近くにあることがわかるのです。

ホテルに戻りたいという気持ちは失《う》せてしまいました。空腹も感じませんでしたし、あなたがいなくなったことに対して喪失感を抱いているのかどうかも、これからどのような喪失感を味わうことになるのかもわかりません。私たちは、互いに遠くにいることが習い性になっていました。幾度となく約束を反故《ほご》にしてきたのです。あなたがあの列車に私を乗せた日から、私とあなたは別々のレールの上を行き、ふたたび交わることはありませんでした。ところが、もはやその距離を埋めることは叶わず、あなたに会うこともないのだとわかった今、すべてが私とあなたとの小さな行き違いにすぎなかったのではないかという疑念が頭をもたげるのです。誤解からなる愛情。

通りには人影がなくなり、あたりを不自然な静寂が支配しています。遠くのスタジアムから応援ラッパの調子っぱずれの音が響き、爆竹を鳴らしている人もいます。トレド通りの商店主たちは、一分一秒でも早く家に帰って試合を観たい一心で、せわしなくシャッターを閉めています。私は細い路地に入り、坂道を上りはじめました。坂を半分ほど行ったあたりの右手に、靴修理の工房がありました。店主は、急いで店を閉めようとはせずに、底を張り替え、修理しなければならない靴が所狭しと並べられた小さな洞窟のような工房で座っています。私は店内をのぞき、カウンターの奥にいるその老人に、私の靴もどうにかならないものかと尋ねてみました。相変わらず靴擦れのせいで足が痛むのです。老職人は私をスツールに座らせ、靴を脱いで見せてくださいと言いました。私は、言われるがままに靴を脱ぎました。すると彼は、片方ずつ順に手に取って、矯《た》めつ眇《すが》めつ眺めてから、私の足を観察しました。私は、靴下のなかで檻《おり》に閉じ込められた野生動物のようになっていた足の指を伸ばします。老職人は無言で、ここで待つようにと身振りで示すと、物置のなかに消えていきました。そして足の形を模した木に、ハンドルらしきものが黒いねじで固定された道具を持って出てきたのです。私は、まるで彼が魔法を披露しようとしているかのように、固唾《かたず》を呑んで見つめました。彼は、その道具をまず右の靴の内側に入れ、ハンドルを回転させました。一回、二回、三回。それから右の靴を置くと、今度は左の靴でおなじ作業を繰り返します。それがすむと両方の靴にブラシを当て、磨きあげてから、私の前に並べました。「もうできたのですか？」そんな質問が私の口をついて出ました。彼は身じろぎもせず、私が靴を履くのを待っています。そこで靴に足を入れて立ちあがってみたところ、もう踵は痛まなくなっていました。一歩、また一歩と歩いてみます。驚きの履き心地でした。それまで終始無言だった老職人が、最後にぼそりと言いました。「足の形というのはみんな違っていて、人それぞれなんだ。それに靴を合わせてやらないといけない。さもないと、いつまでも苦痛が続く」

私は礼を言って、修理代はいくらかと尋ねました。すると老職人は宙で手を振って、「結構だ。お代をもらうほどのことではない」と言い、店の奥へ引っ込んでしまいました。ホテルに向かって歩きはじめた私の足取りは、これまでよりも速く、まっすぐでした。今の私の歩みを見る人は、きっと悩み事なんてなにひとつないと思うことでしょう。

47

まだあたりが暗いうちに目が覚めました。ベッドのなかで寝返りを打ってはみますが、もう寝つくことはできません。仕方なく起きあがり、バルコニーから外を眺めています。地平線に目をやると、すでに空が白みかけているところがあります。私はいつだって夜明けが苦手でした。一睡もできずに過ごした晩や、うなされた悪夢、緊急事態、外国の都市へ赴《おもむ》くために早朝に乗らなければならない飛行機といったものを連想するからです。

私は時間をかけてシャワーを浴び、服を着ます。明るい色のワイシャツに薄手のスラックス。ジャケットは羽織りません。そして靴下と靴。今朝は踵に絆創膏《ばんそうこう》を貼る必要もありません。バスルームに戻り、鏡に映った自分の姿を、初めて見るような心持ちで眺めます。瞳は昔のまま変わらない、濃いブルー。いったい誰譲りなのでしょうか。おそらく、アメリカに憧れていたという、行方知れずの父親に似たのかもしれません。私に名前だけを残して蒸発した父親に。あなたの瞳は、髪とおなじ黒でした。眉も、細いながらも、炭で描いたようにくっきりとした黒でした。私は子供心にあなたを美しいと思っていました。息子の目から見た母親としての美しさではなく、男たちが放ってはおかない女性の美しさなのだと感じていました。道を歩くときにあなたに向けられる、男たちの舐《な》めるような視線や、意味深長な言葉を敏感に感じとっていたのです。私を産んだとき、あなたはまだたいそう若く、おまけに両親を亡くしたばかりでした。父親は前線で、母親は爆撃で。一人残されたあなたは、生きていくために裁縫を始めたのですね。繕い物などのちょっとした仕事ばかり。それでもあなたは、誰からも情けは受けたがりませんでした。付き合った男たちは子供だけを残して去っていきました。ですがあなたは、私になにを遺したのですか。私は、あなたのなにを持っているのでしょうか。なにかしらインチキが隠されているのではあるまいかと常に疑い、少し斜に構えて人生を見つめる、そんな物の見方でしょうか。あるいは、寡黙《かもく》な性分。幼い頃には饒舌《じょうぜつ》だった私も、熟年の域に入り、あの頃のあなたの倍の年齢に達した今、すっかりあなたに似てきました。喋るのは得意ではありません。幼少期の無邪気さは無関心という仮面に、当時の純真さは嘘をつきがちな性向に取って代わられたのです。

ホテルの朝食の時間にはまだ早いようなので、出先でとることにしましょう。時間ならたっぷりあるのですから。プレビシート広場まで、海沿いの道を歩きます。今さら自分が観光客だとは思いませんが、かといってナポリの住人だとも思えません。おそらく私は一生、「町を出ていった者」でしかないのでしょう。

トレド通りの菓子店に立ち寄ることにしました。記憶のなかの店と少しも変わっていません。ショーウインドウの奥に水色の陳列棚。オーブンから次々と取り出される菓子が、バニラとミルフィーユの香りで通りをいっぱいに満たします。昔、パキオキアからもらったわずかばかりの小銭を握りしめ、トンマジーノと一緒にこの店まで走ってきては、そんな些細《ささい》な喜びを、このうえもない幸せのように二人で分かち合ったものでした。この町を離れる以前は、様々なことがこのうえもない幸せのように思えたものです。

陽射しが届きはじめたテーブル席に座り、菓子を味わいます。今この瞬間、私は別の人間であってもおかしくないでしょう。会計士や、靴修理職人、医者……。勘定をすませ、ふたたび歩きはじめます。

少年裁判所は、町の小高い一帯にある赤の低層建築で、灰色のフェンスに囲まれています。わずかに残った髪を頭の片側から反対側へと撫でつけた小柄な受付係に、サポリート判事のオフィスはどこかと尋ねました。「サポリート判事のオフィス？」禿げた頭頂を撫でながら、受付係は私の言葉を繰り返します。「判事は約束のない方とはお会いになりません。アポイントメントはありますか？」

「そんな必要はない」私は幼少期の厚かましさを取り戻して言いました。「私の名前を伝えてもらえれば十分だ。アメリーゴだと言ってくれ」

受付係は私のことを追い返したいようでしたが、重要人物だったら困ると思ったのでしょう。訝《いぶか》りながらも、念のため、求められたオフィスの内線番号を押しました。私の名前を告げて、しばらく返答を待っていました。受話器の向こうで、今よりも五十センチばかり身長が低く、髪の色も異なる私と彼の姿が記憶によみがえるために必要なだけの時間ののち、「どうぞお上がりください。四階です」と、驚いた表情の受付係が言いました。エレベーターホールへと足早に向かう私を、彼は身を乗り出して、いったいあれは誰なのだろうというように見つめています。

トンマジーノがドアを開けた瞬間、私たちはお互いの目のなかに、過ぎ去った歳月を読みとりました。現在に過去をオーバーラップさせるまでもありません。私が列車に乗って家出をした日から今日までの歳月はまるで存在すらしなかったかのように。二人にとって、いいことも悪いこともたくさん詰まった括弧内の出来事でしかなかったかのように。一生と変わらないほど長い括弧ではあっても、私たちの友情の物語においては些末なことでしかないのです。

トンマジーノのオフィスは小ぢんまりとして隅々まで整頓されていました。私に、奥さんと二人の子供の写真を見せてくれました。息子さんと娘さんで、二人とも二十代後半くらいの、いかにも感じのよさそうな若者です。息子さんは大学の法学部を卒業したものの、自分が本当にやりたかったのは料理だと思いなおし、ヴォメロ地区にレストランをオープンしたそうです。娘さんは学校の先生をしていて、今は育児休暇中だということでした。なによりもその最後のひと言に私は眩暈《めまい》を覚え、過ぎ去りし歳月によって私と彼のあいだに生じた隔たりの大きさを測らずにはいられませんでした。彼のお孫さんの写真を前にしたとき、初めて私と彼の時間に亀裂が生じ、互いの人生がふたたび重なり合うことはないのだと痛感したのです。

トンマジーノの髪は相変わらずの縮れ毛でしたが、後ろに撫でつけるように梳かされていて、白髪は目立ちません。二人とも五十代の半ばでしたが、私のほうが年のとり方が著しく、早く老け込んだようです。

「カルミネはこれまでとてもつらい思いをしてきた。俺たちのようにとは言わない。時代も違う。だが、もし今でもあんな列車があったら、俺たちが乗ったように……」

どうやらトンマジーノは私たちの過去を恥じてはいないようでした。そして、書類に囲まれたその小ぢんまりとしたオフィスが誇らしげでもありました。私は自分の手をひろげ、指にできた胼胝《たこ》を見つめました。そして自分が徒《いたずら》に大人になってしまったような気がしたのです。

「アメリ、考えてやってくれないか。今のあの子には、お前しか頼れる人がいないんだ」

私は押し黙りました。答えたくなかったのです。なにを頼まれているのかもわかりません。トンマジーノは、私がマッダレーナの家を後にしたときにカルミネが見せたのとおなじ、約束を破ったなとでも言いたげな表情で私を見ました。私は約束なぞ誰ともしていないというのに。約束するのが嫌で、ずっと独りで生きてきたのですから。トンマジーノの視線から逃れるために、私はオフィスを見渡しました。壁の本棚に並べられた書物、明るい色の木材でできた書き物机、長年愛用していることをうかがわせる、背もたれが背中の形に凹《へこ》んだ椅子。机の上には、彼の子供たちの写真と、実の両親のアルミダさんとジョアッキーノさんの写真と並んで、髪が白くなった口髭のお父さんと、相変わらずたくましいものの、皺《しわ》の数がめっきり増えた奥さんの写真が飾られていました。目の前にあるその写真。それこそが私の答えだったのです。

48

今夜はホテルへはまっすぐ戻らず、最後の別れを惜しむように、あなたの住んでいた地区の路地から路地へと歩いています。数日前には息が詰まりそうなくらい重苦しく感じられた界隈に、いくらか親しみを覚えるようになりました。いまだに私は過去を恐れていますが、それでいて探し求めずにはいられないのです。

今夜の路地裏は珍しく静かで、この町に私一人とり残された気がします。突き当たりの少し手前にある、つけっぱなしのテレビから青い光が洩れてくる長屋《バッソ》の前で立ち止まりました。戸は開いていて、外に二つの椅子が置かれています。ザンドラリオーナの長屋《バッソ》です。

私はそのまましばらく佇《たたず》んでいました。そうしていれば、エプロンの紐を背中で結び、口を横にひろげて微笑んだあの人がひょいと顔を出すとでもいうかのように。すると、奥から男の声がしました。「誰かを捜してるのですか？」

次いで、まばらなグレーの髪を束ねた貧相なポニーテールをシャツの襟に垂らした老爺が顔を出しました。「誰に会いに来たんです？」

「いいえ、べつに誰にも……。お邪魔してすみません。失礼します」

老爺は、足をひきずりながら穴蔵のような家から出てきました。もじゃもじゃの眉に、濃いブルーの瞳、手には煙草。目をしばたたかせながらこちらを見ています。私は引き返して、彼の前で立ち止まりました。教会で見かけた老人でした。「ここにはザンドラリオーナさんが住んでいたのではありませんか？」私は尋ねました。

「どうか安らかにお眠りください」男は煙草をひと息吸うと、天を仰ぎました。「亡くなってから、四年ほどになりますかね」歳月を指で数えながら、口から煙を吐き出します。煙はいくつもの小さな輪っかになって、ゆっくりと消えていきました。「ゴルバチョフが死んですぐのことでした」

「ゴルバチョフはまだ生きていますが……」

「いいえ、旦那。ザンドラリオーナがはっきり言ってました。ゴルバチョフが死んで、コミュニズムも死んだと。その数日後、息をひきとったんです」

冗談を言っているのか真面目なのか、私にはわかりませんでした。立て続けに煙草を吸いながら、老爺は話を続けます。「自分は妻に先立たれ、嫁いだ娘のところで、娘の旦那と、孫たち――女が二人と男が一人です――と一緒に暮らしておったんです。ザンドラリオーナにはあのとおり、家族も親戚もありませんでしたから、死んでから何か月経っても、誰もこの家の相続権を主張しに来る者はない。それで、自分がここで暮らしはじめたというわけです。あなたは、あの人の甥御さんかなにかで？」住まいを失うかもしれないと危惧《きぐ》したのか、彼はそう尋ねました。

「ご心配なく。相続権を主張しに来たわけではありません」

「では、ジャーナリストとか？　どこかで見たことがあるような……」

「実はアフターシェービングクリームのコマーシャルに出ています」

老爺はなにも言わずに、規則的な間隔で瞬《また》きをしながらこちらの様子をうかがっています。新たな煙草に火をつけ、煙の輪っかを空中にぷかぷかと浮かせながら。そのとき私はようやく理解したのです。「あなたはカーパ・エ・フィエッロですね」彼は返事をしませんでしたが、戸口の片側に寄ると、「まあ、お入りください」と言いました。瞬きに抗おうとする瞼《まぶた》の内側に、束の間、かつての彼の眼差しが見てとれました。当時とおなじ濃いブルーの瞳。私は戸口でしばらく躊躇《ちゅうちょ》していましたが、顔だけ家のなかにのぞかせました。一瞥《いちべつ》しただけで、すべてが視界に収まります。隅が黄ばんでこそいるものの、昔のままの壁紙、様々なグラデーションの灰色のタイル張りの床、部屋の周縁のタイルはどれも不揃いで、縁が欠けています。トイレの前の一枚に見憶えがありました。「では、ご親切に甘えて、捜しものをさせてもらってもよろしいでしょうか。実は私のものなのですが……」部屋の隅でまた煙草に火をつけている老爺に、私は声を掛けました。

彼は部屋を見わたし、両腕を開いてみせました。この家にあんたの興味を引くようなものなんてあるのかねとでも言いたげに。私はトイレへと続いているタイルの脇にひざまずき、もういい年だというのに、路上でしゃがむ子供たちと同様のたわいなさで床にしゃがみ込みました。アメリ、そんなふうに地面にしゃがみ込んじゃ駄目よ。あなたによくそう叱られたものでしたね。

タイルに触ると、長い歳月のあいだにたまった埃が指の先に触れました。指の腹で四角いタイルを一つひとつなぞり、微妙な形の違いを探ります。すると、ほかのタイルよりも擦り減り具合の激しいタイルが見つかりました。持ちあげてみます。最初はそっと。次に少し力を入れて。ですが、タイルはびくともしません。老爺は瞬きに抗おうと、ときおり目をぎょろつかせながら、私の一挙手一投足を観察しています。品定めされているような気がしますが、おそらく床が心配なだけなのでしょう。ようやくタイルが剝がれ、私はその弾みで、四角い陶製の板を手にしたまま尻もちをつきました。タイルの下には穴が開いています。

「なんでまた、自分の名前をご存じで？」老爺が尋ねました。

私の脳裏に、ベッドの下に隠された無数の包みや、毎日のように集めてはあなたのところへ持ち帰り、きれいに洗って、ほころびを繕い、カーパ・エ・フィエッロの露店で売っていた古着が立ち現われます。あなたはいつも、私を外に追いやっては、仕事があるからと、あの男と二人で家に籠《こ》もっていましたね。

「子供の時分、私も市場で露店を出していましたから」と私は答えました。

彼はそれ以上なにも言いませんでした。床を壊した私に腹を立てているのでしょうか。いや、穴のなかになにが隠されているか知りたくてたまらないのかもしれません。かつて噂されていたザンドラリオーナの貯金が出てくるとでも思っているのでしょう。あるいは、記憶のなかで私とおなじ道をたどり、中年をとうに過ぎた私の顔に、赤毛の少年の面影を見出しかけているのかもしれません。

私は穴のなかに片腕を突っ込み、角が錆《さ》びたブリキの箱を取り出しました。土と埃の層の下に、琺瑯《ほうろう》の水色とビスケットのメーカー名がうっすらと見えています。ビスケットは私が食べたわけではなく、空き箱をあなたがパッロネット地区の食料品店からもらってきたのでしたね。あなたはそれに裁縫道具を入れていましたが、ある日、ほかでもないカーパ・エ・フィエッロから、木製のプロ仕様の裁縫箱をプレゼントされたのでした。その真新しい裁縫箱は、左右対称の二つの蓋を持ちあげて開ける構造で、いろいろな色の木綿糸の糸巻きや、大小様々な針をしまっておける仕切りがいくつもありました。それが三段重ねになっていて、金属の蝶番《ちょうつがい》で持ちあがるのです。その素晴らしかったこと！ 私の目には、まるでレッティフィーロ街のキオスクに並べられたSF漫画に出てくる宇宙船のように見えたものでした。それであなたは、不要になったビスケットの箱を私にくれたのでしたね。プレゼントなんてもらったことのなかった私にとって、そのパステルブルーの箱は大切な宝物でしたから、誰にも触らせませんでした。トンマジーノにさえも。ただし、ザンドラリオーナにだけは見せました。そして、大切な物を全部そのなかにしまって、金庫代わりにしようと決めたのです。ザンドラリオーナが、秘密の場所があると教えてくれました。それで、私の宝物は今までの長い歳月、ずっとタイルの下の穴のなかにしまわれていたのです。カーパ・エ・フィエッロに「まあ、お入りください」と言われなければ、そのままいつまでも床下で眠っていたことでしょう。ザンドラリオーナより長生きした宝物たちは、私よりもさらに長生きしたかもしれません。翌日が来ないなんて露ほども知らずに、翌日に先延ばしするようなものです。あなたのジェノヴェーゼのように。

私とカーパ・エ・フィエッロは、そのブリキの箱をじっと見つめていました。二人とも急ぎの用事などありません。時間の流れが私にとっても彼にとっても緩慢になり、不意に心地よいものとなったかに感じられました。ちょうど私の靴のように。茶色のフォーマイカのテーブルの上にブリキの箱を置き、隙間に爪を入れると、金属音を立てて蓋が開きました。子供時代の私の宝物がひとつ姿を現わすたびに、当時の記憶がそのままよみがえります。

金属の軸に紐が巻きつけてある木製の独楽《こま》……。

「アメリ、いいかげん独楽で遊ぶのはおやめ！」

黒い肌の兵士からもらったアメリカビールの蓋……。

「ワッチューネーム、リドル・ボーイ？　ワッチューネーム？」

トンマジーノと一緒にパキオキアの家でくすねた乾パンの切れ端……。

「そこから出てくるんだよ、このコソ泥。パンまで盗むのかい、ネズミじゃあるまいし！」

紐の切れ端、真ん中に小さな帆がついている胡桃《くるみ》の殻、使いかけの蠟燭《ろうそく》、安全ピン、オウムの羽根……。どこの道端で見つけたかは忘れましたが、拾ったときからすでに壊れていたガラクタたち。それが私の子供時代の玩具《おもちゃ》のすべてでした。

なかに一枚、角が黄ばみ、湿気で傷んだ折り畳まれた紙が交じっていました。手のなかで崩れてしまいそうなその紙を、おそるおそる開いてみると、すっかり色褪せた新聞記事の切り抜きでした。見知らぬ人の写真があります。背の高い、縮れ毛（私はこれを見て、勝手に赤毛を想像していました）の男性の写真で、その下に大きな文字で「おめりかのじじいの」と書かれています。「アメリカ人のジジーノ」と書きたかったのでしょう。幼かった頃の私が、父親の姿を思い描くために持ち歩いていた写真でした。

カーパ・エ・フィエッロは、次々に現われる出土品をじっと見つめていましたが、やがて自分も床にひざまずきました。あまりに骨ばっているので、折れはしまいかと見ていてはらはらするほどです。私のすぐ近くまで身を寄せてきたので、撫でられるのかと一瞬焦りましたが、そうではありませんでした。腕を伸ばし、耳が床につきそうなくらい、穴の奥まで手を突っ込んだのです。呻《うめ》き声をあげながら懸命に腕を伸ばす彼は、ザンドラリオーナの貯金やジュエリー、宝石、金製品を掘り出したいばかりに、穴のなかに全身が埋まりそうでした。ですが、なにも出てきません。ほかに宝物などありませんでした。

「アフターシェービングクリームのコマーシャルに出ているというのは嘘ですね？」彼はそう言うと、挑むような視線を私に投げつけました。私は立ちあがり、ブリキの箱を小脇に抱えると、礼を言って外へ出ました。

「たまには会いに来いよな」彼は急に自分のほうが目上だと気づいたかのように、これまでの敬語ではなく、打ち解けた口調になりました。「あんたに話して聞かせたいことが山ほどある」すでに路地まで出ていた私に向かって、そう言うのが聞こえます。そして戸が閉まりました。窓から数歩のところで立ち止まると、薄暗い部屋のなかで、誰にも見られていないと思い込んでいる彼が、天井に向かって煙の輪を吐きながら、執念深く穴に手を突っ込んでいました。戸口に戻った私は、ポストの上に白いシールが貼られていて、マジックでルイジ・アメリオと書かれているのに気づきました。ナポリでは誰もが通称を持っていて、それを一生使い続けます。葬儀の告知文など、死後にもなお使われることも珍しくありません。さもないと、誰のことか見当もつかないからです。私はそれまでずっと、カーパ・エ・フィエッロの本名を知らずにいました。彼はルイジ・アメリオというのですね。

カーパ・エ・フィエッロの本名には、名前と名字にあなたの長男と次男の名前が入っていました。ルイジとアメリーゴ。いえ、逆ですね。おそらく兄さんと私の名前が彼の本名からとられたもので、今まで私はそれを知らずに生きてきただけなのでしょう。

49

「おじさんの名字も、僕とおなじスペランツァなんだってマッダレーナが言ってたよ」

「私はベンヴェヌーティだ。養子になったからね」

「僕も養子になれるかな?」

カルミネは一時《いっとき》も黙らずに私の傍らでちょこまかと動きまわります。私も子供の頃には、なぜ、どうしてと質問ばかりしていたとあなたは話してくれましたね。「水銀を持っている」みたいに、一瞬たりともじっとしていなかったと。いいや、あなたは確か別の言い方をしていました。そうそう、「神によってもたらされた禍《わざわい》」だと言っていたのでした。

「道を歩くときには、必ず大人と手をつなぎなさいって母ちゃんに言われてるんだ」カルミネがそう言って、私の手を握ろうとします。

「大丈夫。ここは歩道だから、車は通らないよ」

カルミネはしばらく考えているようでしたが、納得がいかないらしく、頭《かぶり》を振ります。今朝、マッダレーナからホテルに電話があり、急用ができたから、しばらくカルミネと散歩でもしていてくれないかと頼まれたとき、私は罠《わな》だと直感しました。彼女は一徹な性格で、いったん決めたら絶対にそうしないと気がすまないところがあります。彼女の世界にはあぶれ者など一人もいないのです。ボローニャの駅前のホールで、ほかの子たちが次々と連れていかれるなか、私だけが誰にも手をつないでもらえず、引き取り手のないまま、一人とり残されたときに感じた羞恥心《しゅうちしん》を思い出しました。

「おじさんが子供だった頃、もう一人のお母さんがいたって本当?」

そうこうするうちに、私たちは歩道の外れに来ていました。

「父ちゃんがそう言ったんだ。お祖母ちゃんに訊いてみたけど、その話はしたがらなかった」歩行者用の信号が青になりました。「いいなあ! ときどき僕も、お母さんがもう一人いたらいいのに、って思うことがある」カルミネは目に大粒の涙を二つためながら、道を渡るために私のほうに手を伸ばしてきます。

つないでやると、その手は柔らかくてひんやりとしていました。カルミネは私の手をぎゅっと握り返し、反対の腕で、涙の跡を消そうと顔をこすっています。私たちは手をつないで通りの向こう側に渡りました。

ふたたび歩道を歩きはじめたのですが、カルミネは手を離そうとしません。私の脳裏にふと、モデナ行きの長距離バスを待っていたターミナルで、私をコートのなかに包んでくれたデルナの匂いがよみがえりました。そして私は心許《こころもと》なくなりました。これまでヴァイオリンの弓だけを器用に操ってきた私の手は、果たしてこの子を慰め、力を与えることができるのでしょうか。それほど大きな影響力を持ち得るのか、私には自信がありませんでした。少年の手をしっかり握っていた私の手が、急に弱々しくなりました。その手で、成就の不可能な約束をしてしまったように思えたのです。

「今日は暑すぎるから、動物園に行くのはやめにしよう。マッダレーナの家まで送っていくよ」

「じゃあ、また今度連れてってくれる？」

ミラノ行きの飛行機のことや、予定が決まっているコンサートのことを考え、私は返事に窮しました。

「次に来たとき、おじさんがびっくりするようなものを見せてあげる」

そうこうするうちに、マッダレーナの家の前に着いていました。来た道を引き返すあいだも、私は掌に残された彼の手の柔らかさを感じていました。

50

少年裁判所では、先日の受付係がすぐに私を通してくれました。なんと、私のことを「ドクター」とまで呼んだのです。あなたの町では、学歴は学問的な到達点を示すのではなく、名誉の称号なのですね。「ドクター、どうぞおあがりください。サポリート判事がお待ちかねです」そう言うと、先に立ってホールへ行き、ボタンを押してエレベーターが下りてくるのを待ちました。

トンマジーノは私を部屋に通すと、机の向こう側に座りました。私は手前に腰を下ろします。

「発つ前に挨拶がしたくてね」

トンマジーノは、七歳の頃の奔放な縮れ毛がいまだに大量にあるかのように髪を撫でつけました。

「それはずいぶんな心境の変化だなあ！　お前がこの町から逃げ出したときにはなんの挨拶もなかったからね」

ドアをノックする音がして、受付係が顔をのぞかせました。「判事どの、コーヒーをお飲みになりますか？」この町では、コーヒーは単なる飲み物ではなく、忠誠の証《あか》しなのですね。トンマジーノが手を横に振ると、受付係は引っ込みました。

「ドブネズミに色を塗ったことを憶えてるかい？」私は、机の上に並んだ写真を眺めながら尋ねます。

真面目くさったトンマジーノが相好《そうごう》を崩しました。「忘れるわけがないだろう」

「子供列車に乗る前は、なんでもありだったな。ドブネズミをハムスターと偽って売るのだって平ちゃらだったんだから。それがひとたび北部から戻ったら、自分でもそんな生活が信じられなくなっていた。魔法が解けたんだ。ここには母がいるだけで、ほかにはなにもない。一方、向こうには母以外のすべてがあった。私はそのすべてを選び、マエストロ・ベンヴェヌーティと呼ばれる今の自分になったんだ」

私はどのように話を続けたらいいのかわからず、そこでいったん口をつぐみましたが、すぐに言葉のほうが自然に出てきました。「だが、私のなかにもう一人の自分がいるんだ。カルミネとおなじ名字の私がね」

私の言わんとするところを、トンマジーノがどこまで理解しているかはわかりません。私と異なる人生をたどった彼は、どちらか一方を選ぶ必要はなかったのですから。彼の机の上には、欠けている写真が一枚もありません。

「あの子は私が預かろうと思うんだ」私はひと息に言いました。「君の言うとおり、今のあの子には私しか頼る者がいない。せめて両親の罪状が明らかになり、状況が……」

「お前がそう決心をしてくれたことは嬉しいよ。だが……」

「容易ではないことはわかっているつもりだ。私は独り暮らしだし、演奏旅行にもしょっちゅう出掛ける。それでも、あの子にしてやれることがあると思うんだ。私はこれまで人から多くを与えられて生きてきたが、いまだになにも与えてはいない」

トンマジーノは口を開きかけたものの、なにも言わずにまた閉じてしまった。

「むろんずっとというわけではない。何か月かのあいだだけだ。とりあえず一緒に連れて帰り、どうするのがいいかゆっくり考えようと思う」

「アメリ、もうその必要はなくなったんだ。母親が釈放された」

「なんだって？」

「昨日、家に戻ったよ」

「無罪になったのか？」

「そうじゃない。未成年の子供がいることが考慮されて、自宅拘禁になったんだ。ともあれ、状況は好転した」

「アゴスティーノのほうは？」

「今のところなにもわからない。捜査中だから、そのうちに明らかになるだろうよ。起訴の罪状は重いがな」

「麻薬か？」

トンマジーノは悲痛な面持ちを浮かべました。まるで私も彼も、おなじだけの責任を負っているとでも言うように。

「しかし、あの子はどうなる？　安心して任せられるのか？」

「実の母親だよ……」

私は頭が混乱して、どうすべきなのかわかりませんでした。いつだって、すべきことは別のところにあるのです。母親が帰ってきたこと自体はよい報せにちがいないのに、少しも心が軽くなりません。

「母親と話がしたい。私にできることがあれば電話してくれと伝えたいんだ。住所を教えてくれないか？」

トンマジーノは頭《かぶり》を振りました。私の言うことに納得がいかないようです。ほんの数日前までなにも理解できないのは私のほうだったのに、いつの間にか立場が逆転していました。私の手がカルミネの手を握ったとき、すでに約束が結ばれ、未来への計画が生まれはじめていたのです。ちょうど恋に落ちるときのように。

トンマジーノは机の上の書類の山からファイルをひとつ抜き取ると、黄色いメモ用紙に住所と電話番号を書いて寄越しました。

そうして私たちは、まるで翌日ふたたび会う友のように挨拶を交わしました。「ちょっと待て」オフィスを出ようとしたところで、トンマジーノが私を呼びとめました。そして、「お前に渡したいものがあるんだ」と言って、机の引き出しから四つ折りの紙を取り出しました。「このあいだ会いに来てくれたあとで、捜してみたんだ。久しぶりにお前の顔を見たら、いろいろと懐かしくなってね……」

ひろげると、古ぼけた紙の上に鉛筆で描かれた三人の子供の顔が現われました。刈り上げの金髪の少女と、ひねくれた赤毛の少年、そして炭のように黒い髪の少年。

「出発の日に、あの若者が描いてくれた似顔絵だな」すぐにわかりました。

「お前のものだ。お前にやるよ。日付とサインがある。マウリツィオ同志を憶えてるか?」

私は無言のまま紙を折り畳み、自分の靴をじっと見つめました。痛みがきれいに消えていることが、いまだに信じられない思いでした。そして、おもむろにオフィスのドアへと歩み寄りました。

窓の外では、街路樹の梢が風で海の方角になびいています。天候が変わりつつあるようです。

51

くすんだ色の木製のドアに真鍮《しんちゅう》の表札があり、「A・スペランツァ」と書かれていました。なにかがひとつ違っていれば、それは私のことで、ここは私の家で、ここに私の人生があったのかもしれません。ですが、ここはアゴスティーノのアパートで、ここにあるのは彼の人生なのです。それでよかったのか、悪かったのか、私にはわかりません。あなたはいつも、薬草と雑草に喩《たと》えていましたね。私はノックもせずにしばらくドアの前で立ちつくし、もう一人のアメリーゴの姿を想像しています。これまでの歳月ずっと、生まれた町にとどまり続けたアメリーゴを。見た目はおなじなのに別の自分が、表通りや路地を歩きまわっているところを。別の人生によって、別の人間になっていただろう私を。おそらく今より肥っていて、髪はいちだんと薄く、肌は日に焼けていたことでしょう。快活に笑い、傍らには女性がいるにちがいありません。黒髪に豊かな胸の女性。職業は職人か現場作業員で、あなたが望んだようにマリウッチャの父親の靴修理工房で雇われていたかもしれません。長じてからは独立し、自分の工房を構えていたことでしょう。靴底を張り替えて新品同様に生まれ変わらせたり、履く人の足に形を合わせたり。足に合わない靴を履くのがどういうことか身に染みていましたから。あるいは一から靴を作る職人になっていたでしょうか。店の経営は順調だったでしょうか。ひょっとすると大繁盛して、外国に靴を輸出していたかもしれません。たとえばアメリカに。そしてあなたを連れてアメリカへ行き、あなたの面倒もみたことでしょう。

呼び鈴がありましたが敢えて鳴らしはせず、指の関節で静かにノックします。すると、「どなた？」と、家の奥から女性の声がしました。「アメリーゴです。突然すみません、お子さんに挨拶がしたくて来ました」

物音がしました。床に椅子を引きずる音でしょうか。女の人が、隣の部屋でテレビを観ているらしい息子になにか尋ねているようです。しばらくの沈黙。ふたたびノックをすると、栗色の瞳と、やつれた顔にかかるブロンドの前髪がやっと見える分だけドアが開きました。「ごめんなさい」私の義理の妹が言いました。「でも、家にあがってもらうわけにはいきません。誰も入れてはいけないと言われてるんです。あなたのことはアゴスティーノから聞きました」

「堅苦しい言葉遣いはやめてくれないか……」私は隙間から内側をのぞきながら言いました。するど彼女が、「ロザリアよ」と片手を伸ばしてきました。「よかったら、カルミネを少し外に連れ出してちょうだい。あたしは外に出られないから……」

ドアの隙間をすり抜けて外に出てきたカルミネが、私の手を握りました。「おじさん！」私が約束を守ったことが嬉しいのでしょう。目を輝かせ、声をうわずらせています。

「一時間後に連れて戻る。心配は無用だ」

「心配なんてしてないわ」彼女はそう言ってドアを閉めようとしましたが、思いなおしたように言い添えました。「そっちこそ、心配は無用よ」引きつったその顔は、まだ若いというのに隈《くま》が目立っていました。「アゴスティーノは正直な人なの。なにかの間違いだわ。あたしたちはみんな真っ当に暮らしてきたのに」

「もちろん」私は戸惑いながらも答えました。「わかっている」

「いいえ、あなたはなにもわかってない」そう言いながら、彼女は先ほどよりさらに少しだけドアを開けました。ドアの枠に添えられた手が見えます。短く切りそろえた爪に長くてほっそりとした指。まるでピアニストのようです。「あなたは、あたしたちのことを気にかけてくれたことなんて一度もなかった」

カルミネに話を聞かれないよう、私の耳もとに口を寄せました。先ほど栗色に見えたその瞳は、実は深い緑色でした。

「ロザリア、申し訳なかった」私は悔やみ、詫《わ》びの言葉を口にしました。それは、目の前にいる彼女だけに向けられたものではなく、母さん、あなたにも向けられたものでした。

「謝る必要なんてない」彼女はがらりと口調を変えました。まるでもう怒ってはおらず、ただ悲しいだけだというように。

「たいしたことじゃないわ。アゴスティーノが帰ってきたら、あなたに電話するように伝えておく。あの人も、あなたに対する接し方を間違えたのよ」彼女は口もとにかすかな笑みを浮かべました。

「カルミネはあなたを慕ってるわ」そう言うと、私に答える隙も与えずに、ドアを閉めてしまいました。

「早く行こうよ」カルミネが呼んでいます。

私たちは住宅街の並木道を連れ立って歩きました。まるで別の町のようです。道を行き交う人々の肌の色も異なるし、目鼻立ちもさほどくっきりとはしておらず、声のトーンも低い。そのうえ、空気もひんやりと感じられます。「君はずっとここに住んでるの?」そう尋ねてみました。

「そうじゃない。僕が小さかった頃は、みんなでアントニエッタお祖母ちゃんの家に住んでたんだって。僕は憶えてないけど。それに、このあいだまで僕、ずっとお祖母ちゃんちにいて、眠ったり、遊んだり、サルヴァトーレ司祭の教会の子供広場に通ったりしてたんだ」

「友達と街なかをうろついて、悪さしてたんだろ？」

「母ちゃんはいつもイライラしてるんだ」

「私のお母さんも、いつもイライラしていた」

「そんなことない。お祖母ちゃんはいつも陽気だったもん」

愛というものはいつだって誤解に満ちているのだなと、私は思いました。私とカルミネは公園に向かって歩いていきます。「ジェラートを食べたいかい？」カルミネは首を横に振りました。「好きじゃないの？」

「そういう気分じゃない」

「じゃあ、どんな気分？」

「お祖母ちゃんに会いたい」

「そうだね」

公園の入口まで黙って歩きました。するとカルミネがいきなり立ち止まり、私の手を引いて言いました。「おじさん、また行っちゃうんでしょ？」

「明日、出発だ」嘘はつけませんでした。「でも、そのうちまた来るよ」

「じゃあ、今すぐ行かないと」

「なにをしに？」

「内緒。お祖母ちゃんからのサプライズがあるんだ。おじさんが来たら、一緒に驚かせようって。なのに……」

カルミネが寂しげな笑みを浮かべました。そのとき初めて、私は彼の前歯が一本抜けていることに気づきました。きっと夜中にネズミが持っていったのでしょう。

「今でもサプライズに効き目があるかわからないけど……」

「とにかく行ってみよう」と私は言いました。

私たちは丘をのぼり、ケーブルカーに乗り、あなたの家のある地区に着きました。劇場のある広場からほど近い、優雅な通りのあいだに嵌《は》め込まれた、一軒一軒折り重なるようにして立つ天井の低い家々。路地裏の人たちの話し声に、昔よく耳にしていた、哀歌のような抑揚のある会話が記憶によみがえります。「こんばんは、アントニエッタさん」「ごきげんいかが、パキオキアさん」「息子さんは元気?」「雑草のように伸びるばかりで……」「商売はうまくいってるかい?」「いったいなんのことだか……」「カーパ・エ・フィエッロに訊けばわかるさ」「よくも、そんな陰口ばかり」「旦那は帰ってくるのかい?」「帰ってくるに決まってるでしょ」「じゃあ、またね、アントニエッタさん」「おやすみ、パキオキアさん」

あなたの家の前で、私はカルミネの手をとり、握りました。戸は開いていて、誰もなににも触れていないようです。カルミネと一緒になかへ入ると、お腹の底から悲しみが込みあげます。彼に導かれて、あなたのベッドの脇へ行きました。「この下だよ」と、カルミネは言いました。私にはなんのことかわかりません。「この下に、サプライズがあるんだ」

ベッドの下を見ようとしゃがみ込みました。かつてはここに、カーパ・エ・フィエッロの商売道具が隠してありましたね。カルミネも私も気持ちが昂《たかぶ》り、唇を嚙《か》みしめています。私は手を伸ばして、奥にあったものをつかみました。

「お祖母ちゃんがずいぶん時間をかけて、やっと見つけたんだ。これはおじさんのところに戻るべきなんだって言ってたよ」

いくらか埃のかぶったケースを開けて、蓋を持ちあげます。ヴァイオリンは、私が記憶していたものよりも小さく、玩具《おもちゃ》のように見えました。私はそれを改めてプレゼントされたような気持ちになりました。今回の贈り主はあなた。ケースの内側の布にはまだリボンが縫いつけられていて、色こそ褪せてはいるものの、私の名前がしっかり読みとれます。アメリーゴ・スペランツァ。

「ほらね、やっぱりおじさんもスペランツァだ」

指の腹で絃を撫でているうちに、あの遠い誕生日にこのヴァイオリンがくるまれていた包装紙や、アルチーデの工房の倉庫でマエストロ・セラフィーニから受けたレッスン、最初は耳障りな音しか出せなかったのが、練習を重ねるうちに甘い音が奏でられるようになったときの感激、そしてだんだんと上達していく指の感覚がじわじわと脳裏によみがえりました。

「おじさん、幸せだね」と、カルミネが言いました。それは質問ではなく、断定でした。

52

あなたに花を手向《たむ》けたくて墓地にやってきました。こうしてあなたと二人きりになったのは、何年ぶりでしょう。最初は祈ろうとしたのですが、ふだんはしないことを形だけ真似《まね》ても意味がないと思いなおしました。それで、あなたに話し掛けようとしました。なにかあなたに言うべき大切なことがあるような気がしたのですが、なにも頭に浮かんできませんでした。あまりにたくさんの怒りを無駄にため込んだせいで、仕舞いにはなぜ怒っていたのかも忘れてしまったのです。

　空は、好天とも悪天ともつかないまま微動だにせず、来《きた》るべき天候を待ち受けています。墓碑の並ぶ通路のあいだに、死者を偲《しの》ぶ人たちの姿がちらほらと見受けられます。新しい花と墓前灯のためのオイルを携えて。私もあなたの墓前に花を供えました。墓前灯はともしません。あなたは灯りをつけたままで眠るのが嫌いでしたから。花は、明日か明後日には萎《しお》れてしまうでしょう。でも、それでいいのです。だからといってあなたへの想いがしぼむことはないのですから。あなたと離れて暮らした歳月がそのまま長い愛の手紙であり、私が鳴らした音符の一つひとつは、どれもあなたのために奏でたものです。それ以外にあなたに言うべきことはありません。もはやあなたの返事を聞きたいとも思わなくなりました。父親のこと、アゴスティーノのこと、遠く離れたまま互いに連絡もとり合わなかった日々。疑問はすべて胸の内にしまい、私の人生の道連れにしましょう。なにひとつ答えは見つかっていませんが、それでいいのです。

　私はしばらくそのまま手向けた花の前に立っていましたが、やがて、足が重くなってきたので、あなたに別れを告げて立ち去ることにしました。これまでお互いに言わずに来たことを口にすることはないでしょう。それでも私にとっては、この何十年ものあいだ、鉄道の数百キロメートル先に、私のオーバーコートを両腕で抱きしめているあなたがいると思うだけで十分でした。私にとってのあなたは、いつまでもあの場所で、どこへも行かずに、私を待っているのです。

53

あたりの空気が急に冷えてきました。六月だというのに、なんだか十一月のようです。昨夜《ゆうべ》は雨でした。希望がすべて掻き消されたかのような嵐。ところが、朝になったら青白い太陽が昇っていました。どんよりとした灰色の空の真ん中にある、薄く皺《しわ》の入った膜。ただし気温は大幅に下がり、急に秋がやってきたかのようです。道行く人々は、まったく油断も隙もありゃしない、せっかく衣替えをしたのに簞笥《たんす》の奥からまた上着を引っ張り出したよ、と嘆いています。

ピアッツァ・ガリバルディ駅は大勢の人でごった返しています。昔トンマジーノと一緒に出発していく列車を見に通っていた時分は、あらゆるものが倍の大きさに感じられたものです。列車の到着と出発を告げる構内アナウンスや、大きな旅行鞄を持ちあげて肩から斜めにかけると、ホームに向かって歩きだす人々の姿を今でも憶えています。

私は電光掲示板を見あげて何番線か確認してから、緩慢な足取りでホームに向かいます。最後にこの駅に来たとき、あたりは真っ暗でした。あなたと口論したあと、ピエディグロッタの音楽祭のにぎやかな歌や灯《あか》りとは反対方向へと裸足《はだし》で駆けていったのです。あれ以来、私は鉄道の駅にはなるべく近づかないようにして生きてきました。心がざわついて仕方がなかったからです。それが昨日は、わざわざ旅行代理店へ行き、航空券を列車のチケットに替えてもらいました。何年も前の旅とおなじルートをたどる必要に駆られたからです。

プラットホームには冷たい風が吹きつけ、列車を待つ人たちは皆、上着の内側で縮こまっています。私も麻のジャケットの下で震えていました。

ふたたび雨が降りだしました。この町に着いたときには汗で顔がぐっしょりになっていましたが、今度は雨で顔を濡らしながら発つことになりそうです。けれども悲しくはありません。太陽と青い空こそが陽気だというのは、歌謡曲によって喧伝《けんでん》された偽りのイメージでしかなく、ぽたぽたと落ちる雨音を聞いていると、去りゆく時をあれこれと思い悩まずにいられます。

私は腕時計をちらりと見てから、最後にもう一度だけ後ろを振り返りました。雨を避けようとホームの庇《ひさし》の下でひしめき合う人々のあいだに視線を滑らせ、小さな溜め息をつきました。列車が音程の外れた警笛を鳴らし、ブレーキをかけながら駅に入ってきました。私は車両に続くステップを一段ずつ踏みしめ、切符を確認したうえで自分の席を探します。ですがすぐには座らずに、プラットホームを見ながら待ちました。私の席の向かいには、赤い小花模様のワンピースを着たブロンドの髪の女性が座っています。旅行鞄を持ちあげて網棚に載せてあげると、彼女は微笑んで礼を言いました。ちょうどそのとき、こちらにやってくる二人の姿が見えたのです。しだいに強くなる風に髪を乱しながら、駆けてきます。私は二人に気づいてもらうために、列車の窓ガラスを何度も叩きました。二人は私の乗った車両の前を通りすぎ、数メートル先で立ち止まりました。列車はふたたび唸《うな》り声をあげたものの、まだドアが閉まる気配はなかったので、私は急いでプラットホームに降りました。カルミネが、マッダレーナの手を離してこちらに走り寄ってきます。「道が渋滞してて、バスが遅れたんだ」息せき切ってそう言う彼を、私は膝をついて抱きしめました。「今度来るときには、私のことをホームまで迎えに来てくれるね？」

「もちろんだよ、おじさん。父ちゃんと一緒に迎えに来る」と、カルミネは答えました。

列車の警笛がふたたび鳴りました。最後の合図です。私は車内に戻り、窓から顔を出しました。腕を思いきり伸ばしても、カルミネの手には届きません。私は彼に、あのヴァイオリンをプレゼントしました。あなたがベッドの下にしまっておいてくれたヴァイオリンは、今のあの子にぴったりのサイズだったのです。果たして彼がヴァイオリンを習う気持ちになるかはわかりません。家を出なくても、この町でヴァイオリンを学ぶことができるはずです。あの子は、願いを叶えるために、自分が手にしているものすべてをあきらめる必要はないのです。ほどなくドアが閉まり、列車がゆっくりと動きだしました。車両の下をレールが滑り去っていくにつれ、マッダレーナとカルミネの姿が小さくなっていきます。

ナポリの町も後ろに遠ざかっていきます。最初はゆっくりと、しだいに少しずつスピードをあげながら。雨の細かな滴が窓ガラスの外側に張りついては落ち、その間隔がだんだん短くなっていきます。

私は自分の席に座りました。車窓の外を、木々や家々、そして千々《ちぢ》の雲が飛ぶように過ぎていきます。

向かいの席に座っている小花模様のワンピースの女性は、本を開いて読みはじめました。ときおりページから視線をあげては、私のことをうかがっています。しばらくすると、旅行鞄の脇に置いてあるケースを指差し、私に微笑みました。「演奏家でいらっしゃるのですね？　私、交響楽が大好きなんです」

「ヴァイオリニストです」

「コンサートのためにいらしたのですか？」

「いいえ、家族に会いに帰ってきたんです。今は別の町で暮らしていますが、ここは私の町ですから」私はそう答えながら、真実を口にすることはこんなにも容易だったのだと驚かずにはいられませんでした。

彼女が手を差し出して、名乗りました。私はその手を握り、微笑み返します。「初めまして。アメリーゴです」そして、付け加えました。「スペランツァ」

客車は乗り心地がよく、列車は静かに走り続けます。暑くもなければ寒くもなく、周囲から洩れ聞こえる話し声がかすかなざわめきとなって私を眠りに誘います。これからまだ長いあいだ列車に揺られるわけですが、急ぐことはありません。人生でもっとも長い旅はもう終わったのですから。お母さん、あなたの許にたどり着くまで、私はこれまで歩んできたすべての道のりを遡《さかのぼ》らなければなりませんでした。

私のヴァイオリンは網棚の上にあり、ブロンドの女性はふたたび読書に夢中になっているようです。それでも私たちの眼差しはときおり交わります。私は不意にとてつもない疲労感に襲われました。思う存分遊びまわって満ち足りた子供のように。瞼を閉じ、座席の背に頭をもたせると、いつの間にか優しい眠りに包まれていました。

訳者あとがき

戦後のイタリアには、子供たちばかりを大勢乗せて走る特別列車があった。「幸せの列車」、あるいは「子供列車」などと呼ばれた列車だ。不安そうな表情で列車の窓から顔をのぞかせている子供たちと、それをホームで見送る親たち。なかには、車両に「南部と北部があるのではなく、あるのはイタリアだ」などといったスローガンが書かれているものもある。“Treni della felicità”（「幸せの列車」の意）で画像検索をかけると、そうしたモノクロの写真が見つかることだろう。

　これは、戦後も荒廃が長く続いていたイタリア南部の貧困家庭の子供たちを、比較的暮らしの安定していたエミリア・ロマーニャ州（モデナ、ボローニャなど）をはじめとする北部の町まで送り届けるために、一九四六年から一九五二年まで実際に運行されていた列車だ。この活動によって、食べ物も着る物も満足に手に入らず、場合によっては学校にも通えずに街角や闇市で小銭を稼ぐことを余儀なくされていた四歳から十二歳までの子供たち約七万人（ナポリだけで一万人超）が、安心して冬を越すことのできる家と衣食、そして教育の機会を得ることができたと言われている。第二次世界大戦がようやく終結した後もなお、文字通り生きるための戦いを強《し》いられていたイタリアでの、市民の手による復興、ならびに、経済格差が著しく、政治的な分断も見られた南北間の連帯を象徴する出来事として称讃された。

本書、『「幸せの列車」に乗せられた少年』（原題は *Il treno dei bambini*〔子供列車〕）の主人公アメリーゴも、七歳のときにこの列車に乗った。アメリーゴが生まれたのは、ナポリの下町スペイン地区の貧しい路地裏にある、一間だけの「洞窟のような狭い」アパート。父親は「幸運をつかむ」ためにアメリカへ行ったきり行方知れずで、兄は幼い頃に気管支喘息にかかって死んでしまい、読み書きのできない寡黙な母親との二人暮らしだ。兄ほどには母親に愛されていないのではないかという漠然とした劣等感を心の片隅に抱えながらも、母親を健気に助け、近所の家々をまわって古着を集めながら、知恵を働かせ、たくましく生きていた。

だが、アメリーゴの世界は、この列車に乗ったことにより根底から覆される。住み慣れた家や街、たった一人の肉親である母親から離れ、見ず知らずの人たちの暮らす、言葉も違えば食べ物も違う別世界に放り込まれるのだ。それからというものアメリーゴは、自分が「真っぷたつに引き裂かれた」という感覚をつねに胸に秘めて生きていくことになる。列車に乗る以前の自分と、北部で不自由のない暮らしや別の人生の可能性を知ったあとの自分。そして、小さな行き違いから母親とのあいだに生じた亀裂が、いつしか容易には埋めがたい溝となっていく……。

「列車に乗る前は、新しい靴さえあればどこまでも好きなところへ行けると信じてた。それなのに、実際に手に入れた新しい靴はきつく、僕はいつまで経ってもここから動けない」

他人のお古の靴ばかり履かされていたアメリーゴが、ようやく自分の足にぴったりと合う靴に出会うまでには、長い歳月を要することになる。

著者のヴィオラ・アルドーネは、一人の老人に見せられた写真が本書の生まれるきっかけとなったと、あるインタビューで語っている。幼い頃に実際に「幸せの列車」に乗った経験を持つその老人が、ナポリ駅で別れた母親の写真を見せながら、当時の複雑な胸の内を訥々《とつとつ》と語ってくれたのだそうだ。

生まれ故郷のナポリにそうした史実があったことを知らずにいた著者は、老人の話に強い衝撃を受ける。以来、その写真が胸の内で果実のようにふくらんでいき、爆撃の跡も生々しい当時のナポリの街が脳内で再現され、人々の顔が浮かぶようになった。様々な記録を読みあさり、丹念に史実を調べあげ、多くの人に話を聞いてまわるうちに、いつしか一人の少年の面差しがくっきりと焦点を結ぶ。耳の奥でその少年の声が聞こえはじめ、少年が自分の話を聞いてほしがっていると感じたのだという。

語り手を七歳の少年に定めたのは、背丈が大人の半分しかなく、視野も限られている少年の目線から物事を見ることによって、安易なレトリックを避けるためだ。列車に乗せる側と乗せられる側、どちらに視座を据えるかによって、見えてくる情景はまったく別のものとなる。ナポリの路地裏の子供らしい発想や言葉遣い、飛躍しがちな論理といった細部に至るまでリアリティにこだわりながら、耳の奥で聞こえていた声を小説に落とし込んでいった。

つまり本書は、著者自身の言葉を借りるならば、「語ってもらいたがっているストーリー自身の強靭な意志によって生まれたものだ。個人の思い出という、いつしか忘れ去られる運命にある場所から、そのストーリーをすくいあげ、『小説』という形で共有することによって、集団の記憶にするために」。

その言葉通り、本書が刊行され、主人公アメリーゴが多くの読者の心をつかんだことにより、人々の記憶の底に埋もれていた史実にスポットライトが当てられた。「幸せの列車」に乗った人々は、見ず知らずの人の援助を受けたことに対する後ろめたさから、それまであまり積極的には自分たちの体験を語ってこなかった。だが、本書の刊行に触発されるようにして、体験談をまとめた書籍が新たに編まれたり、テレビ番組で特集が組まれたりするようになった。本書の刊行がなければ、もしかしたら生涯語らずにいたかもしれない当事者の存在を思うと、フィクションの持つ力の大きさを改めて感じさせられる。

ここで、物語の背景にある当時のイタリアの政治、社会的な状況を簡単に説明しておきたい。「幸せの列車」の活動は、おもにイタリア共産党〔Partito Comunista Italiano〕と、左翼系の女性団体、イタリア女性連合〔Unione Donne Italiane〕（戦時下、ファシズムやドイツ占領軍に対抗するレジスタンス運動に加わるために、女性たちの手によって組織された団体を前身としている）のイニシアチブによって組織された。ナポリでは「ナポリの子供の救済のための委員会〔Il comitato per la salvezza dei bambini di Napoli〕」が結成され、実際に援助を必要としている子供たちを割り出し、親を説得してまわり、受け入れ家庭と子供たちとのマッチングをおこなうといった作業に当たった。

イタリアにおける共産党の存在についても若干の説明が必要かもしれない。イタリア共産党は、ファシズムを打倒したパルチザン闘争において中心的な役割を担ったこともあって、民衆のあいだで支持を伸ばし、戦後、西側諸国のなかでは最大規模となる勢力に成長した（一九九一年に、左翼民主党に移行）。とりわけ、エミリア・ロマーニャ、トスカーナ、ウンブリアといった中北部イタリアの各州は、「赤の州」と呼ばれるほど共産党の支持者が多かった。当時、エミリア・ロマーニャ州の家庭が率先して南部の子供たちを受け入れたのには、そうした政治的な背景に加え、同州がポー川の南に広がる肥沃な平原と豊かな水に恵まれた農業地域であり、戦後の混乱期においても比較的食べ物が豊富だったことや、労働組合運動が盛んで人々の連帯意識が高かったことなどが挙げられる。

一方、もともと経済的に大きく立ち後れていたイタリア南部の主要都市であるナポリは、第二次世界大戦中、重要な軍事拠点となったナポリ港を擁していたこともあり、町全体が激しい空爆の標的とされた。そのうえ、イタリアが連合軍側に無条件降伏し、休戦協定が結ばれた一九四三年九月八日以降は、ドイツ軍によって占領され、今度はドイツ軍の攻撃にさらされる。激しい戦火によって、市街地の広範囲が瓦礫と化したナポリは、終戦後も荒廃と混乱からなかなか抜け出せずにいた。とりわけその皺寄せを被っていたのが子供たちで、戦争孤児も少なくなかった。

ドイツ軍の占領に対し、ナポリの市民が一致団結して蜂起し、四日間（一九四三年九月二十七日～三十日）に及ぶ激しい市街戦の末、自分たちの手で町をドイツ占領軍から解放したのが、のちに「ナポリの四日間〔Quattro giornate di Napoli〕」として語り継がれることになる戦いだ（一九六二年、ナンニ・ロイ監督により、史実に沿った映画も撮られている）。

本書では、女性活動家のマッダレーナ・クリスクオロが、この戦いに貢献してメダルを授与されたという言及が見られるが、これは、反ファシズム活動家として知られ、実際に「ナポリの四日間」で活躍し、軍事勲章を授与されたマッダレーナ・チェラスオロ（一九二〇～一九九九年）がモデルとなっている。実在した人物へのオマージュは、他にも随所に埋め込まれている。「アルフェオ市長」は、戦後すぐにモデナの市長となった共産党の政治家、アルフェオ・コラッソーリ（一九〇三～一九六五年）。モデナ市長として実際に南部からの子供たちの受け入れに力を尽くしただけでなく、子供たちを乗せた列車を「幸せの列車」と名付けた人物でもある。「マウリツィオ同志」は、共産党員で後にナポリの市長となった、マウリツィオ・ヴァレンツィ（一九〇九～二〇〇九年〕だし、列車のなかで子供たちの支援者として登場するガエターノ・マッキアローリ〔一九二〇〜二〇〇五年〕も、戦後すぐのナポリで出版社を興した実在の人物だ。

また、熱烈な王制支持者であるパキオキアと、コミュニストのザンドラリオーナ、二人の対照的な路地裏の住人にも、当時のナポリの町の空気が色濃く反映されている。ファシズムの崩壊後、イタリアでは、王制の存続か共和制への移行かで国論が二分した。最終的に一九四六年六月の国民投票によって、王制の廃止が決定されるのだが、その際、中北部の住民の大多数が共和制を支持したのに対し、南部の諸州は王制を支持する住民が多数を占めていた。とりわけナポリを州都とするカンパニア州は王制支持派の率が高く、七五パーセントを上回っていた。子供の目から見たそうした社会の対立を象徴する存在として、多少のカリカチュアも交えながら描かれているのが、この二人の「おばさん」なのだ。

共産党が率先して推し進めていた「幸せの列車」の活動に、王制支持派の人々や教会関係者は懐疑的な目を向けていた。そのため、列車に乗せると子供たちはみんなロシアに送り込まれて働かされるとか、窯に放り込まれて焼かれてしまうといったデマを実際に流していたらしい。大人たちのあいだでまことしやかにささやかれていたそうした噂は、それでなくても親許を離れて暮らす不安でいっぱいだった子供たちにとって、恐怖を煽るものだったにちがいない。

ナポリという町の喧騒やナポリ人の気質は、イタリアのなかでも極めて独特で、近年稀に見る世界的ヒットとなったエレナ・フェッランテの四部作『ナポリの物語』をはじめ、多くの作家を惹きつけ、数々の小説の舞台となっている。

そんなナポリの下町の典型的な住居が、アントニエッタ母さんや路地裏の仲間たちが住んでいるバッソ〔basso〕だ。バッソは、スペイン地区などをはじめとする細い路地裏によく見られる、地面とおなじ高さにある狭小なアパートで、窓も戸も路地に直接面している。たいてい一部屋にミニキッチンから食卓、ベッドまでのすべてが収められ、家族全員がそこで暮らしている。入口に立てば家全体が見渡せるほど手狭なため、家の外に椅子やテーブルを置き、路地を部屋の拡張スペースとして利用している場合もある。それゆえに路地裏に住む人どうしで人間関係が密になるという点においては、日本の長屋の雰囲気に似ている。そのため、本書では便宜的に「長屋」という訳語を当ててみたが、むろん日本の長屋とは似て非なるものだ。

もうひとつ、アントニエッタ母さんの得意料理として本書で登場している「ジェノヴェーゼのパスタ」についてもひと言述べておきたい。「ジェノヴェーゼ」と聞くと、イタリア料理が好きな人であれば、松の実とバジルをペースト状に練って、オリーブオイルで和えたペスト・ジェノヴェーゼを思い浮かべるだろうが、ナポリでいうところの「ジェノヴェーゼ」はこれとはまったく別物だ。人参とセロリと玉葱を炒めたうえで、牛肉を加えてワインでじっくりと煮込んだパスタソースで、ひと晩寝かすと味がしみて旨みがさらに増す。

本書の著者、ヴィオラ・アルドーネも、ナポリに魅せられ、ナポリを舞台にした作品を発表してきた作家の一人だ。一九七四年にナポリで生まれたアルドーネは、幼い頃から物語を書くのが好きで、七歳のときに初めて書いた物語を、いまでも大切に持っているそうだ。一九九七年、演劇史をテーマとする卒論で文学部を卒業したのち、出版社勤務を経て、高校でイタリア語とラテン語を教えるようになる。二〇一二年、『乱れた心の処方箋《レシピ》 *La ricetta del cuore in subbuglio*』で小説家としてデビュー。二〇一六年の『センチメンタル・レボリューション *Una rivoluzione sentimentale*』を経て、二〇一九年に、長編小説三作目となる本書『「幸せの列車」に乗せられた少年』を執筆。刊行前のフランクフルトブックフェアで二十五か国に版権が売れたことで出版界の話題をさらい、一躍、注目の作家となった。イタリアの老舗の出版社、エイナウディより刊行された同書は、二〇二一年に《ワンディ賞》を受賞（ワンディ〔Wondy〕とは、Wonder Woman をもじった言葉で、二〇一六年に乳癌で亡くなったイタリア人女性ジャーナリスト、フランチェスカ・デル・ロッソの愛称）したほか、日本の《本屋大賞》によく似た、書店員の投票によって選ばれる《この本大好き〔Amo questo libro〕賞》などを受賞した。また、フランスでは《アンテラリエ賞》の外国小説部門〔Prix de l'Union Interalliée 2022, roman étranger〕を受賞するなど、イタリア国外でも高く評価されている。

二〇二一年に発表された最新作、『オリーヴァ・デナーロ *Oliva Denaro*』では、一九六〇年代のシチリアを舞台に、男性優位の因襲が強く残る村で、双子の兄を持つ少女オリーヴァが、女に生まれたが故に理不尽な社会に直面する姿を描いている。こちらも、史実からイメージをふくらませて書かれたフィクションで、イタリアのフェミニズム運動のアイコン的な存在であるフランカ・ヴィオラ〔一九四七年〜〕という実在の女性がインスピレーションの源になっている。

本書の訳出にあたっては、多くの方にお力添えをいただいた。日伊協会の同僚のヴィオレッタ・マストラゴスティーノさんには、少年の口から語られる独特の文体と、随所に織り込まれているナポリ弁のため、なかなかすんなりとは進まない原文の解釈を助けていただいた。それでもなお残る疑問は、著者のヴィオラ・アルドーネさんが、お忙しいなか丁寧にお答えくださった。また、アメリーゴの魅力を理解してくださり、遅れがちな本書の翻訳作業を導いてくださった河出書房新社編集部の竹下純子さんにも、一方ならぬお世話になった。そのほか、様々な形でお手伝いくださった皆さんに心より感謝申しあげる。

アメリーゴが「幸せの列車」に乗ってから七十年余りの歳月が経つが、戦争により、貧困により、飢餓により、災害により、いまも大勢の子供たちが困難な状況におかれている。子供たちが、自分にぴったりと合った靴を見つけて歩めるために、私たちになにができるのか。本書には、そんな問いも込められているのではないだろうか。

「大人は、どんなことがあれ、罪の意識を生涯背負って生きていくことになるような選択を、子供の側に強いるべきではない」という著者の言葉が胸に刺さる。

二〇二二年　初夏

関口英子

本文中で引用されている歌詞の出典

p.34, p.132, p.144
　社会主義の民衆歌 *La Lega*（連盟）
p.34
　イタリア王国の国歌 *Marcia Reale*（王室行進曲）
　作詞・作曲　ジュゼッペ・ガベッティ Giuseppe Gabetti
p.53
　トスカーナの子守唄 *Ninna nanna, ninna oh*（ねんねんよ、おころりよ）
p.60, p.82
　イタリアの民衆歌 *Bella ciao*（さらば恋人よ）
p.100
　オペラ「トゥーランドット」のアリア *Turandot, Nessun dorma*（誰も寝てはならぬ）
　作詞　ジュゼッペ・アダーミ&レナート・シモーニ Giuseppe Adami & Renato Simoni
　作曲　ジャコモ・プッチーニ Giacomo Puccini
p.109
　オペラ「椿姫」のアリア *La Traviata, Libiamo ne' lieti calici*（乾杯の歌）
　作詞　フランチェスコ・マリア・ピアーヴェ Francesco Maria Piave
　作曲　ジュゼッペ・ヴェルディ Giuseppe Verdi
p.130
　イタリアの労働歌 *Bandiera rossa*（赤旗）

著者略歴

ヴィオラ・アルドーネ（Viola Ardone）

1974年、イタリアのナポリ生まれ。文学部を卒業したのち、出版社勤務を経て、高校でイタリア語とラテン語を教える。2012年、『*La ricetta del cuore in subbuglio*（乱れた心の処方箋《レシピ》）』で小説家としてデビュー。2019年に発表した長編小説3作目となる本書『「幸せの列車」に乗せられた少年』がイタリア国内で30万部を売り上げるベストセラーとなり、33言語で刊行される。2021年に発表した最新作、『*Oliva Denaro*（オリーヴァ・デナーロ）』では、男性優位の因襲が強く残る1960年代のシチリアの村を舞台に一人の女性の生き方を描き、《現代のヒロイン賞》を受賞した。イタリアでもっとも注目される作家の一人となった現在でも、高校教師の仕事を続け、生徒たちに読書の喜びを伝える活動などを精力的におこなっている。

訳者略歴

関口英子（せきぐち・えいこ）

埼玉県生まれ。大阪外国語大学イタリア語学科卒業。翻訳家。イタロ・カルヴィーノ『マルコヴァルドさんの四季』（岩波少年文庫）、プリーモ・レーヴィ『天使の蝶』（光文社古典新訳文庫）、パオロ・コニェッティ『帰れない山』（新潮社）、ドナテッラ・ディ・ピエトラントニオ『戻ってきた娘』（小学館）、アルベルト・アンジェラ『古代ローマ人の24時間』（河出書房新社）など訳書多数。『月を見つけたチャウラ ピランデッロ短篇集』（光文社古典新訳文庫）で第1回須賀敦子翻訳賞受賞。

Viola Ardone:
IL TRENO DEI BAMBINI

Questo libro è stato tradotto grazie ad un contributo alla traduzione assegnato dal Ministero degli Affari Esteri e della Cooperazione Internazionale italiano
この本はイタリア外務・国際協力省の翻訳助成金を受けて翻訳されたものです。

「幸せの列車」に乗せられた少年

2022年9月20日　初版印刷
2022年9月30日　初版発行

著者　ヴィオラ・アルドーネ
訳者　関口英子
装画　Naffy
装幀　名久井直子
発行者　小野寺優
発行所　株式会社河出書房新社
〒151-0051　東京都渋谷区千駄ヶ谷2-32-2
電話　03-3404-1201（営業）　03-3404-8611（編集）
https://www.kawade.co.jp/
組版　KAWADE DTP WORKS
印刷　株式会社暁印刷
製本　小泉製本株式会社

Printed in Japan　ISBN978-4-309-20866-4

ミシンの見る夢

ビアンカ・ピッツォルノ／中山エツコ訳

19世紀末、階級社会のイタリア。お屋敷に通って針仕事を請け負うなかで知った、上流家庭の驚くべき秘密とは——ミシンひとつで自由に力強く人生を切り開いた小さなお針子の波瀾万丈の物語。

小説ムッソリーニ　世紀の落とし子（上・下）

アントニオ・スクラーティ／栗原俊秀訳

独裁者ムッソリーニを主人公として書かれたイタリア文学史上初めての小説。イタリア国内で50万部のベストセラー、名だたる文学賞を総なめにした。41カ国で翻訳されたファシズムをえぐる話題作。

とるにたらないちいさないきちがい

アントニオ・タブッキ／和田忠彦訳

１人の女性を愛した男３人の法廷での再会——表題作のほか、魔法の儀式、不治の病、スパイ、戦争……。『インド夜想曲』につづいて発表された幻想とめまいに満ちた11の短篇集。

イザベルに　ある曼荼羅

アントニオ・タブッキ／和田忠彦訳

ポルトガルの独裁政権下で地下活動に関わり姿を消した女性イザベルをめぐる物語。リスボン、マカオ、スイスと舞台を移しつつ９人の証言者によって紡がれる謎の曼荼羅。
